後來雨樓舊藏

南社詩箋續編

上海市金山區圖書館 編

吳格 戴群 吳佳良 整理

蘇州新聞出版集團

古吳軒出版社

圖書在版編目（CIP）數據

南社詩箋 ： 續編 / 上海市金山區圖書館編 ； 吳格， 戴群， 吳佳良整理. -- 蘇州 ： 古吳軒出版社， 2025. 4.
ISBN 978-7-5546-2498-2

Ⅰ. I222

中國國家版本館CIP數據核字第2025QU7141號

責任編輯： 張雨蕊
見習編輯： 黄超群　李碧璠
裝幀設計： 韓桂麗
責任校對： 王霽鈺
責任照排： 孫佳婧

書　　名： 南社詩箋續編
編　　者： 上海市金山區圖書館
整　　理： 吳　格　戴　群　吳佳良
出版發行： 蘇州新聞出版集團
古吳軒出版社
地址：蘇州市八達街118號蘇州新聞大厦30F
電話：0512-65233679　　郵編：215123
出 版 人： 王樂飛
印　　刷： 蘇州恒久印務有限公司
開　　本： 889mm×1194mm　1/16
印　　張： 8.75
字　　數： 109千字
版　　次： 2025年4月第1版
印　　次： 2025年4月第1次印刷
書　　號： ISBN 978-7-5546-2498-2
定　　價： 98.00元

序

周東壁

先父周大烈，生於一九〇一年，江蘇省松江縣亭林鎮（今屬上海市金山區）人。自幼就讀家塾，自學成才。青年時加入高吹萬先生等創立之國學商兑會，以文事受知於吹萬先生。一九一九年，先生介紹先父與其女甥姚竹修（姚光胞妹）締婚。此後，先父常去金山張堰鎮姚光家。未久，姚光先生又介紹先父加入南社。

南社係一九〇九年由陳去病、高旭、柳亞子等發起成立，由柳亞子任主任。至一九一八年，因柳氏辭去主任職，群推姚光繼任，姚氏遂成爲南社後期主任。其時南社成員雖較前已大減，但仍有《南社叢刊》出版等事務須經理，各地社員之社課詩文稿等，亦均寄至張堰鎮，由姚光先生收發並答復，經處理、采用的部分南社詩箋原稿，先父陸續收藏於家。

一九三七年，日軍登陸金山衛，舉家避難，倉皇遷滬。未幾，亭林祖宅遭戰火焚毁，藏書之室因距離住宅稍遠，幸免於難。次年趁亂稍定，始將劫餘藏書及手稿、詩箋等運至滬寓保存。至一九六六年『文革』開始，家中又遭劫難，所幸藏書等僅部分損失，古籍尚存近萬册。一九七六年先父去世，時予尚就業醫院，未遑整理。一九九〇年退休後，整理先父遺書，始將原先夾置書中之南社詩箋一一檢出，集中保存。至二〇一九年，乃將南社詩箋百餘葉捐贈金山區圖書館。二〇二〇年，又將剩餘之南社詩箋逾百葉捐贈復旦大學圖書館。兩館接受捐贈後，均曾刊印圖録。此批南社詩箋，收藏雖分兩處，來歷實爲同源。今將金山區圖書館所藏南社詩箋交蘇州古吳軒出版社重新整理出版，以廣流傳。海内外學人利用參考之餘，倘於南社研究略有裨補，則幸甚。

二〇二四年十月亭林周東壁謹識於滬郊之徐匯區中心醫院病舍

目録

王毓岱

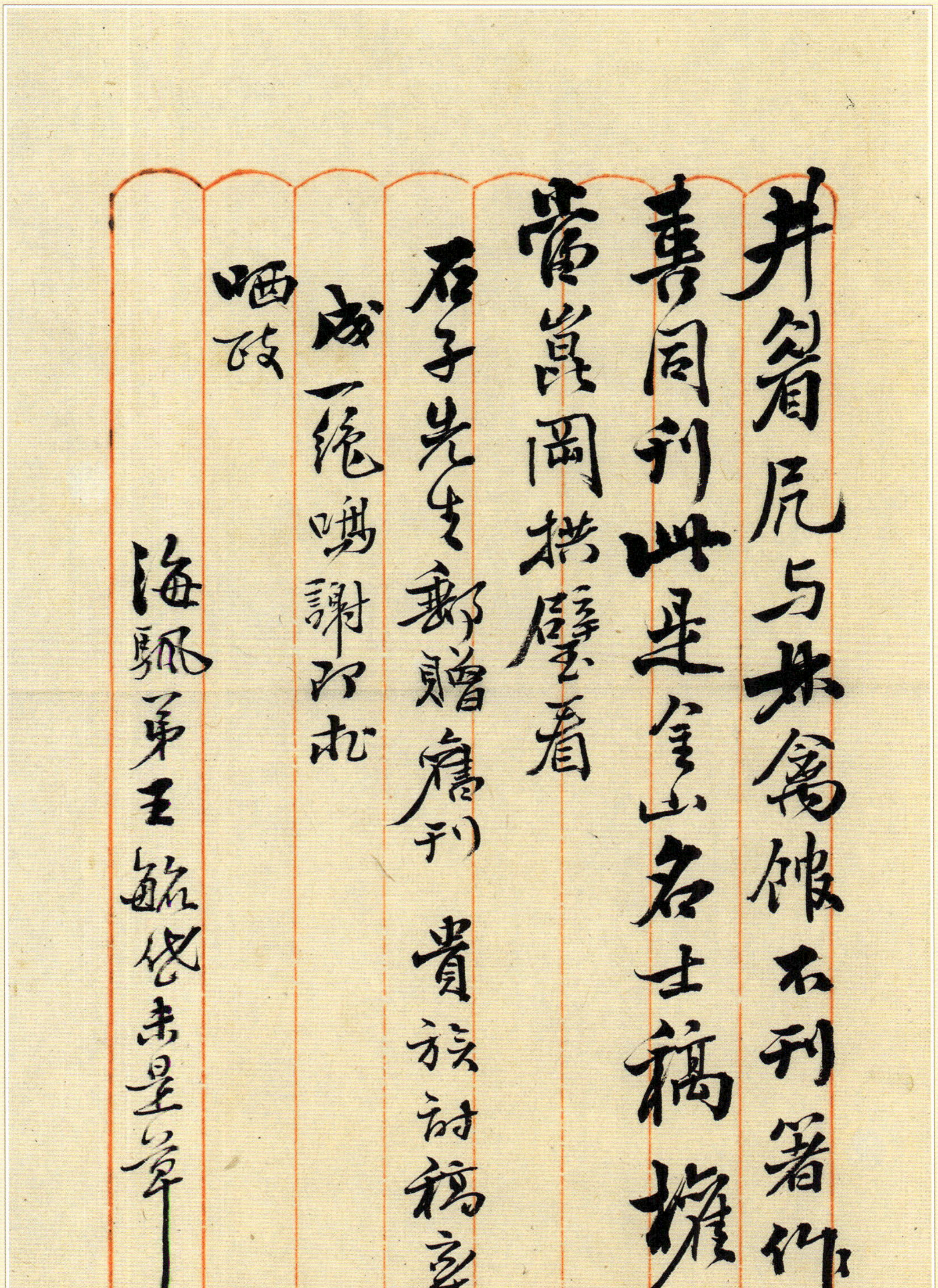
井眉居与林禽館不刊著作喜同刊此是金山名士稿權當昆岡拱璧看
石子先生郵贈舊刊貴族詩稿率成一絶鳴謝即求
哂政
海颿弟王毓岱未是草

井眉居與林禽館，不刊著作喜同刊。此是金山名士稿，權當昆岡拱璧看。

石子先生郵贈舊刊貴族詩稿，率成一絶鳴謝，即求哂政。

海颿弟王毓岱未是草。

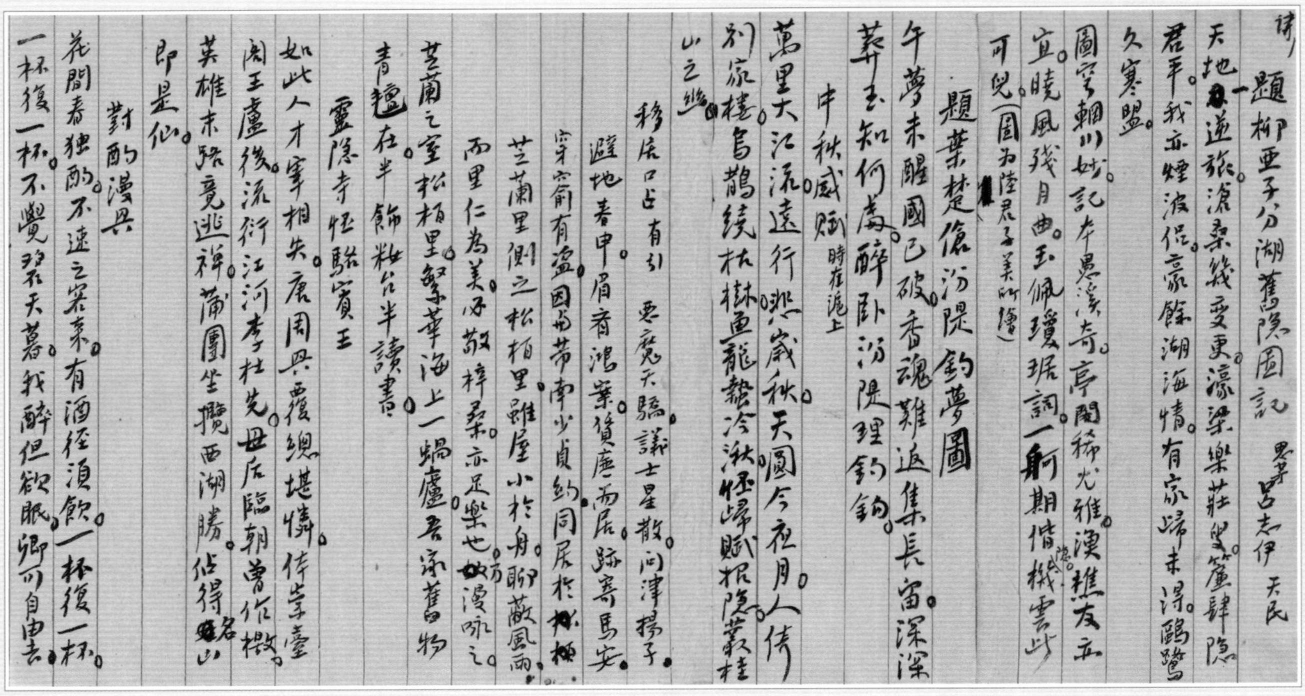

呂志伊

題柳亞子分湖舊隱圖記　思茅呂志伊天民

天地一逆旅，滄桑幾變更。濠梁樂莊叟，簾肆隱君平。我亦烟波侶，豪餘湖海情。有家歸未得，鷗鷺久寒盟。

圖穹輞川妙，記本愚溪奇。亭閣稀尤雅，漁樵友亦宜。曉風殘月曲，玉佩瓊琚詞。一舸期偕隱，機雲此可兒（圖爲陸君子美所繪）。

題葉楚傖汾隄釣夢圖

午夢未醒國已破，香魂難返集長留。深深葬玉知何處，醉卧汾堤理釣鉤。

中秋感賦（時在滬上）

萬里大江流，遠行悲歲秋。天圓今夜月，人倚别家樓。烏鵲繞枯樹，魚龍蟄冷湫。懷歸賦招隱，叢桂山之幽。

移居口占（有引）

惡魔天驕，議士星散。問津揚子，避地春申。眉齊鴻案，賃廡而居。迹寄馬安，穿甯有盜。因與芾南少貞約，同居於芝蘭里側之松柏里。雖屋小於舟，聊蔽風雨，而里仁爲美，必敬梓桑，亦足樂也。乃漫咏之。

芝蘭之室松柏里，繁華海上一蝸廬。吾家舊物青氊在，半飾妝臺半讀書。

靈隱寺懷駱賓王

如此人才宰相失，唐周興覆總堪憐。體崇臺閣王盧後，流行江河李杜先。母后臨朝曾作檄，英雄末路竟逃禪。蒲團坐攬西湖勝，占得名山即是仙。

對酌漫興

花間春獨酌，不速之客來。有酒徑須飲，一杯復一杯。一杯復一杯，不覺碧天暮。我醉但欲眠，卿可自由去。

詩

題柳亞子分湖舊隱圖記　思芽　呂志伊　天民

天地一逆旅。滄桑幾變更。濠梁樂莊叟。簾肆隱君平。我亦煙波侶。豪餘湖海情。有家歸未得。鷗鷺久寒盟。

圖寫輞川妙。記本冥溪奇。亭閣稀尤雅。溪雄友亦宜。曉風殘月曲。玉佩瓊琚詞。一舸期偕隱。機雲此可見。（圖為陸君子美所繪）

題葉楚傖汾隄釣夢圖

午夢未醒國已破。香魂難返集長畱。深深葬玉知何處。醉卧汾隄理釣鉤。

中秋感賦　時在滬上

萬里大江流遠行，悲歲秋天圓今夜月。人傳別家樓烏鵲繞枯樹，魚龍蟄冷湫。怪歸賦招隱，叢桂山之幽。

移居口占　有引

惡魔天驕，議士星散。同津楞子避地春申，眉齊鴻案，賃廡而居，蹤寄馬安。寓窩有盜，因而帶累。少貞約同居於松芝蘭里側之松柏里，雖屋小於舟，聊蔽風雨，而里仁為美，以敬梓桑，亦足樂也，故漫詠之。

芝蘭之室松柏里，繫華海上一蝸廬。君家舊物青氊在，半飾妝台半讀書。

靈隱寺怪駱賓王

如此人才寧相失。唐周興覆總堪憐。侍掌臺閣王盧後。流衍江河李杜先。母后臨朝曾作檄。英雄末路竟逃禪。蒲團坐攬西湖勝。佔得名山即是仙。

對酌漫興

花間春獨酌。不速之客來。有酒徑須飲。一杯復一杯。

一杯復一杯。不覺翠天暮。我醉但欲眠。卿可自由去。

何俠

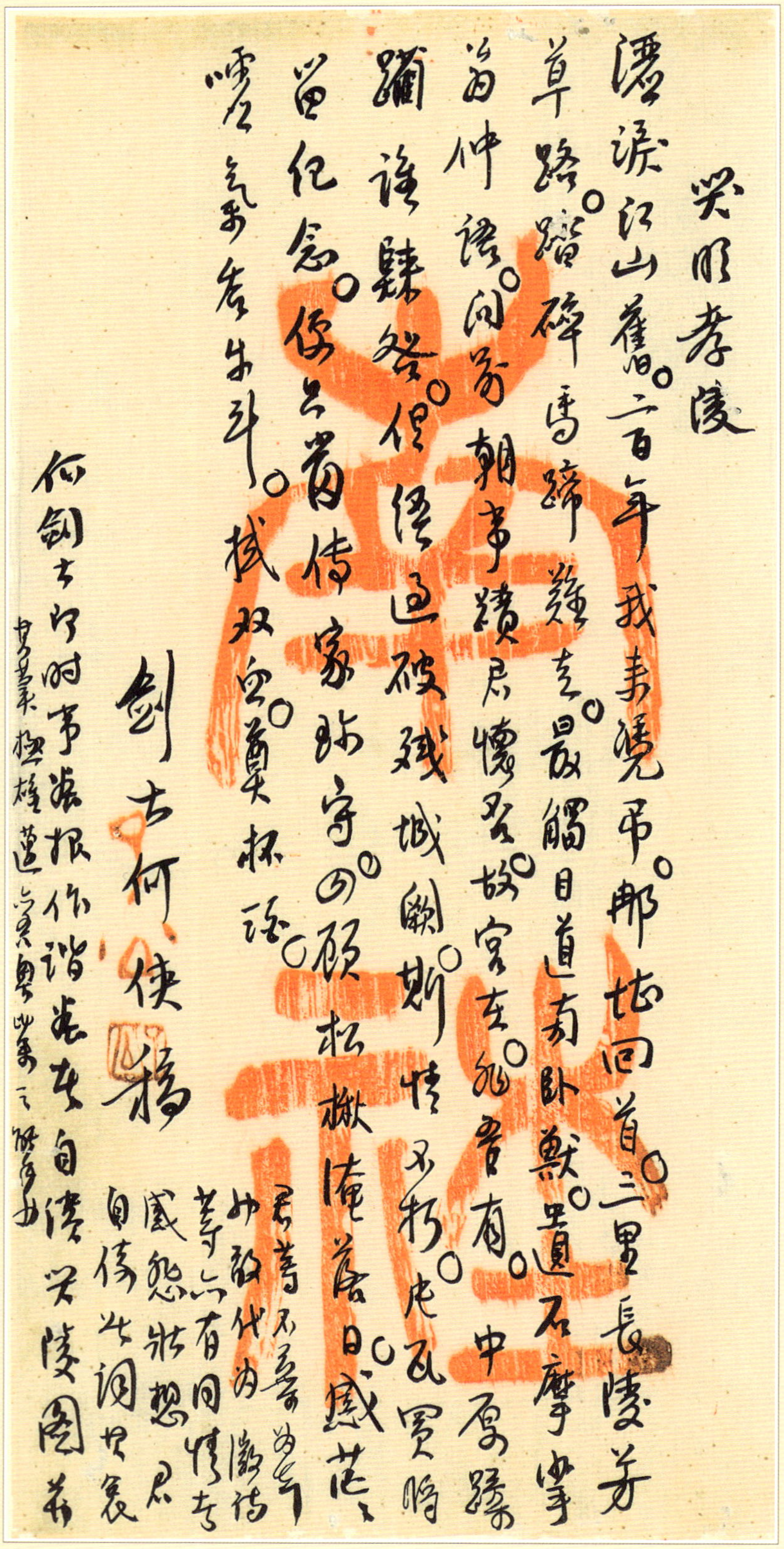

哭明孝陵

灑泪江山舊。二百年我來憑弔，那堪回首？三里長陵芳草路，踏碎馬蹄難走。最觸目道旁卧獸。遺石摩挲翁仲語，問前朝事迹君懷否？故宮在，非吾有。中原蹂躪誰歸咎？但經過破殘城闕，斯情不朽。片瓦買將留紀念，便只當傳家珍守。回顧松楸淹落日，感茫茫噓氣吞牛斗。拭雙魚，奠杯酒。

劍士何俠稿

（何劍士即《時事畫報》作諧畫者，自繢《哭陵圖》并自倚此詞，其哀感悲壯，想君等亦有同情者也。敢代爲徵詩，君等不棄爲幸。）

（其筆極雄邁，亦吾粵比來之能手也。）

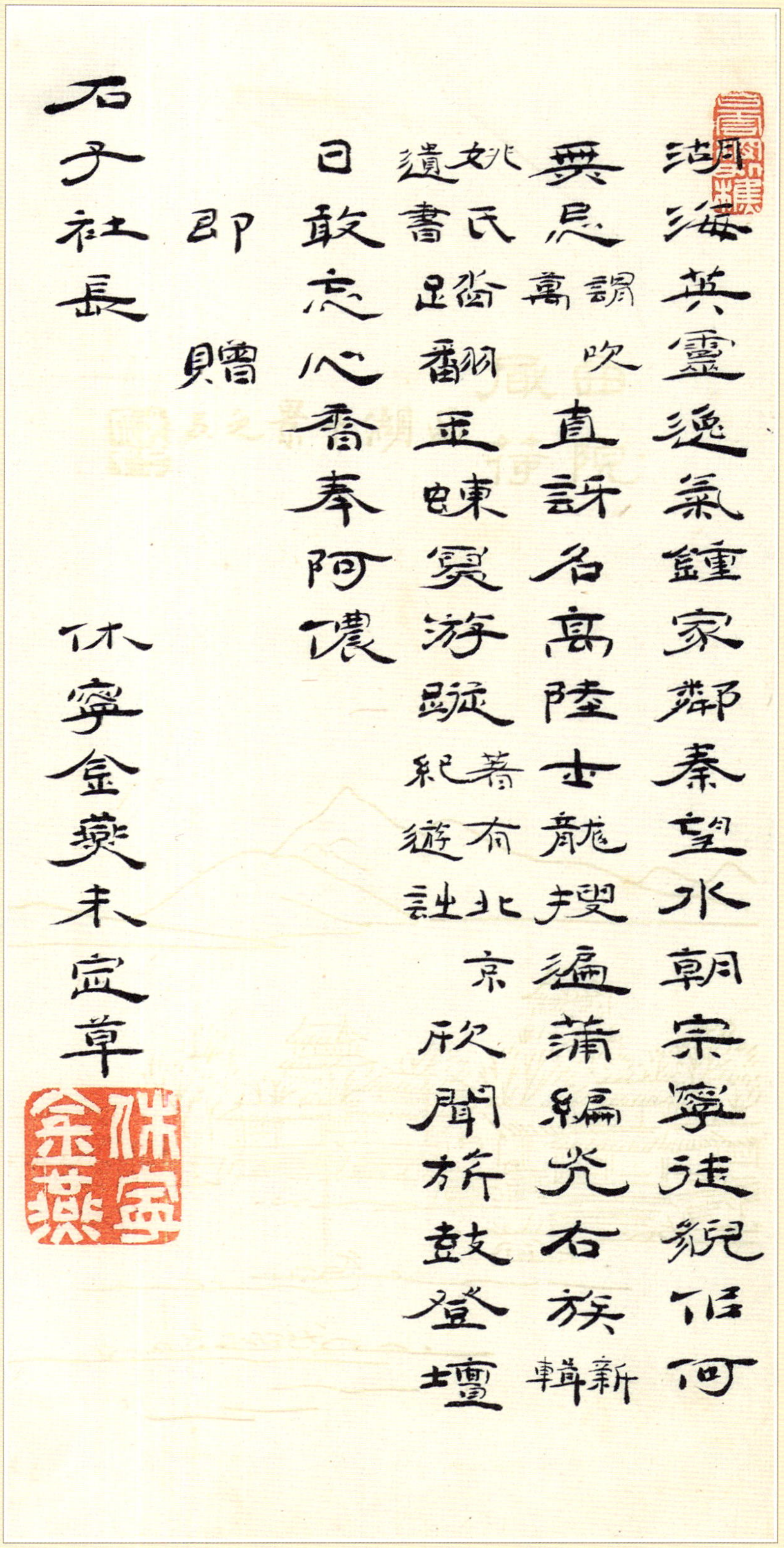
湖海英靈逸氣鍾家鄰秦望水朝宗寧徒貌似何無忌謂吹萬直訏名高陸士龍搜遍蒲編光右族新輯姚氏遺書踏翻玉蝀寫游踪著有北京紀遊詩欣聞旂鼓登壇日敢忘心香奉阿儂
即贈
石子社長
休寧金燕未定草

金燕

湖海英靈逸氣鍾，家鄰秦望水朝宗。寧徒貌似何無忌（謂吹萬），直訏名高陸士龍。搜遍蒲編光右族（新輯姚氏遺書），踏翻玉蝀寫游踪（著有北京紀遊詩）。欣聞旂鼓登壇日，敢忘心香奉阿儂。

即贈石子社長。休寧金燕未定草。（『白雲深處樵』『休寧金燕』）

周斌

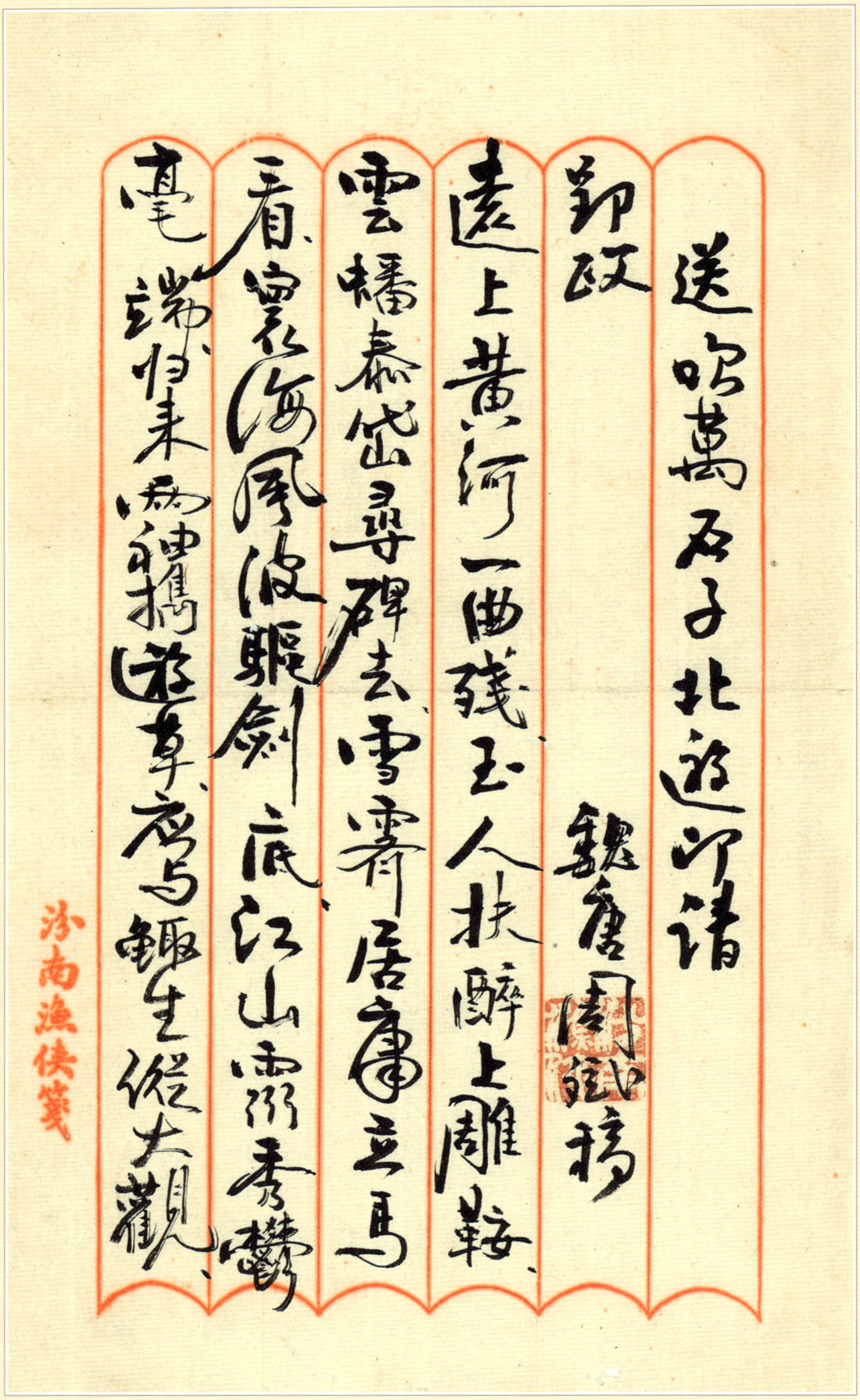
送吹萬石子北遊即請
郢政　　魏唐周斌稿
遠上黃河一曲殘、玉人扶醉上雕鞍、
雲蟠泰岱尋碑去、雪霽居庸立馬
看、寰海風波驅劍底、江山靈秀鬱
毫端、歸來兩袖攜遊草、應與鯫生縱大觀、
汾南漁俠箋

送吹萬石子北遊即請郢政　魏唐周斌稿

遠上黃河一曲殘，玉人扶醉上雕鞍。雲蟠泰岱尋碑去，雪霽居庸立馬看。寰海風波驅劍底，江山靈秀鬱毫端。歸來兩袖攜遊草，應與鯫生縱大觀。

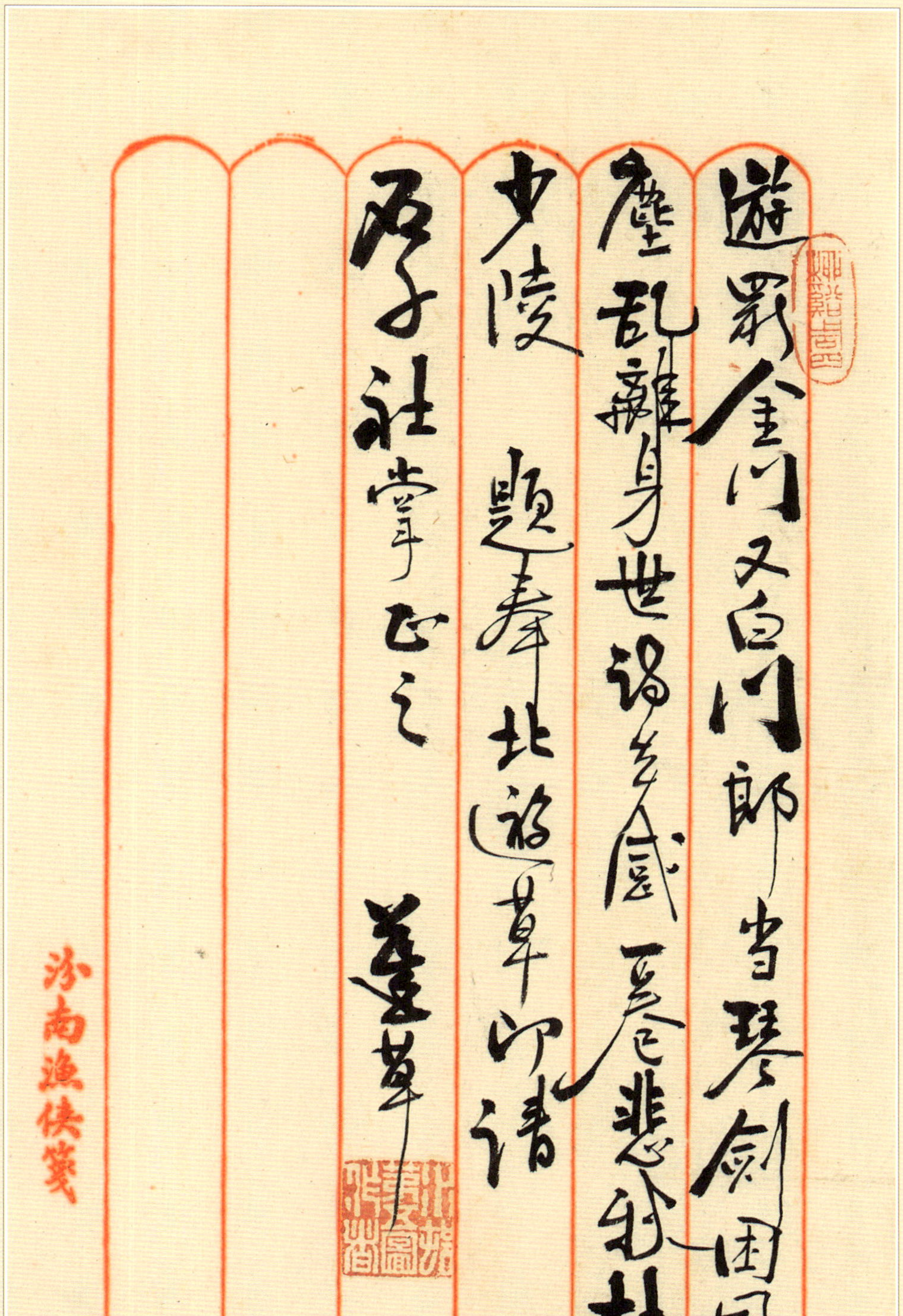

遊罷金門又白門：郎當琴劍困風塵。亂離身世詩多感，一卷悲秋杜少陵。

題奉北遊草即請石子社掌正之。芷畦草。（『柳谿周四』『水蚲第五圖作者』）

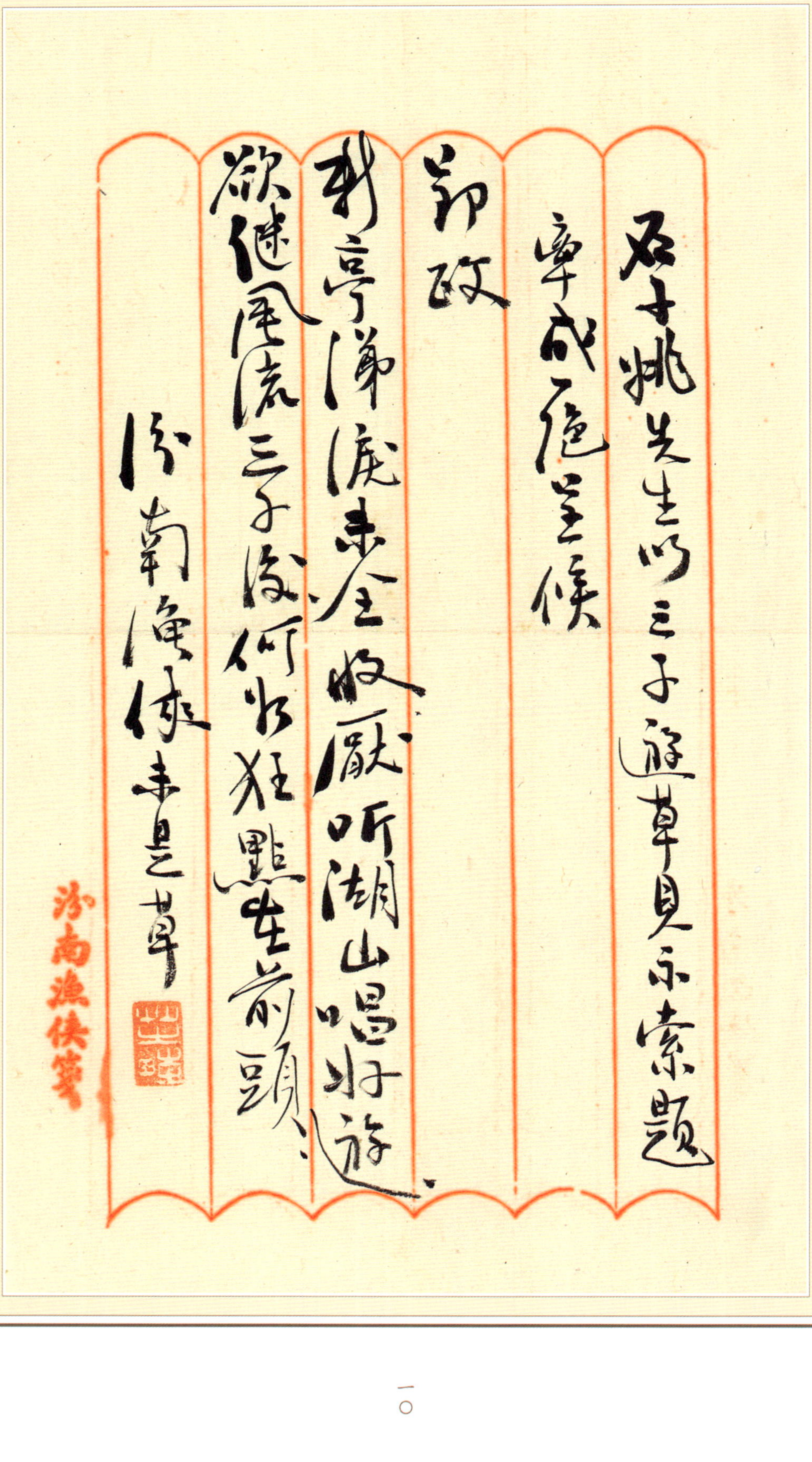

石子姚先生以三子遊草見示索題率成一絕呈候郢政

新亭涕泪未全收，厭聽湖山唱好遊。欲繼風流三子後，何如狂點在前頭。

汾南漁侠未是草（『芷畦』）

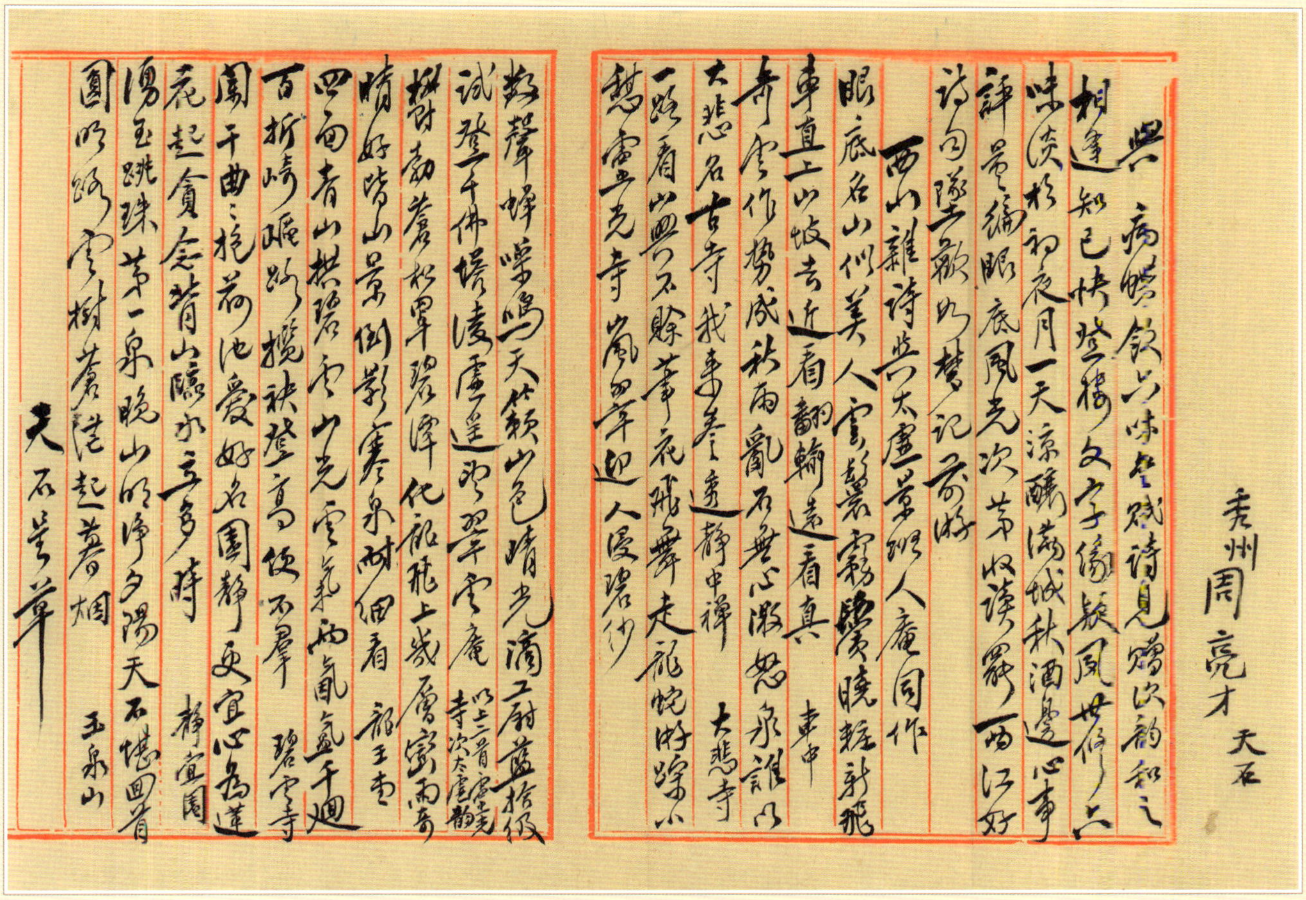

周亮才

與病螟飲六味叁賦詩見贈次韵和之

相逢知己怏登樓，文字緣疑夙世修。六味淡於初夜月，一天凉釀滿城秋。酒邊心事評量遍，眼底風光次第收。讀罷西江好詩句，墜歡如夢記前游。

西山雜詩與太虛景班人庵同作

眼底名山似美人，雲鬟霧鬢曉妝新。飛車直上山坡去，近看翻輸遠看真。（車中）

奇雲作勢成秋雨，亂石無心激怒泉。誰以大悲名古寺，我來參透静中禪。（大悲寺）

一路看山興不賒，葦花飛舞走龍蛇。游踪小憩靈光寺，嵐翠迎人浸碧紗。

數聲蟬噪鳴天籟，山色晴光滴蔚藍。拾級試登千佛塔，凌虛遥望翠雲庵。（以上二首靈光寺次太虛韵）

鬱勃蒼松罩碧潭，化龍飛上幾層巒。雨奇晴好皆山景，倒影寒泉耐細看。（龍王堂）

四面青山拱碧雲，山光雲氣兩氤氳。千迴百折崎嶇路，攬袂登高便不群。（碧雲寺）

闌干曲曲抱荷池，愛好名園静更宜。心爲蓮花起貪念，背山臨水立多時。（静宜園）

涌玉跳珠第一泉，晚山明净夕陽天。不堪回首圓明路，雲樹蒼茫起暮烟。（玉泉山）

天石呈草

秀州 周亮才 天石

與病蝶飲六味，蝶賦詩見贈，次韻和之

相逢知己快登樓，文字緣疑夙世修。六味淡於初夜月，一天涼釀滿城秋。酒邊心事評量徧，眼底風光次第收。讀罷西江好詩句，隊歌吹夢記前游。

西山雜詩照太虛草縱人庵同作

眼底名山似美人，雲鬟霧鬢曉粧新。飛車直上山坡去，近看翻輸遠看真。車中

奇雲作勢成秋雨，亂石無心激怨泉。誰以大悲名古寺，我來參透靜中禪。大悲寺

一路看山興不賒，葦花飛舞走龍蛇。游蹤小憩靈光寺，嵐翠迎人浸碧紗。

數聲蟬噪鳴天籟，山色晴光滴蔚藍。拾級試登千佛塔，淩虛還泛翠雲庵。以上二首靈光寺次大虞韵

樹蔚蒼松罩碧潭，化龍飛上幾層巒。雨奇晴好皆山景，倒影寒泉耐細看。龍王堂

四面青山拱碧雲，山光雲氣雨氤氳。千迴百折崎嶇路，攬袂登高便不羣。碧雲寺

闌干曲曲抱荷池，愛好名園靜更宜。心爲蓮花起貪念，背山臨水立多時。靜宜園

瀉玉跳珠第一泉，晚山明淨夕陽天。不堪回首圓明路，雲樹蒼茫起暮烟。玉泉山

天石草

胡蘊

息影鄉園倦出門，蒿廬添築半間新。湖山無夢悲荊棘，風雨有思泣鬼神。爲圃藉酬平日志，讀書已誤百年身。一鉏草緑烟青地，尚有微長作散人。（息影）

殘年一意避塵雜，林屋蕭寥有緑蔭。隙地補花思舊種，閒軒佇月惜孤吟。優游未盡浮生夢，灌溉猶存澤物心。强學陶公歌止酒，病餘久罷一壺斟。（殘年）

石子社兄先生吟鑒。弟胡蘊録上近稿。（『鄉里布衣』『小碎詩篇取次書』）

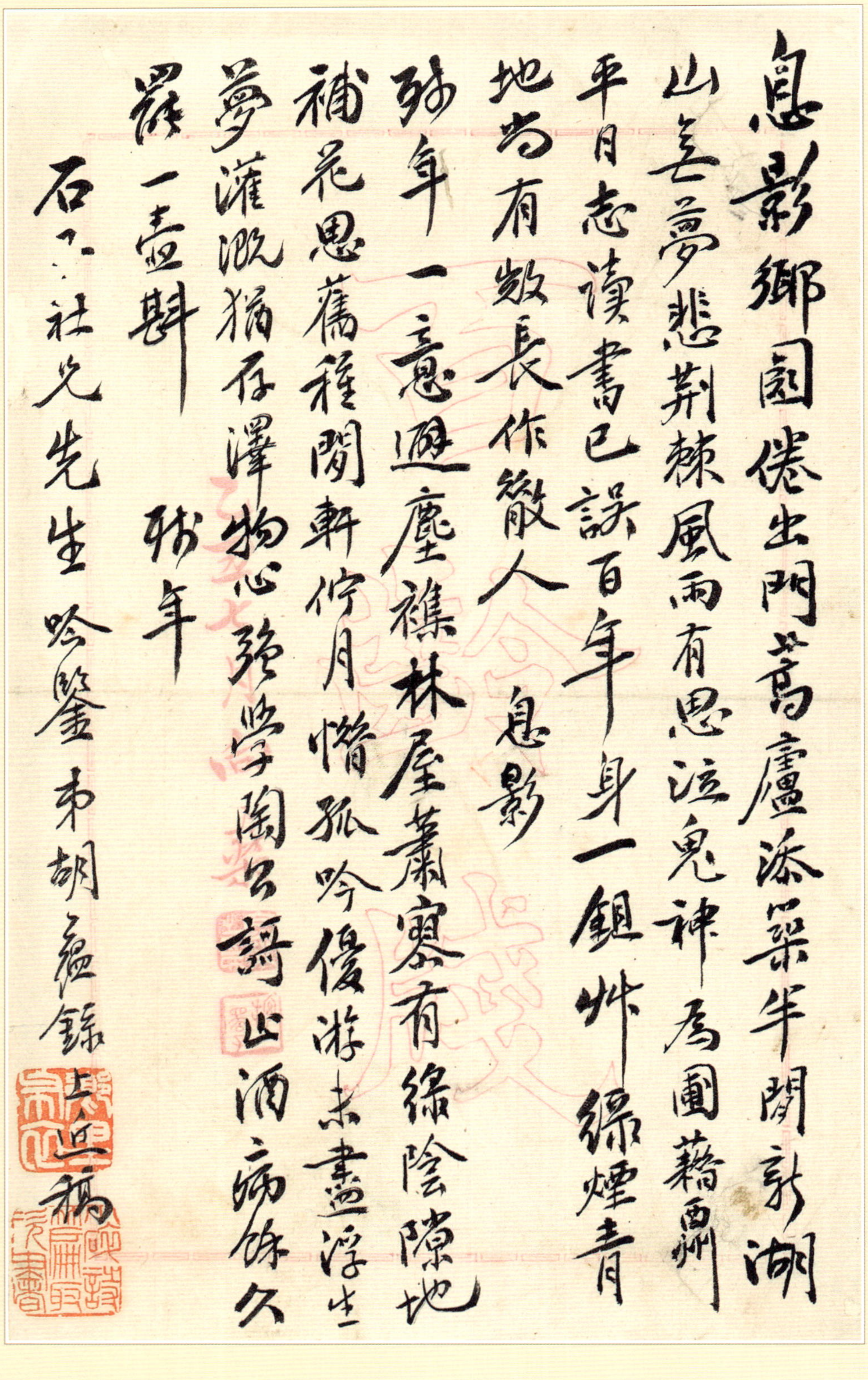
息影鄉園倦出門蒿廬添築半間新湖山無夢悲荊棘風雨有思泣鬼神爲圃藉酬平日志讀書已誤百年身一鉏草緑烟青地尚有微長作散人　息影
殘年一意避塵雜林屋蕭寥有緑蔭隙地補花思舊種閒軒佇月惜孤吟優游未盡浮生夢灌溉猶存澤物心强學陶公歌止酒病餘久罷一壺斟　殘年
石子社兄先生吟鑒　弟胡蘊録上近稿

柳亞子

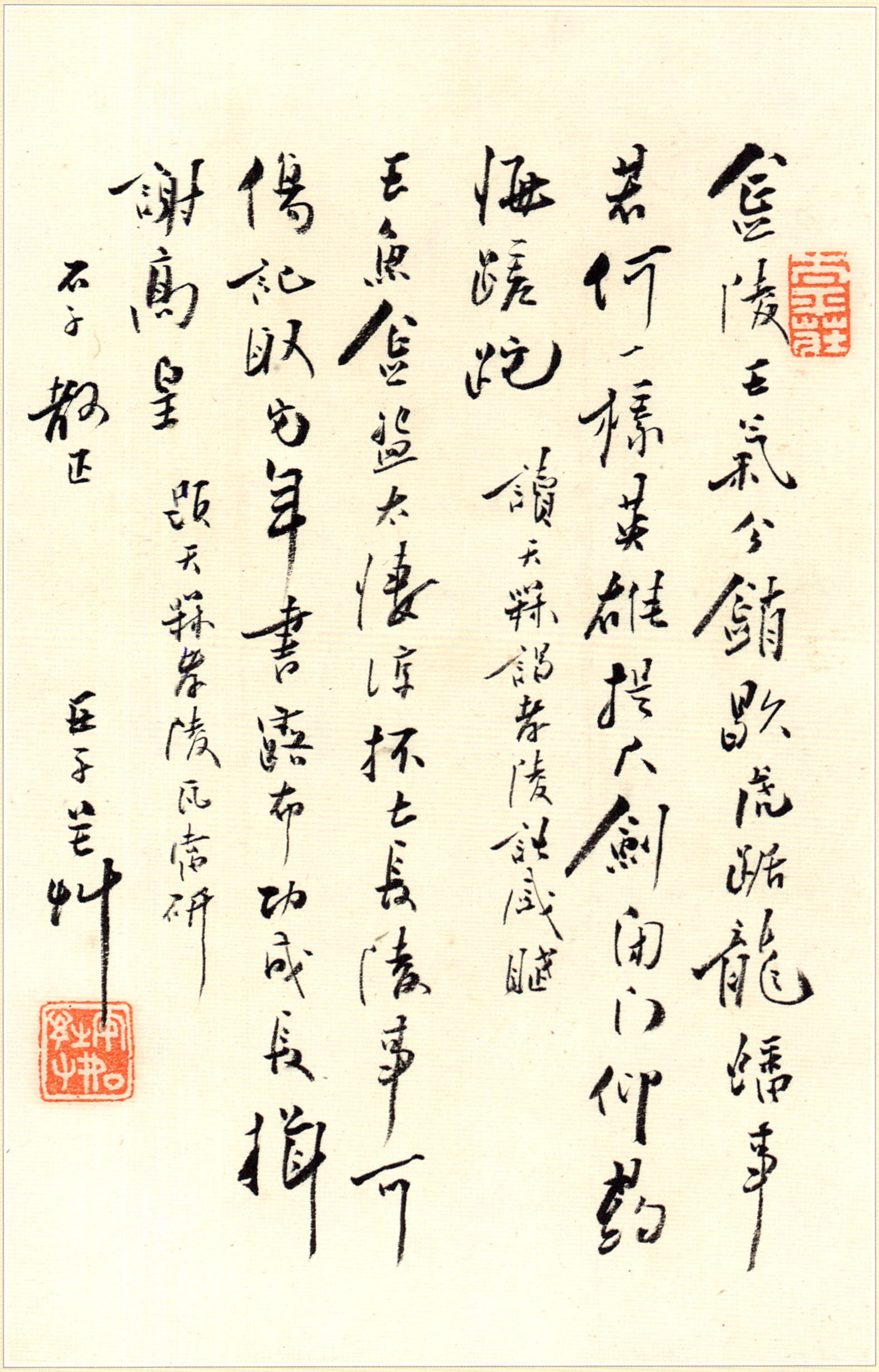

金陵王氣今銷歇，虎踞龍蟠事若何？一樣英雄提尺劍，閉門仰藥悔蹉跎。（讀天翔謁孝陵詩感賦）

玉魚金碗太淒涼，抔土長陵事可傷。記取它年書露布，功成長揖謝高皇。（題天翔孝陵瓦當研）

石子教正。亞子呈草。（『太平莊』『安如詩草』）

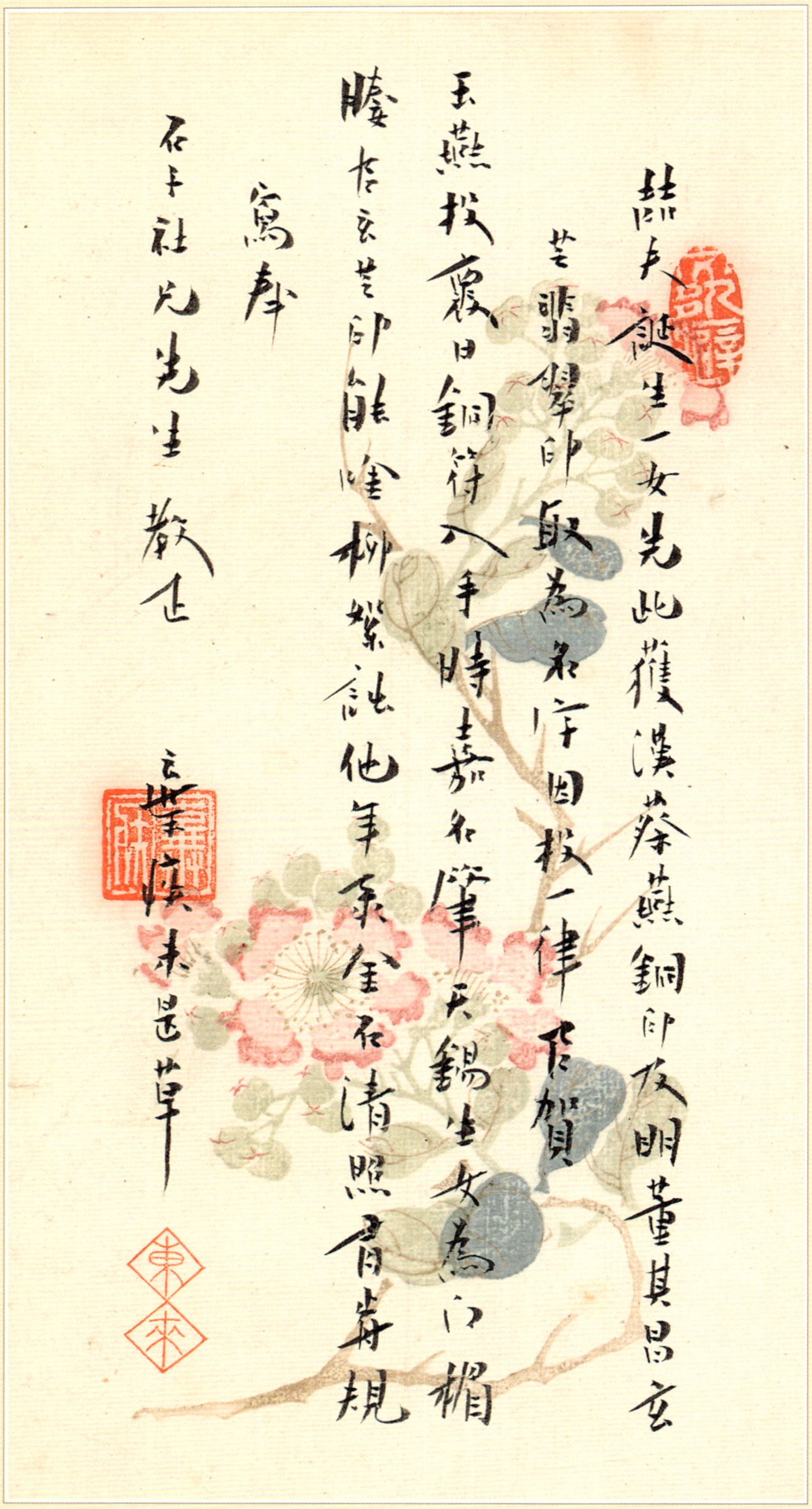

喆夫誕生一女先此獲漢蔡燕銅印及明董其昌玄芝翡翠印取爲名字因投一律以賀

玉燕投懷日，銅符入手時。嘉名肇天錫，生女爲門楣。媵以玄芝印，能吟柳絮詩。他年録金石，清照有前規。

寫奉石子社兄先生教正。棄疾未是草。（『文人多癖』『棄疾』）

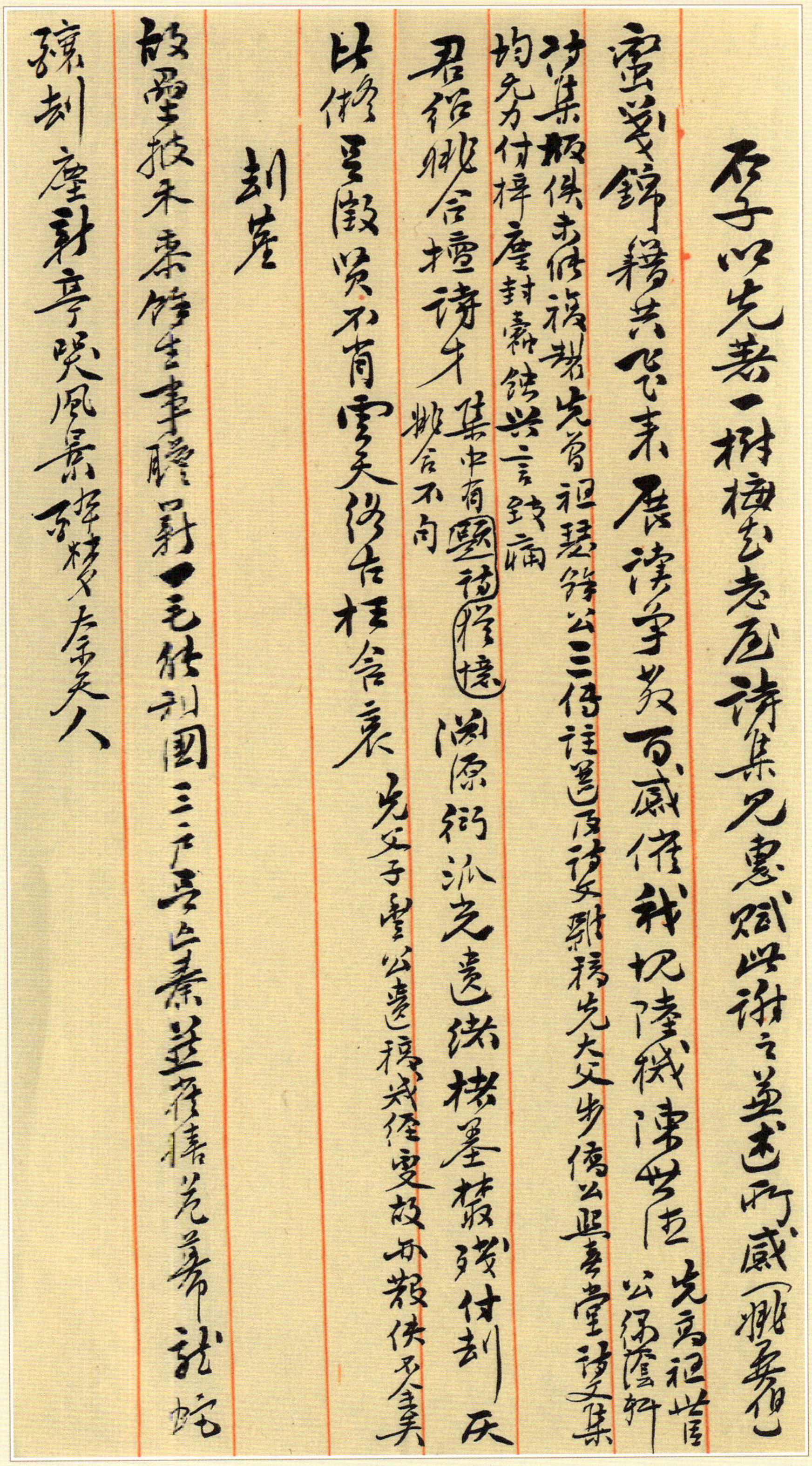

姚彝伯

石子以先著一樹梅花老屋詩集見惠賦此謝之兼述所感（姚彝伯）

蠻箋錦籍共飛來，展讀争教百感催。我愧陸機陳世德（先高祖世臣公《緑蔭軒詩集》板佚未能複製；先曾祖悉餘公《三傳注選》及詩文雜稿，先大父步僑公《熙春堂詩文集》均無力付梓，塵封蠹蝕，興言致痛），君紹姚合擅詩才（集中有『猶憶題詩姚合不』句）。淵源衍派光遺緒，楮墨叢殘付劫灰。比擬足徵賢不肖，雲天終古枉含哀（先父子豐公遺稿幾經變故亦散佚不全矣）。

劫塵

故壘披禾黍，餘生事膽薪。一毛能利國，三户足亡秦。燕雀嬉危幕，龍蛇釀劫塵。新亭哭風景，醉夢奈天人。

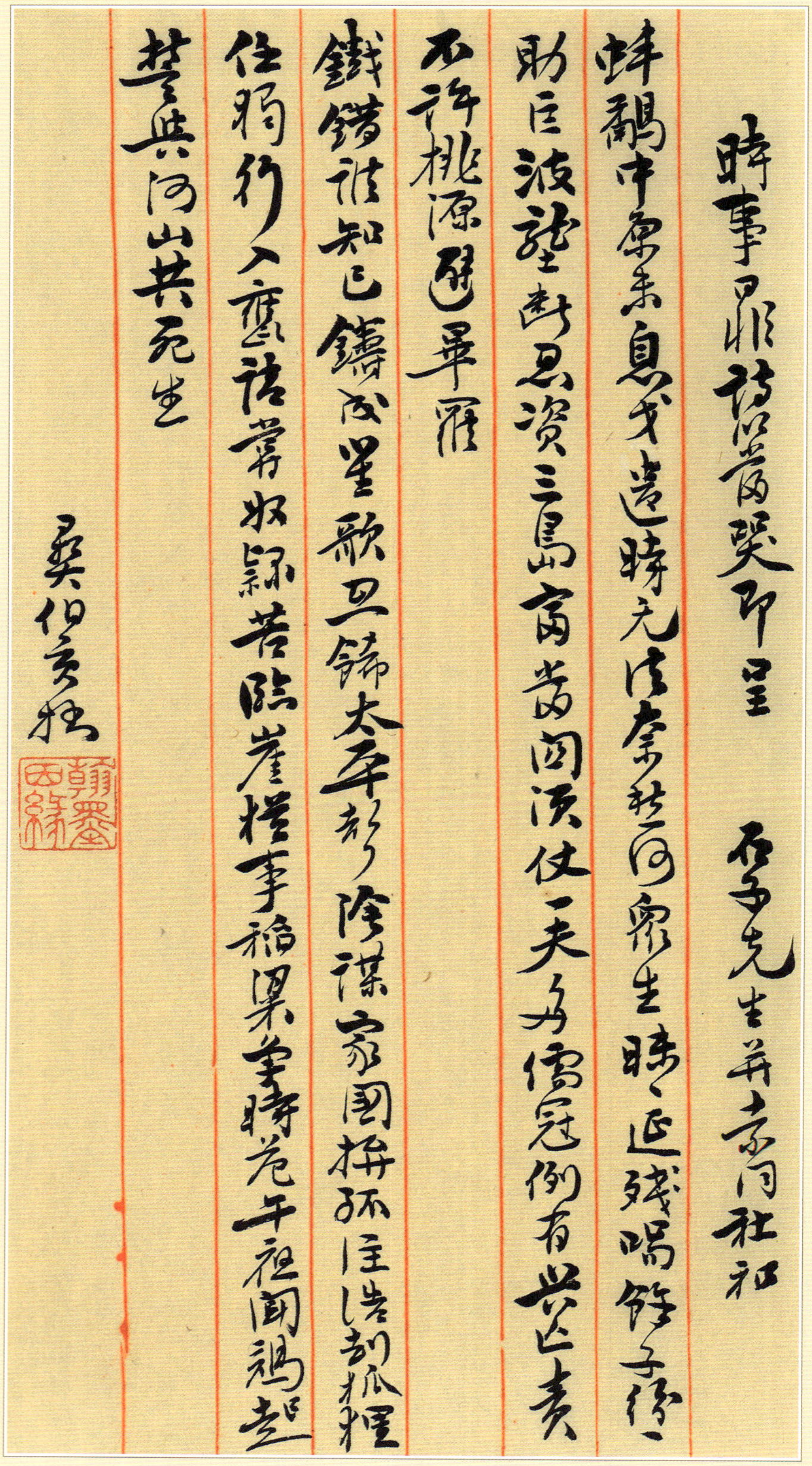

時事日非詩以當哭即呈石子先生并索同社和

蚌鷸中原未息戈，遣時無法奈愁何。衆生昧昧延殘喘，餘子紛紛助巨波。壟斷忍資三島富，當關須仗一夫多。儒冠例有興亡責，不許桃源避畢羅。

鐵錯誰知已鑄成，笙歌空飾太平聲。陰謀家國拚孤注，浩劫狐狸任獨行。入甕請嘗奴隸苦，臨崖猶事稻粱爭。時危午夜聞鷄起，誓與河山共死生。

彝伯貢拙。（『翰墨因緣』）

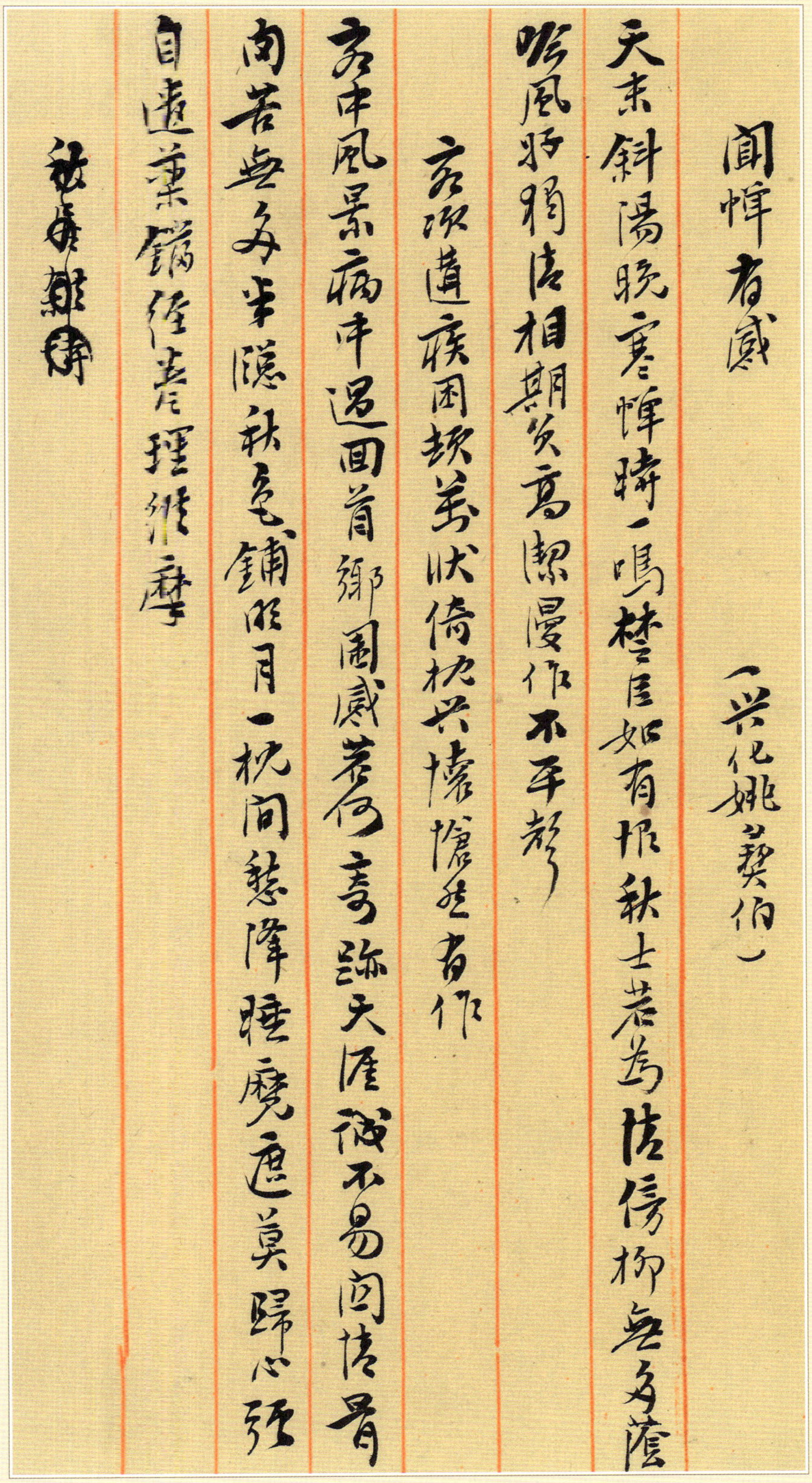

聞蟬有感（興化姚彝伯）

天末斜陽晚，寒蟬時一鳴。楚臣如有恨，秋士若爲情。傍柳無多蔭，吟風好獧清。相期負高潔，漫作不平聲。

客次遺疾困頓萬狀倚枕興懷愴然有作

客中風景病中過，回首鄉園感若何。寄迹天涯誠不易，關情骨肉苦無多。半窗秋色鋪明月，一枕閒愁降睡魔。遮莫歸心强自遣，藥鐺經卷理維摩。

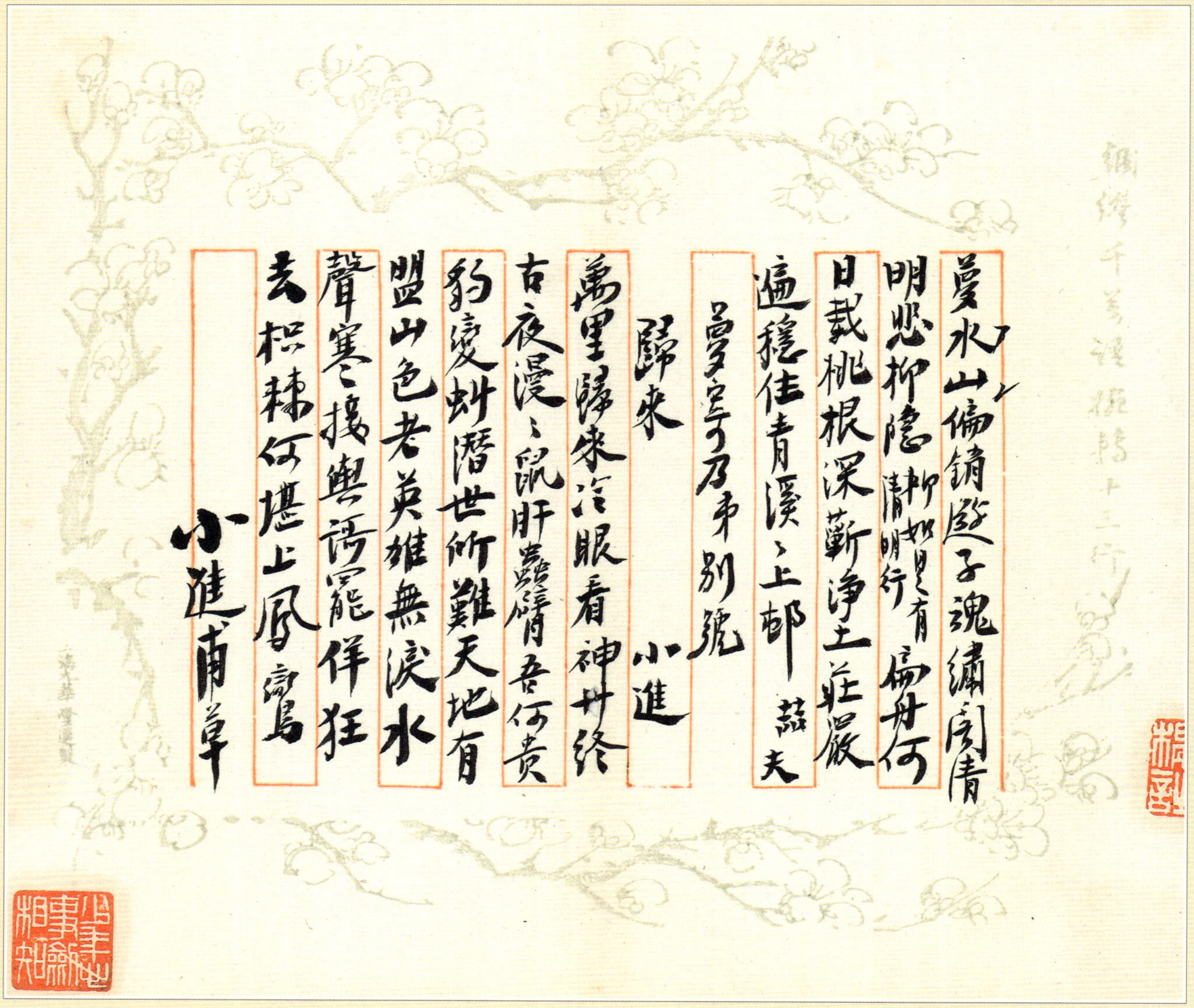

馬駿聲

……夢，山水偏銷遊子魂。綉閣清明悲柳隱（柳如是有《清明行》），扁舟何日載桃根。深蘄淨土莊嚴遍，穩住清溪溪上村。（喆夫）

夢寄乃弟別號。

歸來　小進

萬里歸來冷眼看，神州終古夜漫漫。鼠肝蟲臂吾何貴，豹變虬潛世所難。天地有盟山色老，英雄無泪水聲寒。接輿歌罷佯狂去，枳棘何堪上鳳鸞。

小進甫草。（『少年心事劍相知』）

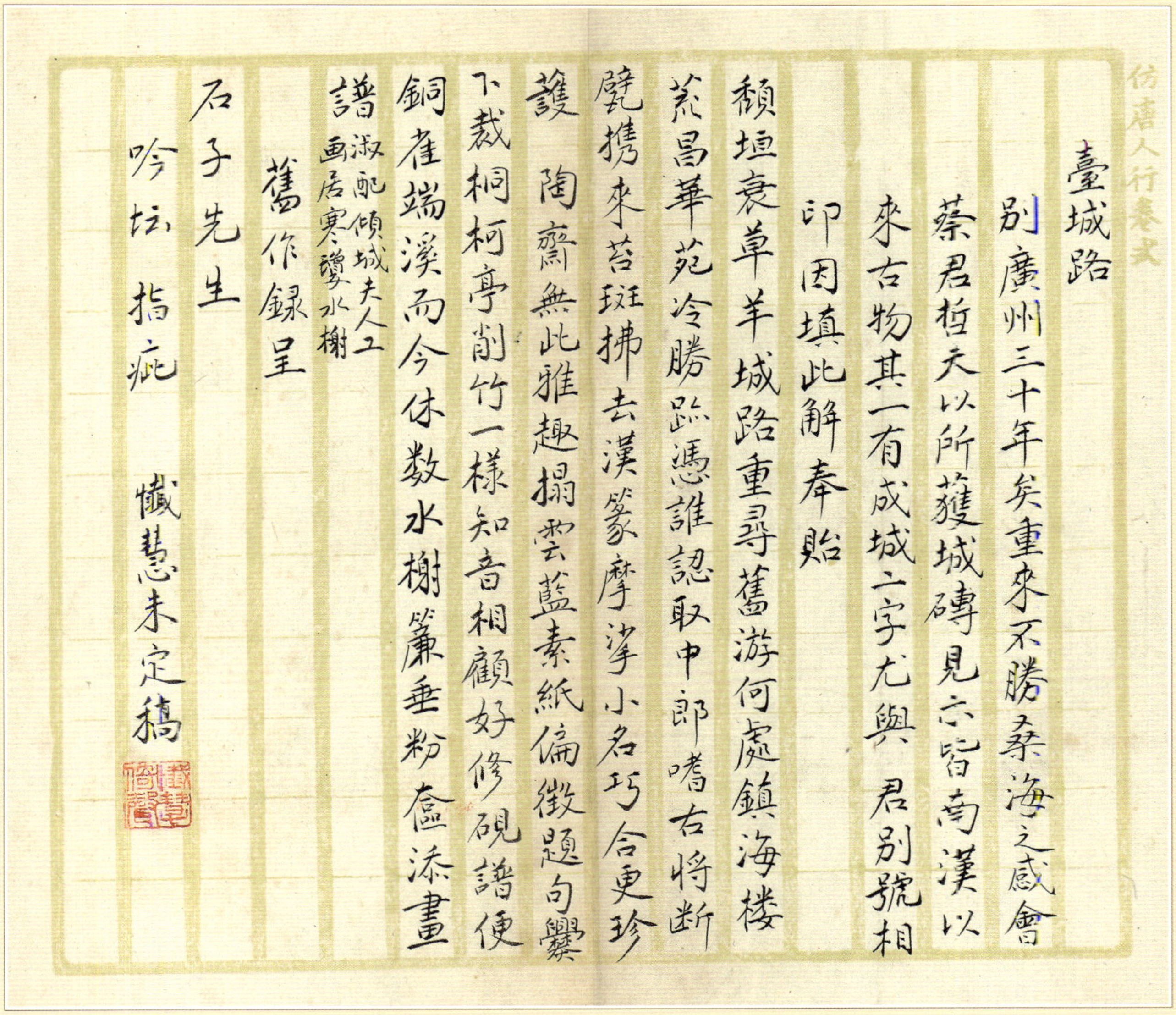
仿唐人行卷式

臺城路

別廣州三十年矣重來不勝桑海之感會蔡君哲夫以所獲城磚見示皆南漢以來古物其一有成城二字尤與　君別號相印因填此解奉貽

頹垣衰草羊城路重尋舊游何處鎮海樓荒昌華苑冷勝跡憑誰認取中郎嗜古將斷甓携來苔斑拂去漢篆摩挲小名巧合更珍護　陶齋無此雅趣搨雲藍素紙偏徵題句爨下裁桐柯亭削竹一樣知音相顧好修硯譜便銅雀端溪而今休數水榭簾垂粉奩添畫譜（淑配傾城夫人工畫居寒瓊水榭）

舊作録呈

石子先生

吟坛指疵　懺慧未定稿

徐自華

臺城路

別廣州三十年矣，重來不勝桑海之感。會蔡君哲夫以所獲城磚見示，皆南漢以來古物。其一有『成城』二字，尤與君別號相印，因填此解奉貽。

頹垣衰草羊城路，重尋舊游何處。鎮海樓荒，昌華苑冷，勝迹憑誰認取。中郎嗜古。將斷甓携來，苔斑拂去。漢篆摩挲，小名巧合更珍護。　陶齋無此雅趣。拓雲藍素紙，偏徵題句。爨下裁桐，柯亭削竹，一樣知音相顧。好修硯譜。便銅雀端溪，而今休數。水榭簾垂，粉奩添畫譜（淑配傾城夫人工畫，居寒瓊水榭）。

舊作録呈石子先生吟坛指疵。懺慧未定稿。（『懺慧倚聲』）

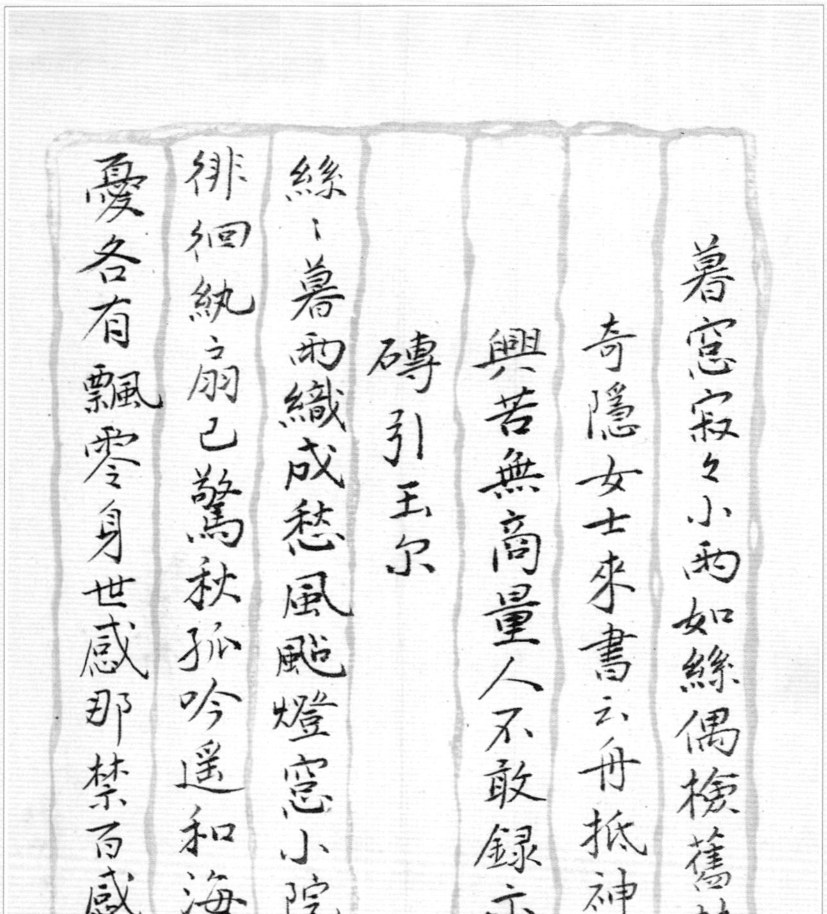
暮窗寂々小雨如絲偶檢舊詩追思影事忽得吴
奇隱女士来書云舟抵神户矣異國山川頗助吟
興苦無商量人不敢録示口占一律寄之聊作拋
磚引玉尓
絲々暮雨織成愁風颭燈窗小院幽檢點殘牋還憶舊
徘徊紈扇已驚秋孤吟遥和海天濶長嘯空懷漆室
憂各有飄零身世感那禁百感上心頭

暮窗寂寂小雨如絲偶檢舊詩追思影事忽得吴奇隱女士來書云舟抵神户矣異國山川頗助吟興苦無商量人不敢録示口占一律寄之聊作抛磚引玉爾

絲絲暮雨織成愁，風颭燈窗小院幽。檢點殘箋還憶舊，徘徊紈扇已驚秋。孤吟遥和海天闊，長嘯空懷漆室憂。各有飄零身世感，那禁百感上心頭。

徐炳恒

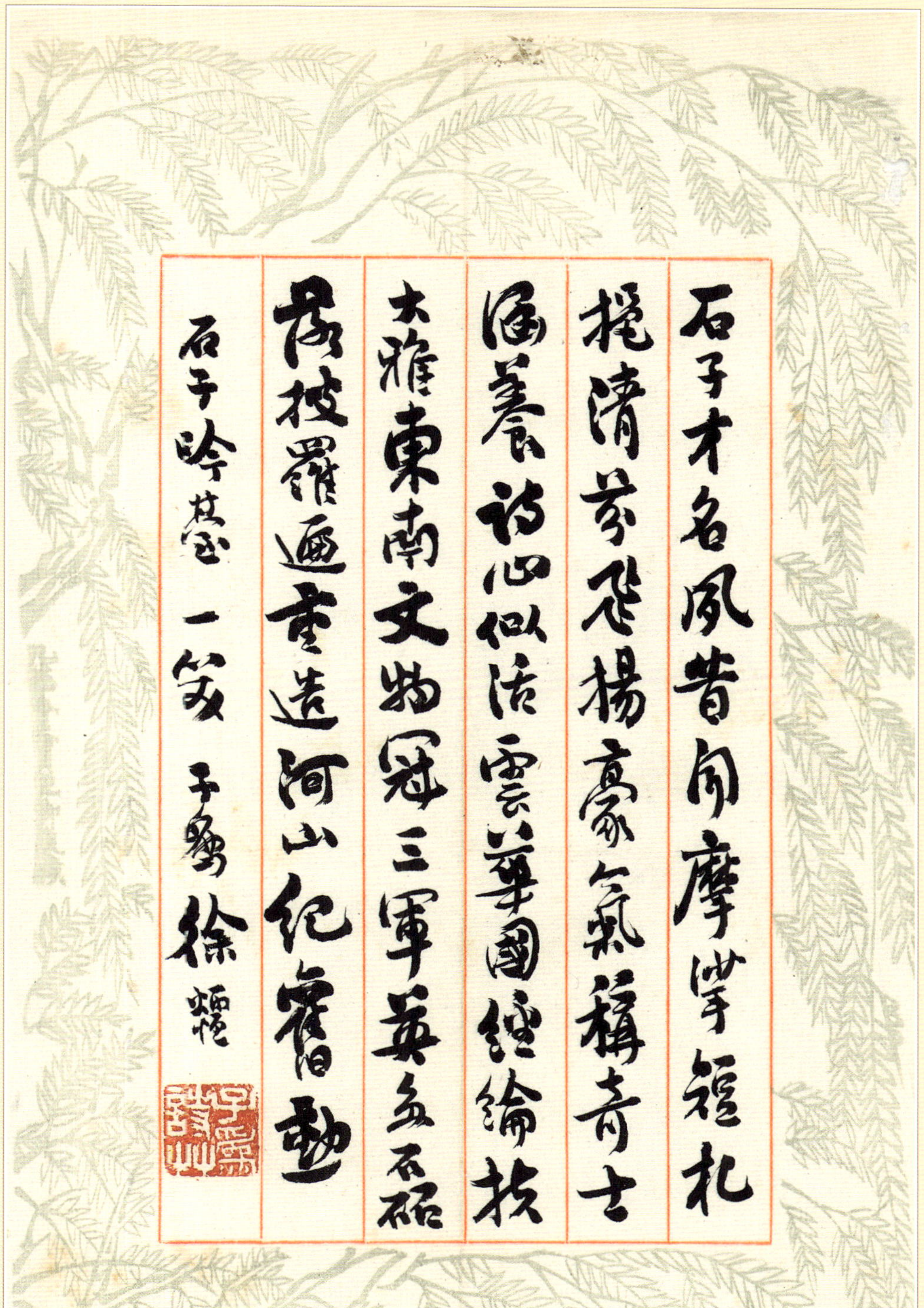

石子才名夙昔聞，摩挲短札挹清芬。飛揚豪氣稱奇士，涵養詩心似活雲。華國經綸扶大雅，
東南文物冠三軍。英多磊落搜羅遍，重造河山紀舊勳。
石子吟壇一笑。子爲徐炳恒。（『子爲詩草』）

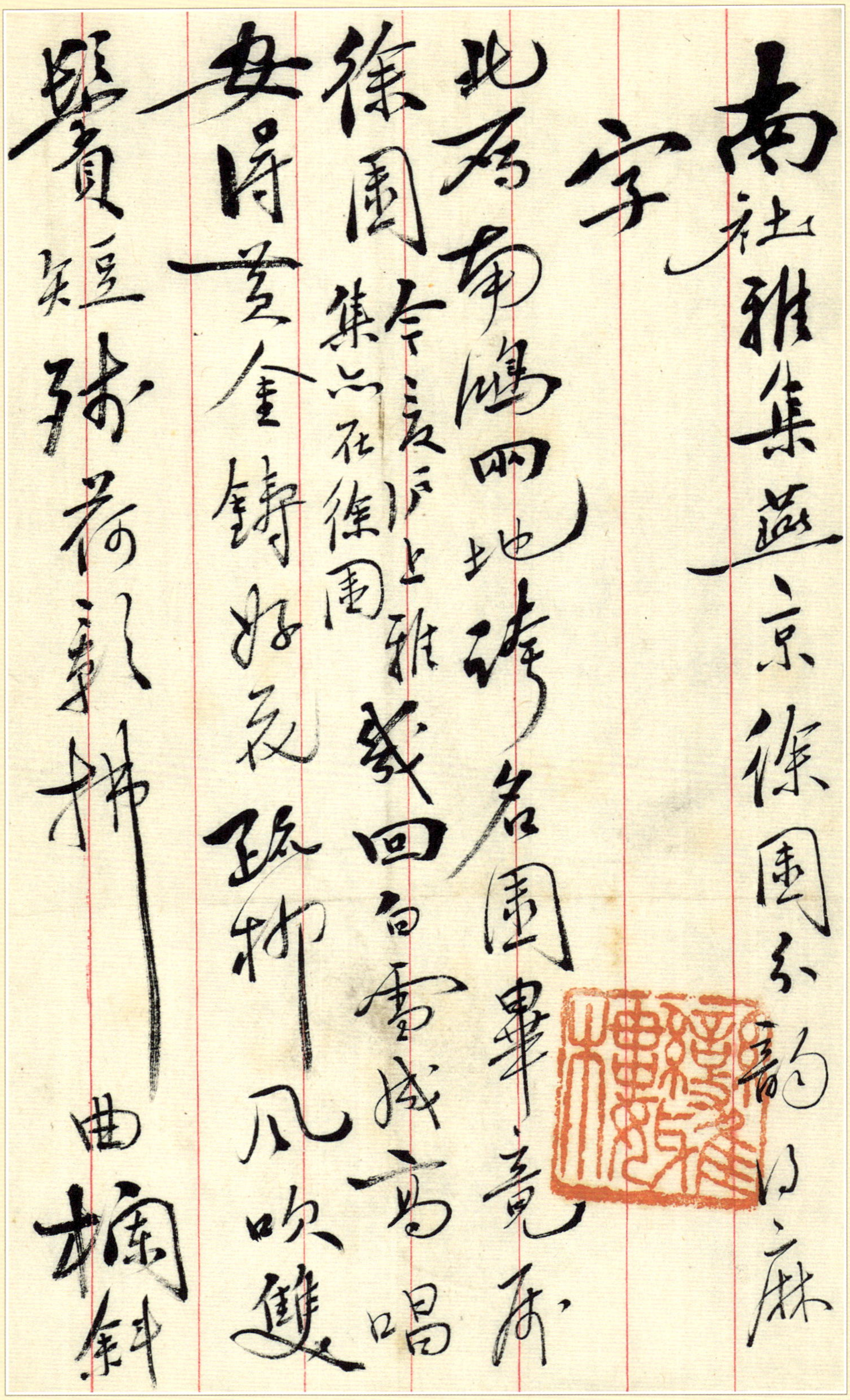
南社雅集燕京徐園分韻得麻字
北雁南鴻兩地詩名園畢竟屬徐園今夏滬上雅集亦在徐園幾回白雪成高唱安得黃金鑄好花疏柳風吹雙鬢短殘荷影拂曲欄斜

高旭

南社雅集燕京徐園分韻得麻字

北雁南鴻兩地詩，名園畢竟屬徐園（今夏滬上雅集亦在徐園）。幾回白雪成高唱，安得黃金鑄好花。疏柳風吹雙鬢短，殘荷影拂曲欄斜。

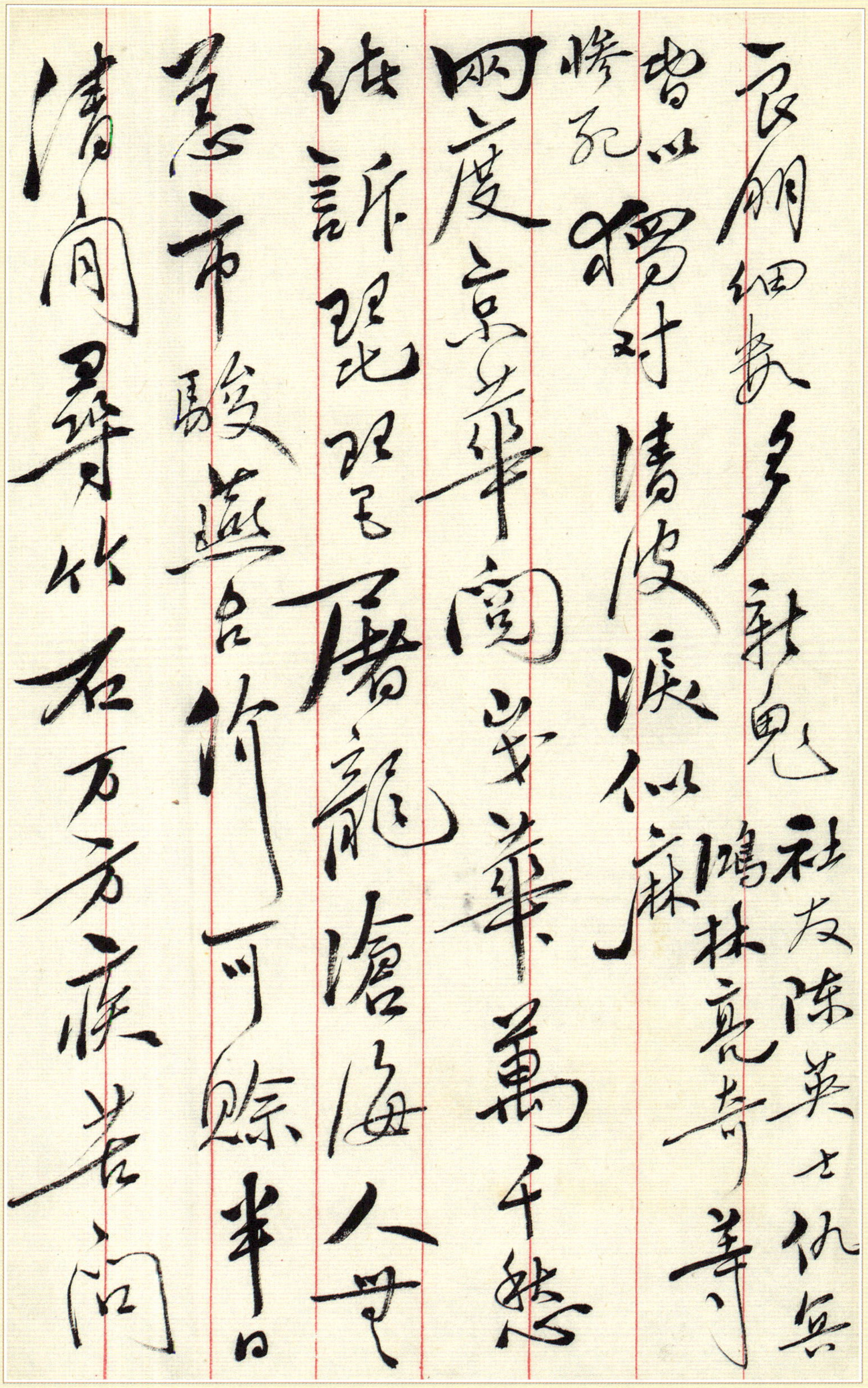

良朋細數多新鬼（社友陳英士、仇冥鴻、林亮奇等皆以慘死），獨對清波泪似麻。

兩度京華閲歲華，萬千愁緒訴琵琶。屠龍滄海人無恙，市駿燕臺價可賒。半日清閒尋竹石，

萬方疾苦問桑麻。

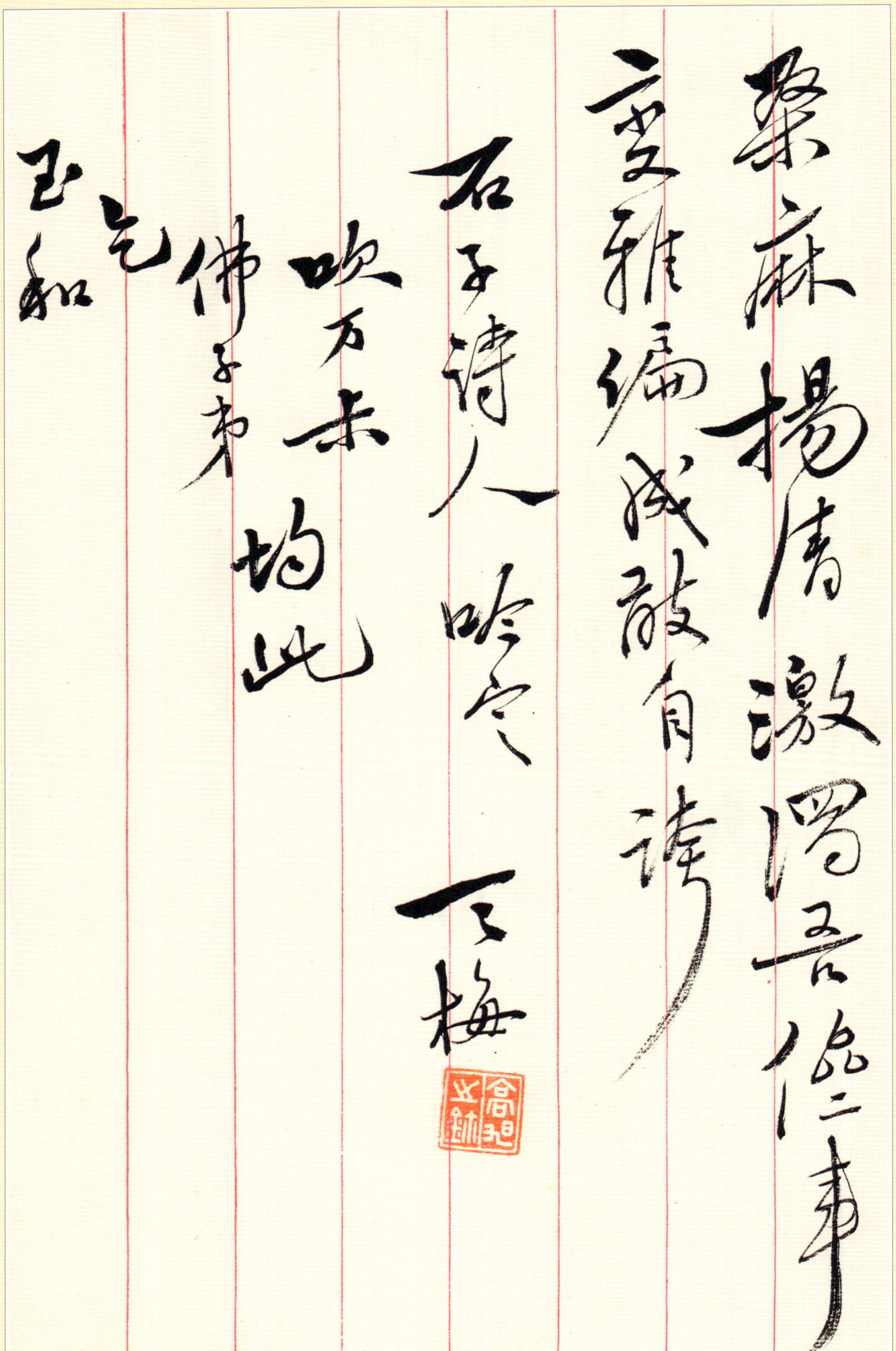

揚清激濁吾儕事，變雅編成敢自誇。

石子詩人吟定。吹萬叔、佛子弟均此。乞玉和。天梅。（『變雅楼』『高旭之鉨』）

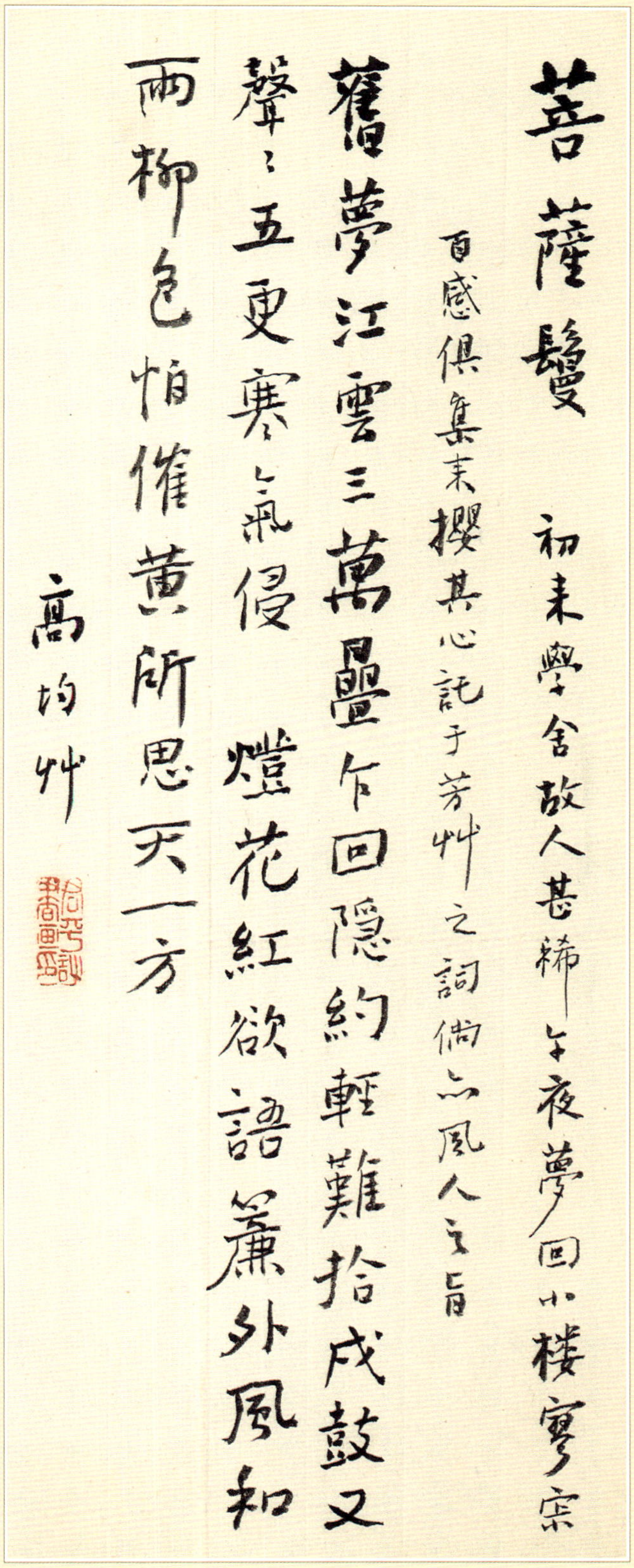

高均

菩薩鬘

初來學舍，故人甚稀，午夜夢回，小樓寥寂，百感俱集，來攖其心，托于芳草之詞，倘亦風人之旨。

舊夢江雲三萬疊，乍回隱約輕難拾。戍鼓又聲聲，五更寒氣侵。　燈花紅欲語，簾外風和雨。柳色怕催黃，所思天一方。

高均草。（『君平詩書畫印』）

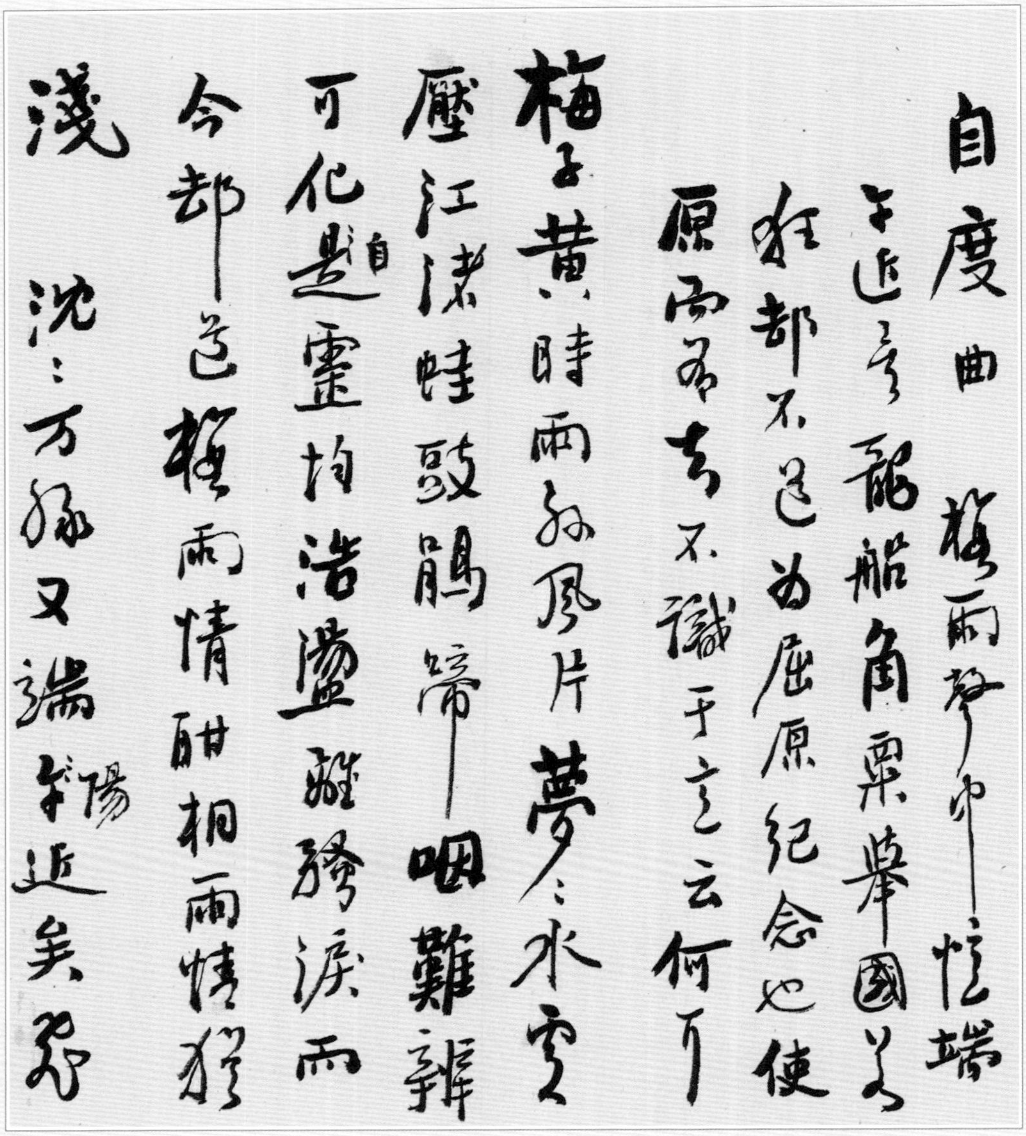

自度曲

梅雨聲中憶端午近矣，龍船角粟，舉國若狂，却不道爲屈原紀念也。使原而有知，不識于意云何耳。

梅子黃時，雨絲風片。夢夢水雲歷江渚，蛙鼓鵑啼咽難辨，可化自靈均浩蕩離騷泪。而今却道，梅雨情酣，桐雨情猶淺。　沈沈萬綠，又

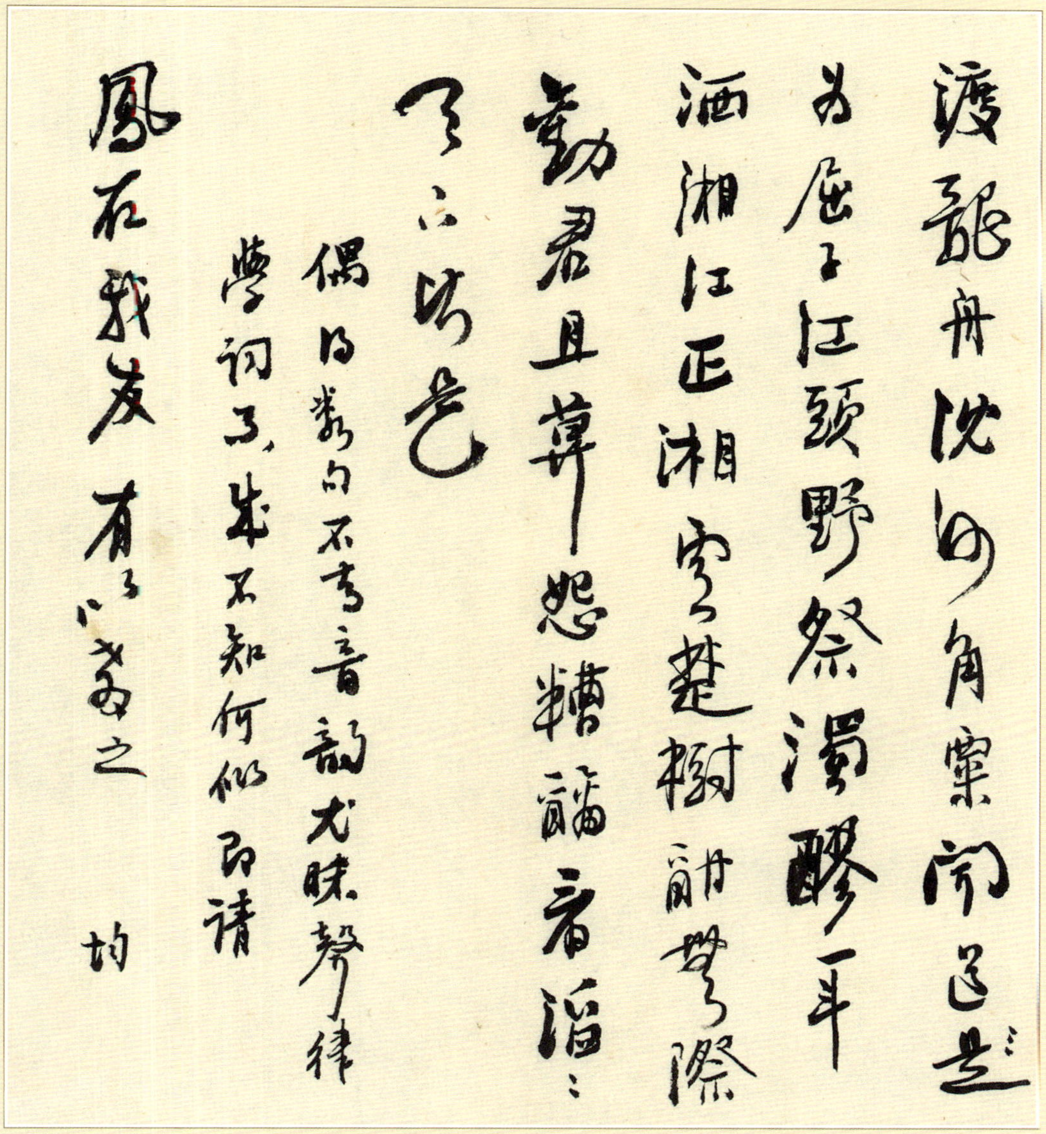

端陽近矣。飛渡龍舟，沈河角粟，聞道爲屈子江頭野祭。濁醪一斗灑湘江，正湘雲楚樹酣無際。勸君且莫怨糟醨，看滔滔天下皆是。

偶得數句，不知音韻，尤昧聲律，學詞不成，不知何似。即請鳳石我友有以教之。均。

贈彼妹

妙齡最難得，慎莫羡壯年。壯年多辛苦，哀樂生憎嗔。歡笑多假意，不及汝涕漣。
少小不知愁，年去誰爲惜。有如長天風，去去到無極。歡聲入寥冥，海鷗逐波舀。
吁嗟彼姝子，慎莫多悲思。汝年正朝旭，春風發天涯。花枝始欲茂，攀折須待時。
年華一已長，運厄多悔咎。結友肝膽傾，覆手盟言負。歡場樂事多，嘆息不忠厚。
司命縱難逭，歡樂且娱憂。容顔正嬌好，爛漫雙明眸。秋波映天光，慧心欲露流。娱憂且歡樂，無使顔生愁。

千八百二十五年。按時年廿三歲也。

偶譯罽俄小詩五章，廢終日之力，玩物喪志，不免大雅所譏，録示左右，幸是正之。此上石子足下。壬子七夕高均頓首。

贈彼姝

妙齡最難得，慎莫羨壯年。年年多辛苦，哀樂生憎嗔。欲笑多假意，不及
汝弟漣。少小不知愁，年去復為惜。有如長天風，去去到無極。欲接入寰
冥海，踏遍波囂。吁嗟嗟彼姝子，慎莫多兒思。汝年正韶旭，春風若下
渡花枝，正好歡笑攀折須待時。年華一已長，運命多悔咎，結交將勝
假，覆手翻云負歡場，空子多嘆息不忠厚。司命經難逃，歡樂且娛憂
言談正嬌好，爛漫發明眸，秋波映下光，慧心歡露。淒娛憂且歡，樂無可使談
生愁

千八百二十五年　按時年廿三歲也

偶譯蕙俄小詩五章，應時日之方玩物喪志，不免大雅所譏。録示　左右，未是
正之　竹上
君子　足下

壬戌七夕　高柏

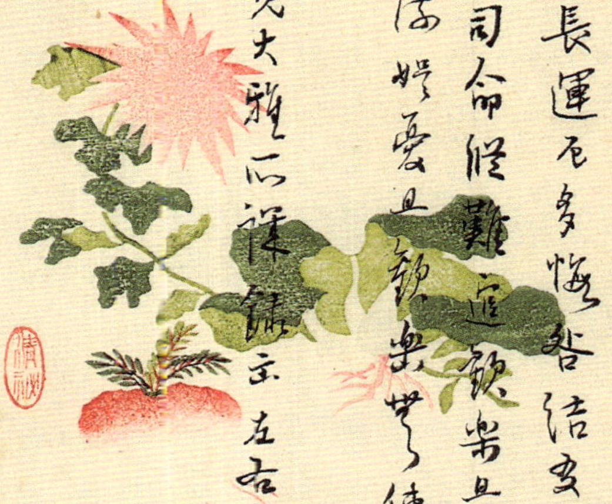

寒夜不寐口占（丙辰十二月）

夜午風微定，重衾强自支。影深轉虛白，思苦益支離。但有肺肝冷，原無奭媚姿。故疑人海迴，遊目即天池。

亡妻遺髮（乙巳二月）

結髮爲夫妻，不謂終離別。人天一以隔，忽忽有歲月（我婦逝旬日，有傖人言曰：人死便有歲月也。余爲憬然）。冰魂不可追，泪影沈溟渤。造物憐吾意，剩此青青髮。幽幽玄珠光，拳拳靈蛇骨。委轉玉匣中，芳烈誓不滅。孤燈一相對，倘認君顔色。

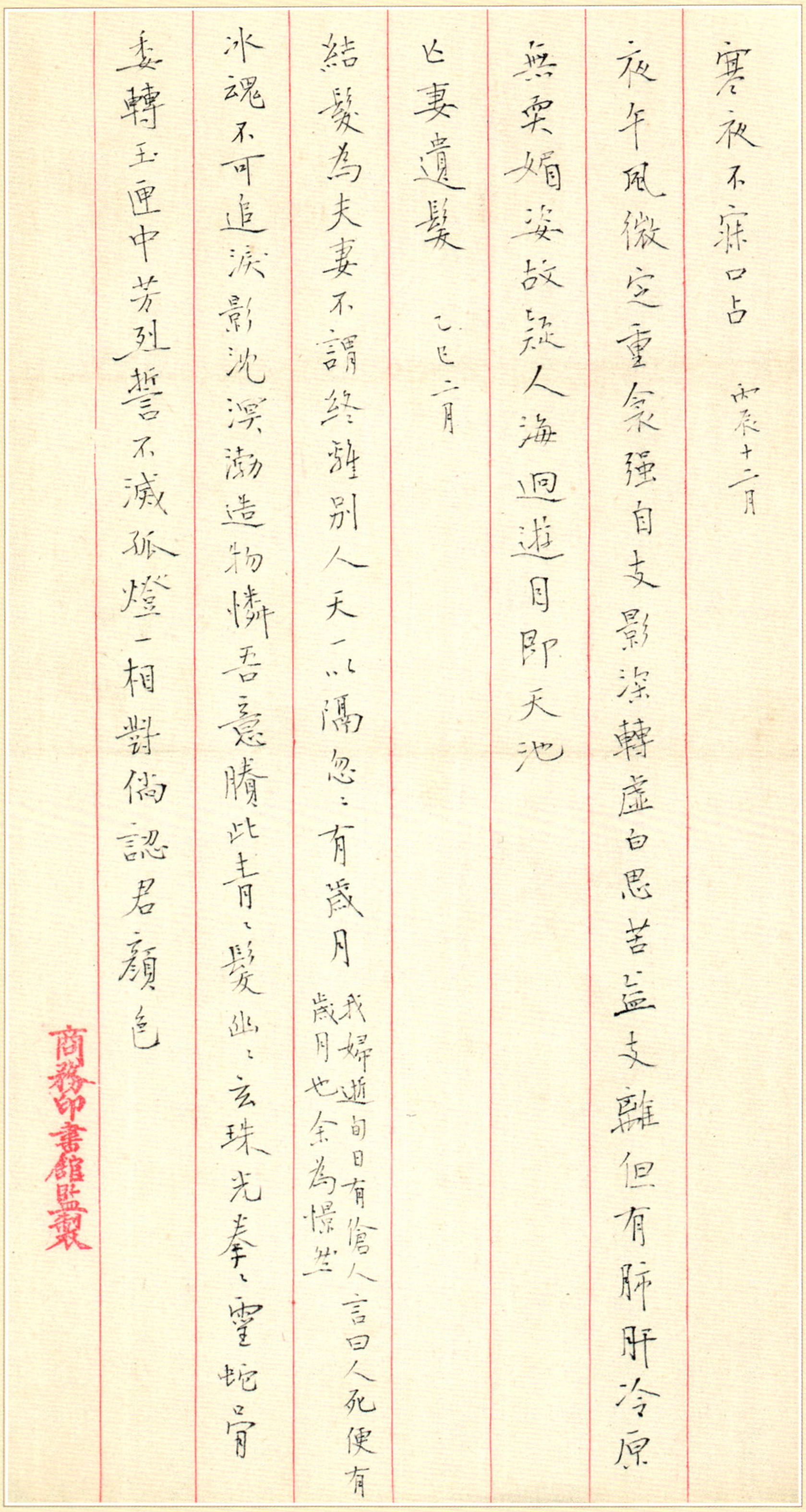

寒夜不寐口占　丙辰十二月
夜午風微定重衾强自支影深轉虛白思苦益支離但有肺肝冷原
無奭媚姿故疑人海迴遊目即天池
亡妻遺髮　乙巳二月
結髮為夫妻不謂終離別人天一以隔忽忽有歲月　我婦逝旬日有傖人言曰人死便有歲月也余為憬然
冰魂不可追淚影沈溟渤造物憐吾意賸此青青髮幽幽玄珠光拳拳靈蛇骨
委轉玉匣中芳烈誓不滅孤燈一相對倘認君顏色
商務印書館監製

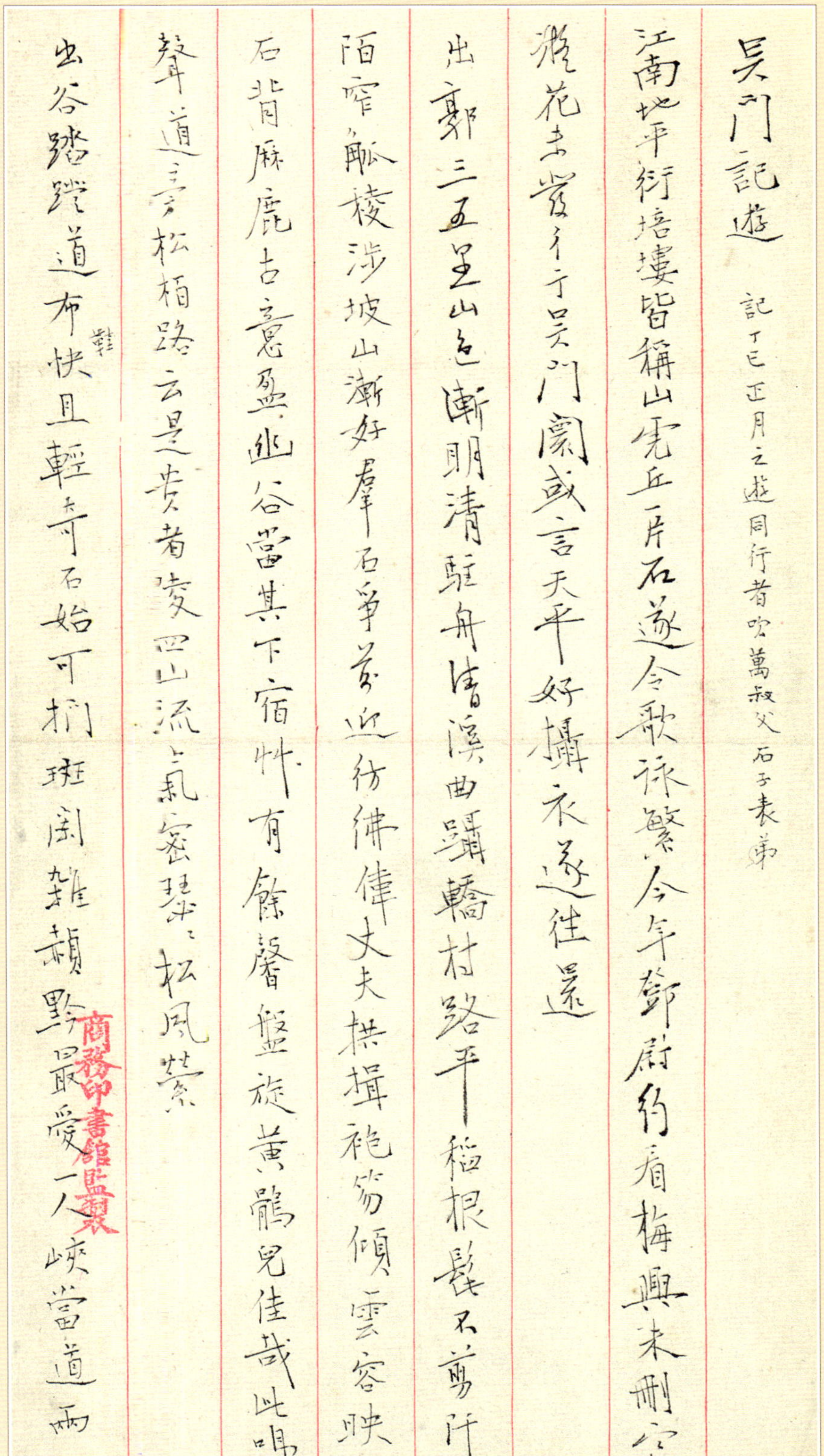

吳門記遊（記丁巳正月之遊同行者吹萬叔父石子表弟）

江南地平衍，培塿皆稱山。虎丘一片石，遂令歌咏繁。今年鄧尉約，看梅興未删。寒凝花未發，彳亍吳門闤。或言天平好，攝衣遂往還。

出郭三五里，山色漸明清。駐舟清溪曲，躡轎村路平。稻根髭不剪，阡陌窄觚棱。涉坡山漸好，群石争前迎。仿佛偉丈夫，拱揖袍笏傾。雲容映石背，歷鹿古意盈。幽谷當其下，宿草有餘馨。盤旋黃鸝兒，佳哉此鳴聲。道旁松柏路，云是貴者陵。四山流氣密，瑟瑟松風縈。

出谷踏蹬道，布鞋快且輕。奇石始可捫，斑斕雜頳黔。最愛一人峽，當道兩山靈。

蛇行歷其腹，碨礧如汲瓶。仰頭又一石，欲錫靈鼉名。忽然已絶頂，伸眉見郊坰。平原走遠岫，石勢皆磨稜。吴山古温奥，良哉斯言誠。

石子詩人吟正。君平。丁巳二月初九。

山靈蛇行歷其腹碨礧如汲瓶仰頭又一石欲錫靈鼉名忽然已絶頂伸眉見郊坰平原走遠岫石勢皆磨稜吴山古温奥良哉斯言誠
石子詩人吟正 君平 丁巳二月初九

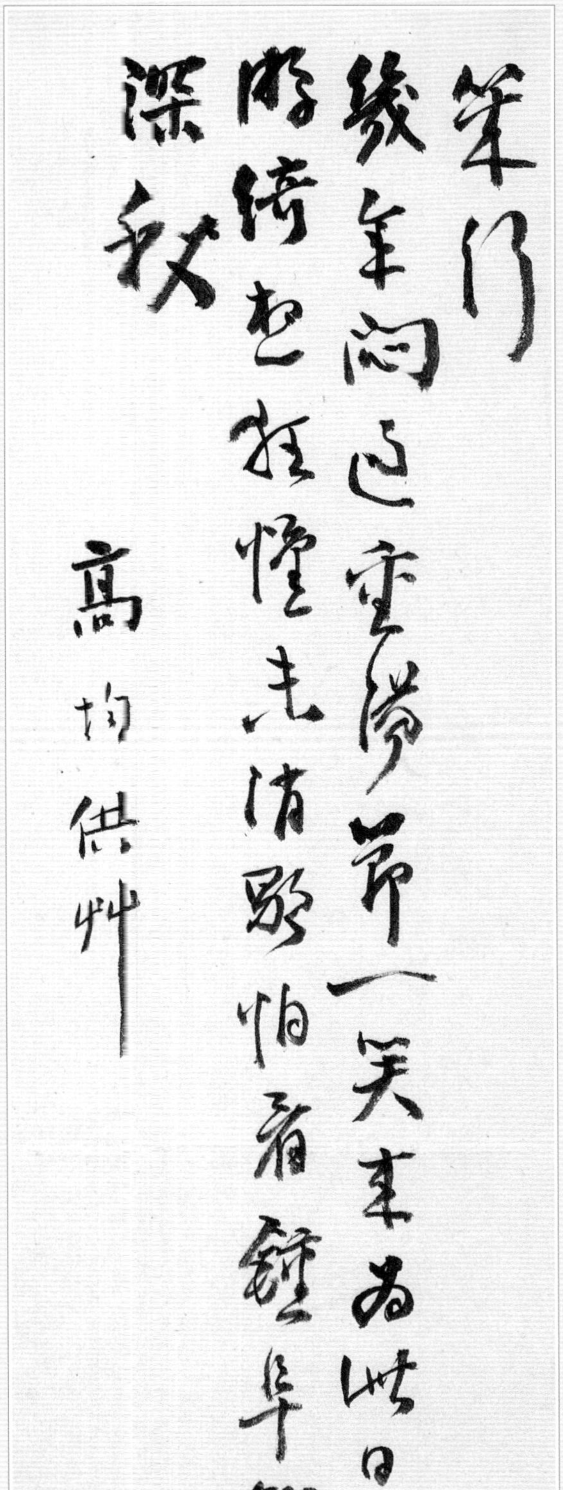

策行

幾年悶過重陽節，一笑來爲此日游。綺想狂歡未消歇，怕看鍾阜欲深秋。

高均供草。

吹萬老人餐菊以一詩奉賀

菜甲已嫌滋味熟，菊英新意奉尊前。乍疑沃雪初翻鼎，頓覺堆霞散作綿。莫惜餐英半甘苦（《本草》曰：菊花甘苦微寒，飽經霜露），不如食蜜徹中邊。青精黄獨定何必，且伴松醪益歲年。

戊午早春重過外家舊宅和君定余自舅氏遷居不踏南塘路者十五年矣

扶舟入港春水足，揩眼初驚舊夢非。遥望屋山明歷落，遂聞人語昔依稀。到來鷄犬頗相愕，如此歲年真若揮。鴉喙仍隨斜照亂，烏羢惜未滿塘飛（余垂髫過南塘，每當烏羢盛開，拂船蓬而過，又外家屋角啼鴉，聽之意遠）。

題二友圖爲盟梅作

鬱鬱蒼髯千歲姿，頑材那識八風披。故應緑萼青玕外，不著僵龍老醜枝。

小詩三章録奉石子老弟吟定。平子草稿。戊午南至。

吷庵老人餐菊以一詩奉賀

菜甲已攙滋味趣菊羹新意奉為常作糜沃雪和翻鼎糕覺堆霜蕊作餘莫惜餐英半甘苦（本草曰山菊花甘苦微寒能經霜露）不如食審微中邊青精黄獨定何如且伴松醪益壽年

戊午早春重過外家舊宅和君定余自舅氏遷居不踏南塘路者十五年矣

扶舟入港春水足措眼初驚舊夢非遙望屋山明處認逢問人語昔依稀到來雞犬疑相識如此幾年真夕揮稍像仍隨斜出乳烏鍼惜未滿塘飛（余昔嘗過南塘每當烏鍼盛開拂船篷而過又外家屋角常聞聽之意遠）

題二友圖為盟梅作

攢攢蒼幹千叢姿頓村那際八風披故應綠萼青玕外不以著僵號老硯樸

小詩三章録奉

石子老弟吟定

季子竹稿　戊午南至

大吉廬製

高基

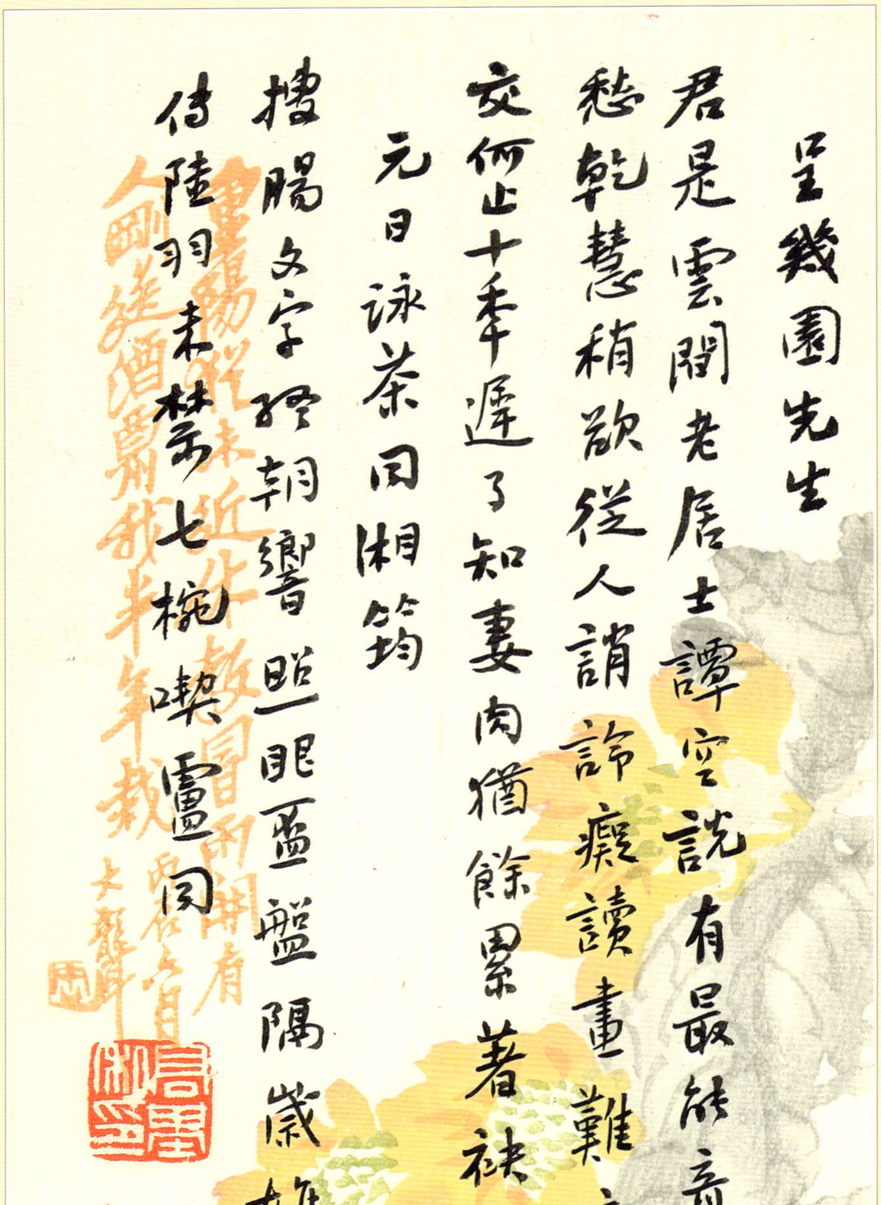

呈幾園先生

君是雲間老居士，譚空説有最能奇。已成面壁愁乾慧，稍欲從人諳詩痴。讀畫難忘中酒後，論交何止十年遲。了知妻肉猶餘累，著袂匆匆不自持。

元日咏茶同湘筠

搜腸文字終朝響，照眼杯盤隔歲雄。剩欲一經傳陸羽，未禁七碗喫盧同。（『高基私印』）

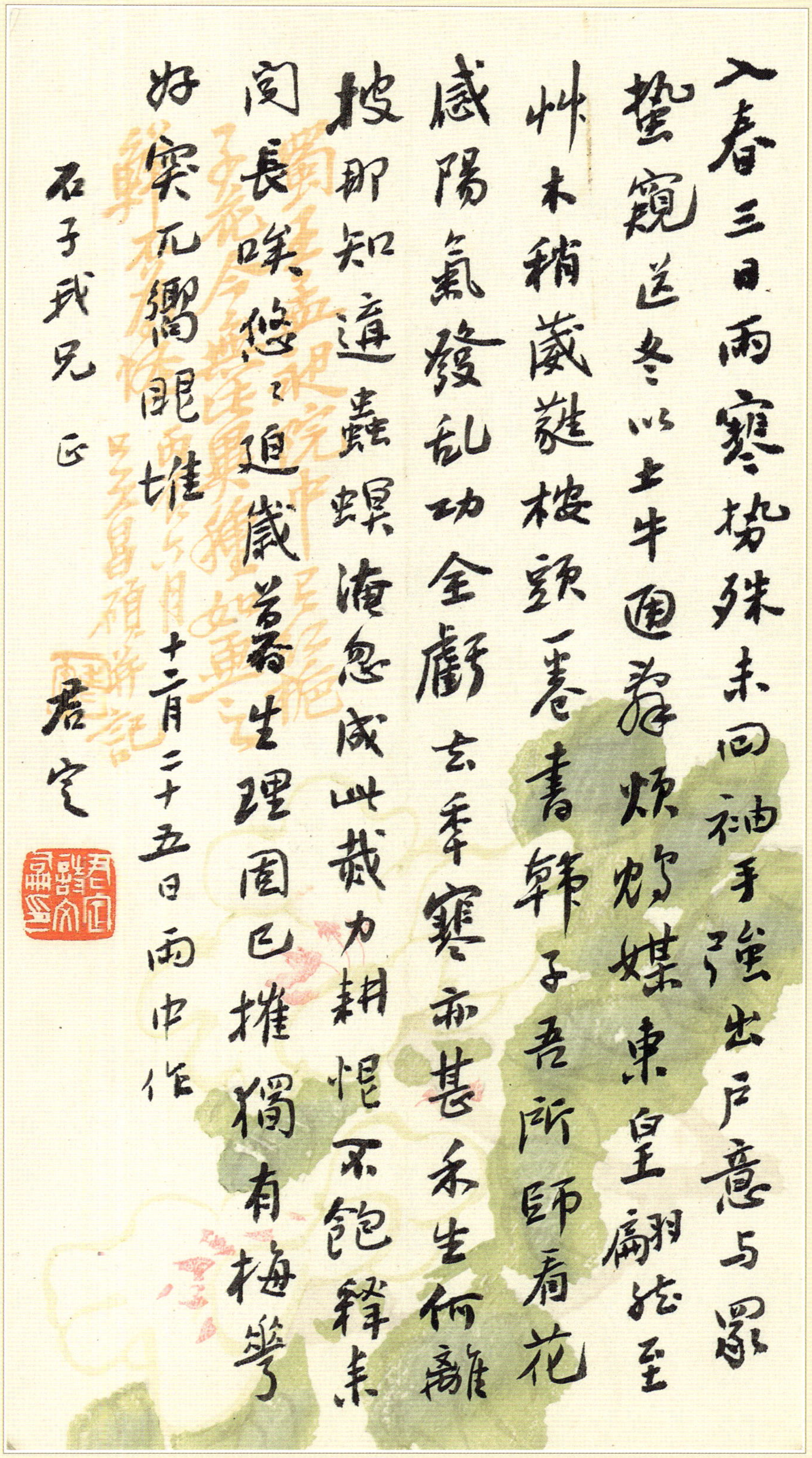

入春三日雨，寒勢殊未回。袖手强出户，意與衆蟄窺。送冬以土牛，通辭煩鴆媒。東皇翩然至，草木稍葳蕤。案頭一卷書，韓子吾所師。看花感陽氣，發亂功全虧。去年寒亦甚，禾生何離披。那知遘蟲螟，淹忽成比灾。力耕恨不飽，釋耒聞長唉。悠悠迫歲暮，生理固已摧。獨有梅華好，突兀嚮眼堆。

十二月二十五日雨中作。石子我兄正。君定。（『君定詩文詞印』）

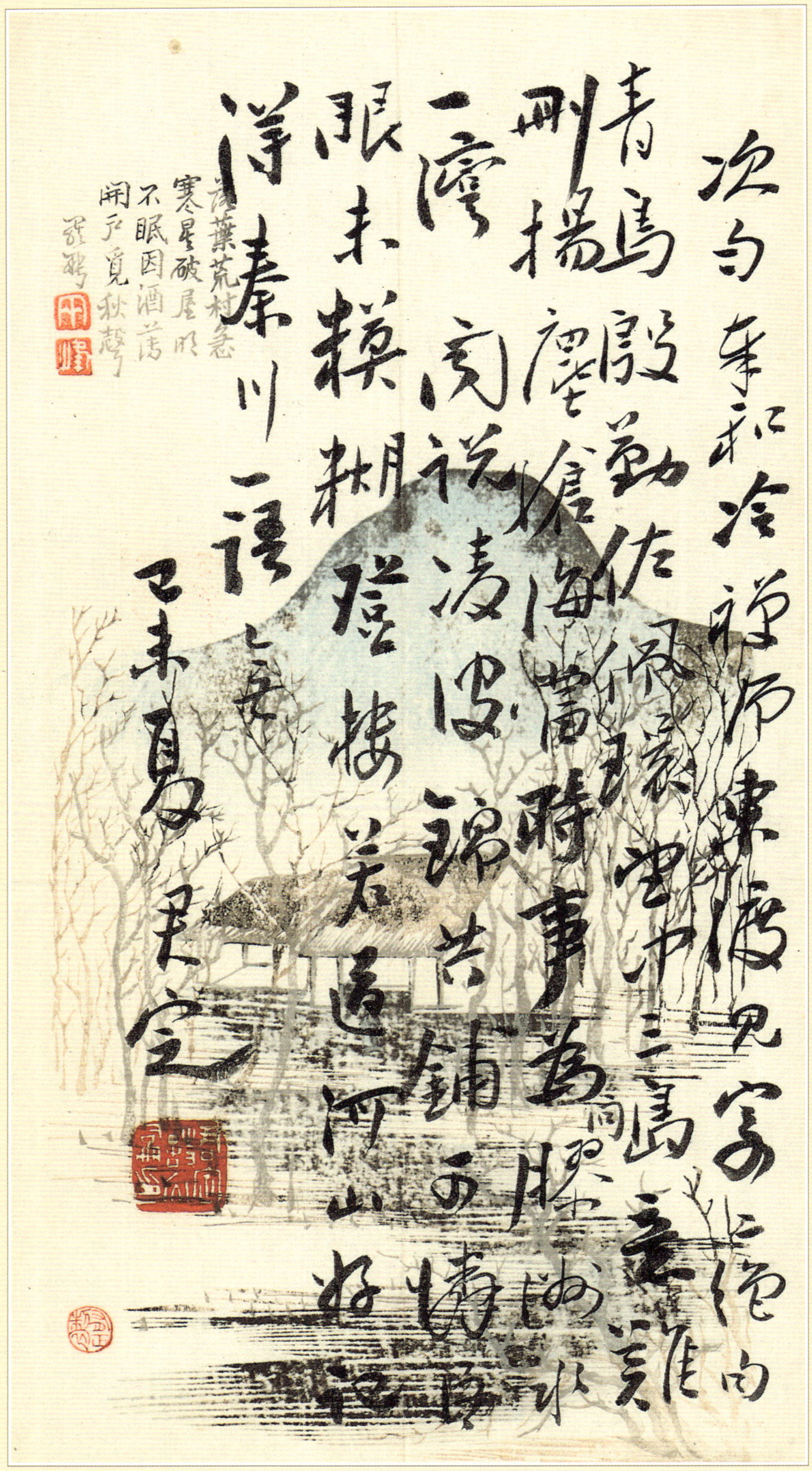

次匀奉和冷禪師東渡見寄二絶句

青鳥殷勤佐佩環，望中三島意難删。揚塵滄海當時事，爲問膠洲水一灣。

聞説凌波錦共鋪，可憐臣眼未模糊。登樓若道河山好，記得秦川一語無？

己未夏君定。（『君定詩文詞印』）

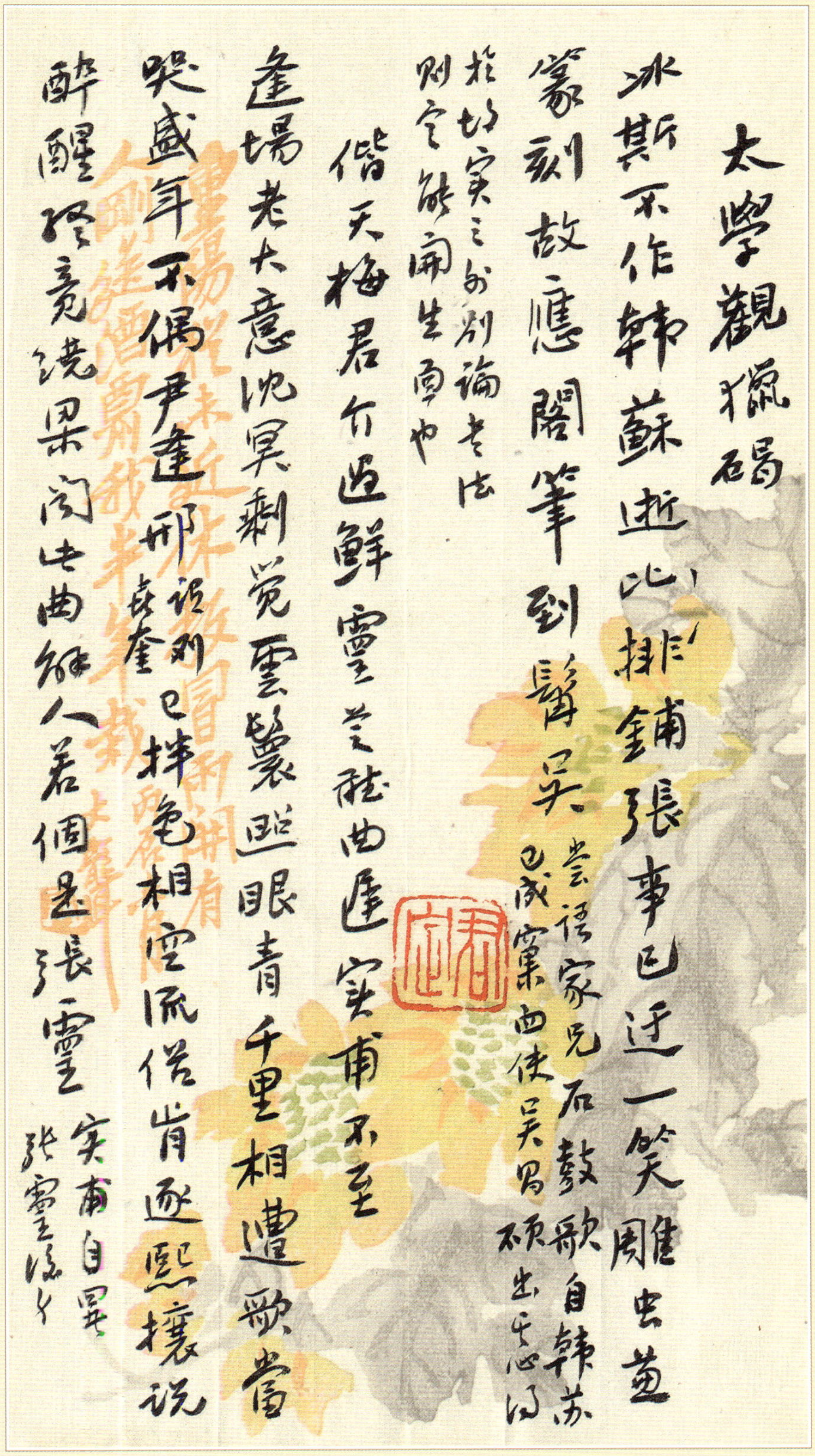

太學觀獵碣

冰斯不作韓蘇逝，排比鋪張事已迂。一笑雕蟲兼篆刻，故應閣筆到髯吴（嘗語家兄，石鼓歌自韓蘇已成窠臼，使吴昌碩出其心得，於故實之外别論書法，則定能開生面也）。（『君定』）

偕天梅君介過鮮靈芝聽曲遲實甫不至

逢場老大意沈冥，剩覺雲鬟照眼青。千里相遺歌當哭，盛年不偶尹逢邢（謂劉喜奎）。已拌色相空流俗，肯逐熙攘説醉醒。終竟繞梁聞此曲，解人若個是張靈（實甫自署張靈後身）。

大風歌 叔父命同君介作（君深）

維夏六月哉生魄，夜色淒清露華白。此時萬籟都無言，爐香冉冉人睡覺。忽聞有聲天半來，重門洞達自闔開。須臾驚濤落檐際，疑有大陸龍蛇起。恍惚昆陽鼙鼓鳴，熊熊虎豹一齊奔。又如楚軍搗靈壁，東出睢水沛湲激。凌晨起坐意屏營，砉然一聲屋角傾。本來萬物爲芻狗，十室何妨損厥九。說與封姨颶母聽，拔山倒樹孰弗勝。何乃故意弄狡獪，一朝飛瓦破我甑（我家竈突爲風所破）。吁嗟乎，大風起兮空復歌，時無劉季當奈何。方今四郊正多壘，安得猛士行荷戈。

天梅及卓厂亦有數首，未知天梅所作渠抄視否？

大風歌敘又介同君所作（君作）

催夜六月寄生瞑夜色淒清壽筆白此時
柴一梗都氣氛爐火冉冉人睡覺忽聞有聲
天半夜重門洞達直閫開險吹迸肆
落展隊殘有大建旋阪起境抱毘陽
擊鼓鳥鐵鐵定約一霄奔西九楚手揭
雲壓東出瞻[illegible]水市[illegible]漠激淩[illegible]
晨起生意屏營碧危一敲危角頹未
來菜抱翁為物十金母方揆廢九說
與封趁颺母陵接出樹熟弗傳何乃
故意弄接[illegible]一朝飛民不陵我曾家我窗
破呼罷平古風起號空復歌時今突為風吹
壹奇女兒今夕何勿郎云多墨安手至季
士行藉戈

天梅及单广六府鼓首来知？梅所作渠杉联？

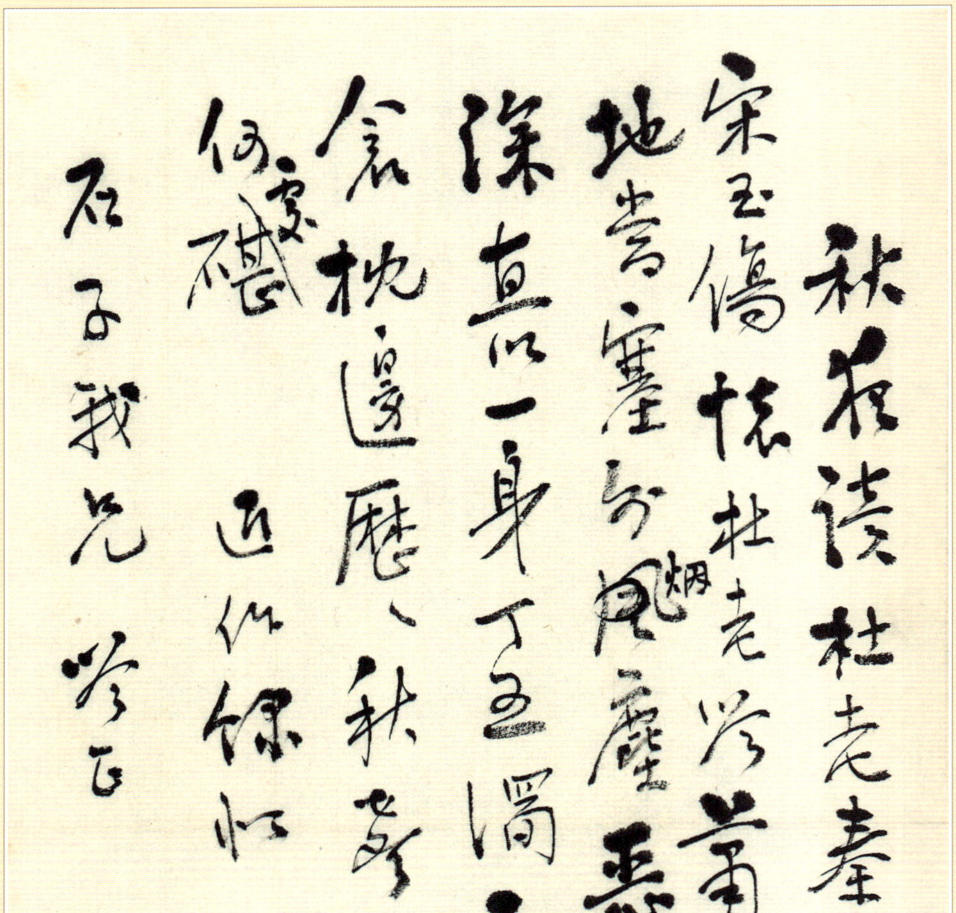

秋夜讀杜老秦州雜詩感賦

宋玉傷懷杜老吟，蕭蕭落葉響楓林。地當塞外烟塵惡，詩入秦中感慨深。直以一身丁五濁，
更堪午夜擁孤衾。枕邊歷歷秋聲到，風急天高何處砧。
近作録似石子我兄吟正。君深初稿。

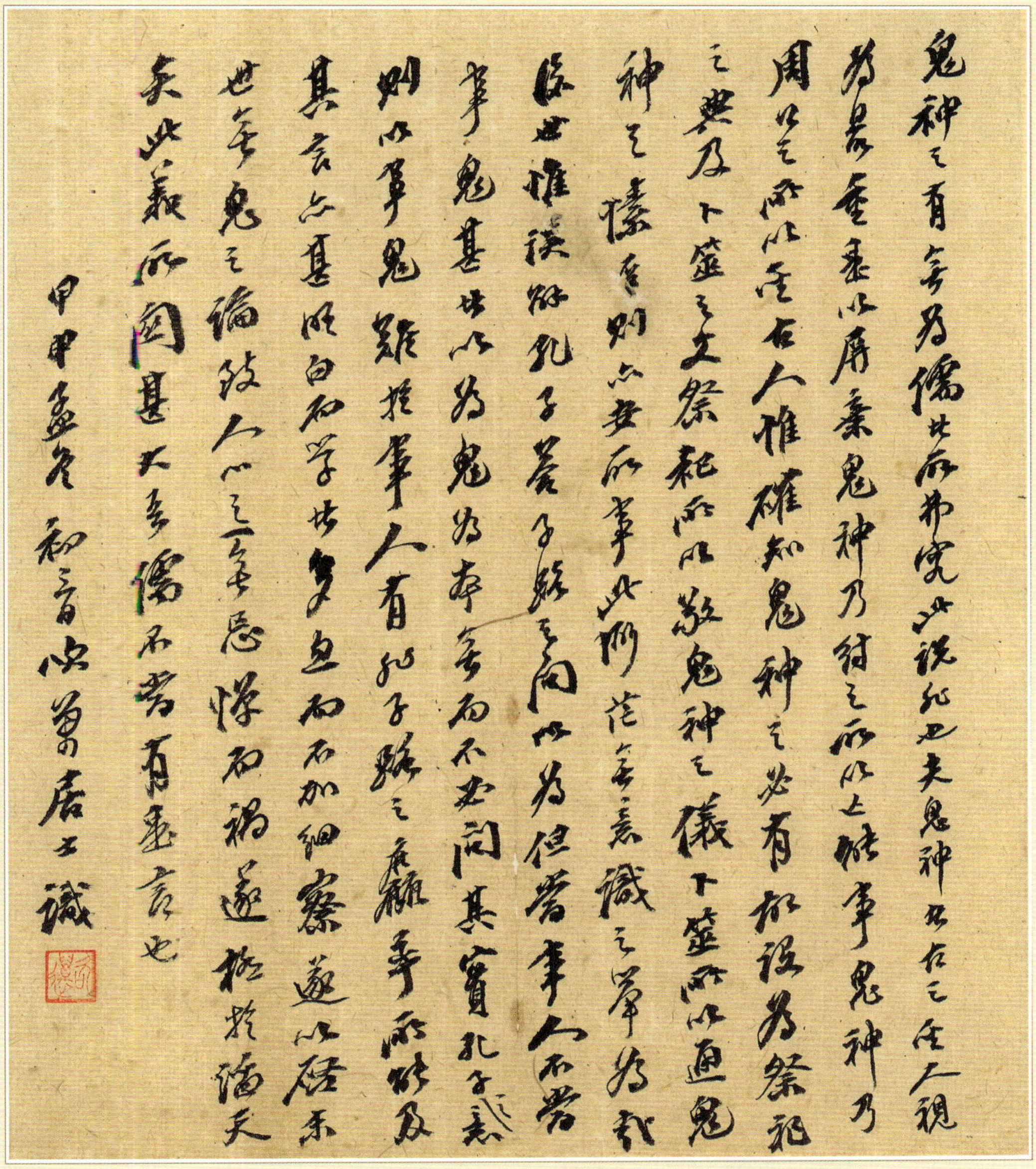

高燮

鬼神之有無，爲儒者所弗究。此説非也。夫鬼神者，古之聖人視爲最重。是以屏棄鬼神，乃紂之所以亡；能事鬼神，乃周公之所以聖。古人惟確知鬼神之必有，故設爲祭祀之典及卜筮之文。祭祀所以敬鬼神之儀，卜筮所以通鬼神之愫，否則亦安所事此渺茫無意識之舉爲哉？後世惟誤解孔子答子路之問，以爲但當事人，不當事鬼，甚者以爲鬼爲本無而不必問。其實孔子之意，則以事鬼，難於事人，有非子路之粗率所能及，其言亦甚明白，而學者多忽而不加細察，遂以啓末世無鬼之論，致人心之一無忌憚，而禍遂極於滔天矣。此義所關甚大，吾儒不當有是言也。

甲申孟冬初三日吹萬居士識（『吹萬』）

陳去病

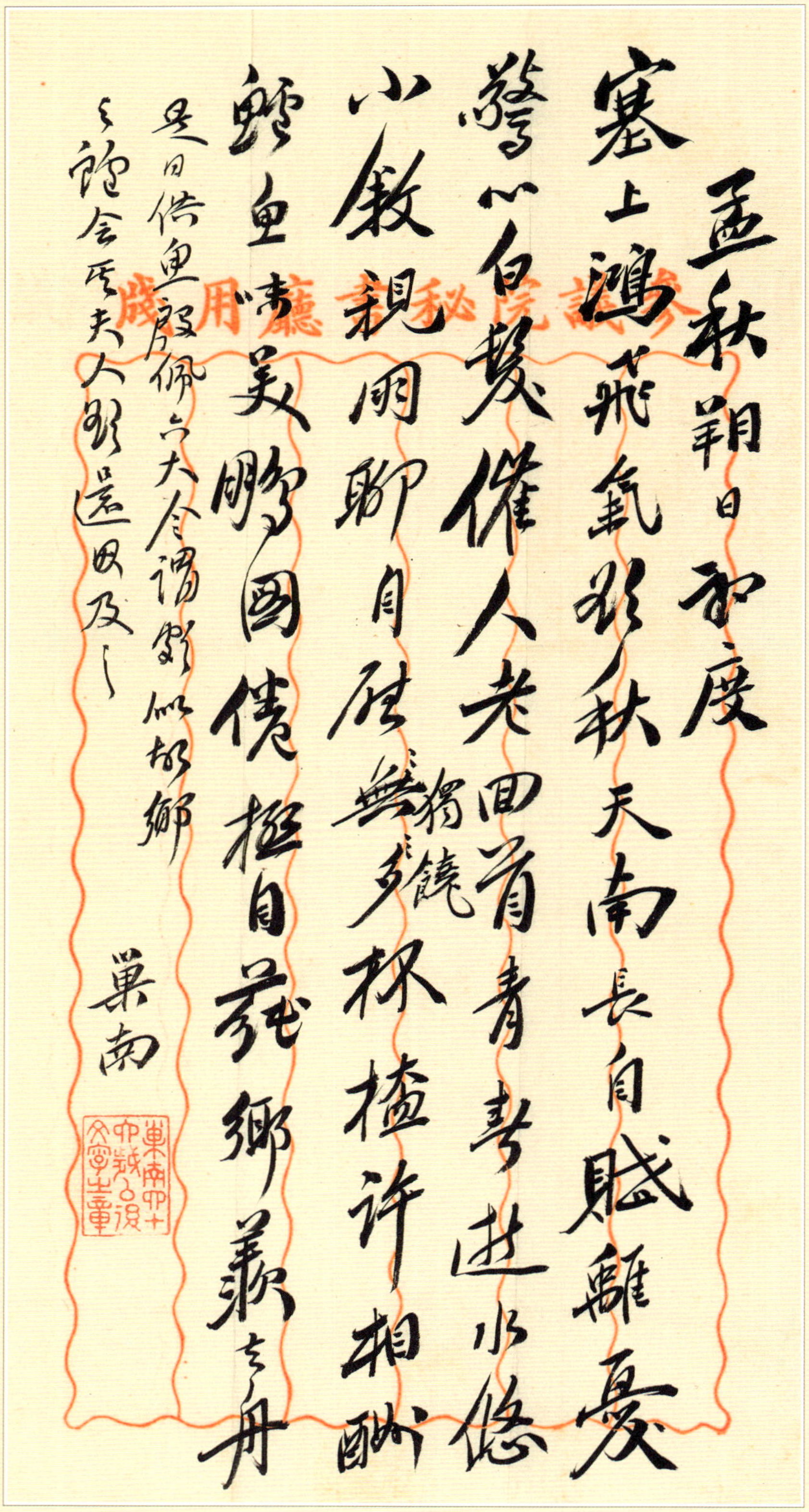

孟秋朔日初度

塞上鴻飛氣欲秋，天南長自賦離憂。驚心白髮催人老，回首青春逝水悠。小敘親朋聊自慰，獨饒杯榼許相酬。鱸魚味美鵬圖倦，極目蒓鄉羨去舟。

是日供魚，殷佩六大令謂頗似故鄉之鱸，會其夫人欲還，因及之。巢南。（『巢南四十六歲以後文字之章』）

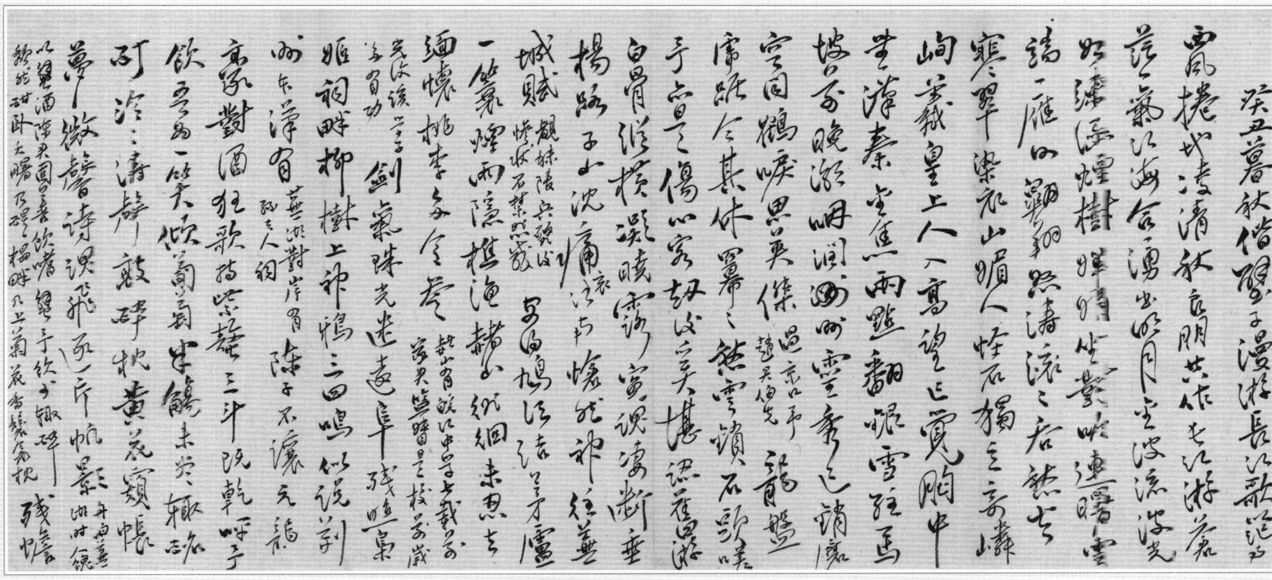

張昭漢

癸丑暮秋偕璧子漫游長江歌以記事

西風捲地淩清秋，良朋共作長江游。蒼茫一氣江海合，涌出明月金波流。波光如練涵烟樹，嬋娟坐對吟連曙。雲端一雁何翱翔，怒濤滚滚吞愁去。寒翠染衣山媚人，怪石獨立奇嶙峋。羲皇上人入高望，已覺胸中無漢秦。金焦兩點翻銀雪，駐馬坡前晚潮咽。潤州靈秀已銷磨，空聞鶴唳思英杰（過京口弔趙君伯先）。龍盤虎踞今其休，冪冪愁雲鎖石頭。嗟予亦是傷心客，劫後奚堪認舊游。白骨縱横凝曉露，冤魂凄斷垂楊路。子山沈痛哀江南，愴然神往蕪城賦（睹秣陵兵燹後慘狀不禁悲感）。安得鳩江結茅廬，一蓑烟雨隱樵漁。赭山徘徊未忍去，緬懷桃李多令譽（赭山有皖江中學，七載前家君監督是校，前歲光復，該學子多有功）。劍氣珠光迷遠阜，殘照梟姬祠畔柳。樹上神鴉三四鳴，似説荆州本漢有（蕪湖對岸有孫夫人祠）。陳子不讓元龍豪，對酒狂歌持紫螯。三斗既乾呼予飲，吾爲一笑傾葡萄。半觴未盡輒酩酊，泠泠濤聲敲醉枕。黄花窺帳夢微馨，詩魂飛逐片帆影（舟泊蕪湖時人饋以蟹酒，陳君固善飲嗜蟹，予飲少輒醉，頹然酣卧，天曙乃醒，榻畔几上，菊花香襲衾枕）。

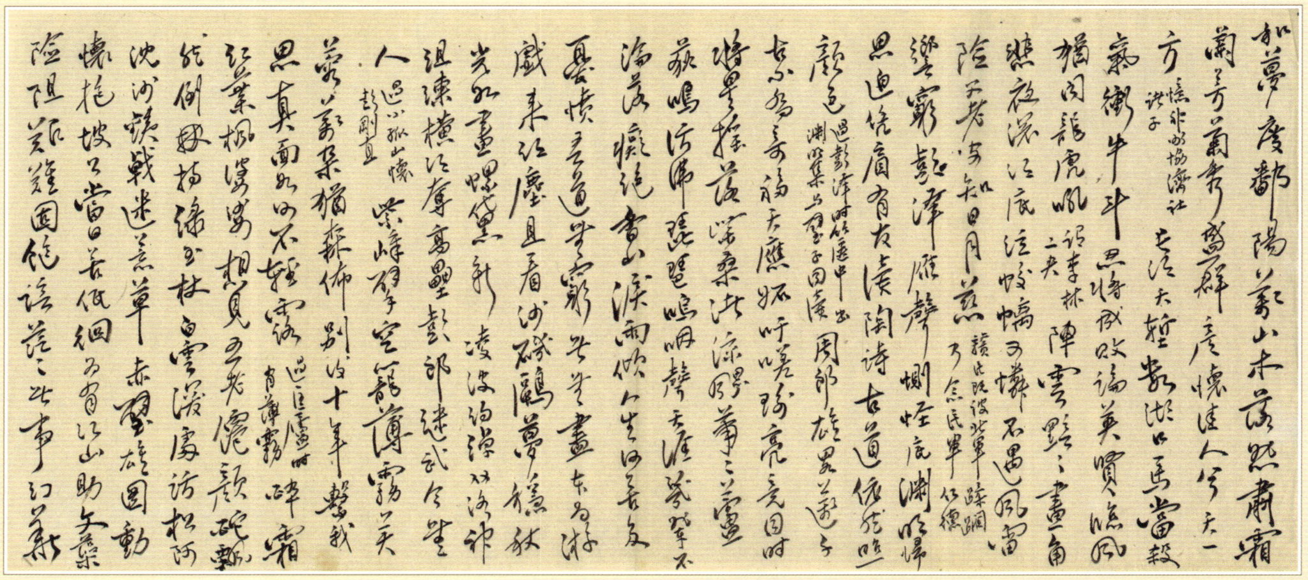

殘蟾和夢度鄱陽，萬山木落悲肅霜。蘭芳菊秀盛群彥，懷佳人兮天一方（憶神州協濟社諸子）。長江天塹數湖口，馬當殺氣衝牛斗。忍將成敗論英賢，臨風猶聞龍虎吼（謂李、林二君）。陣雲黯黯畫角悲，夜深江底泣蛟螭。可憐不遇風雷險，父老安知日月慈（贛民既被北軍蹂躪，乃念民軍仁德）。響窮彭澤雁聲惻，怪底淵明歸思迫。憑肩有友讀陶詩，古道依然照顏色（過彭澤時篋中出《淵明集》與壁子同讀）。周郎雄略邁千古，小喬奇福天應妒。吁嗟瑜亮竟同時，將星搖落柴桑渚。涼颸蕭蕭蘆荻鳴，彷彿琵琶嗚咽聲。天涯幾輩不淪落，痴絕香山淚雨傾。人生何苦多憂憤，吾道無窮苦無盡。本爲游戲來紅塵，且看沙磯鷗夢穩。秋光如畫螺黛新，凌波約綽雙洛神。組練橫江奪高壘，彭郎繼武今無人（過小孤山懷彭剛直）。紫嶂擘空籠薄霧，芙蓉萬朵猶森布。別後十年繫我思，真面如何不輕露（過匡盧時有薄霧）。醉霜紅葉楓婆娑，想見五老仙顏酡。飄然倒持綠玉杖，白雲深處訪松阿。沈沙鐵戟迷荒草，赤壁雄圖動懷抱。坡公當日苦低徊，爲有江山助文藻。險阻艱難固飽諳，茫茫世事幻華曇。

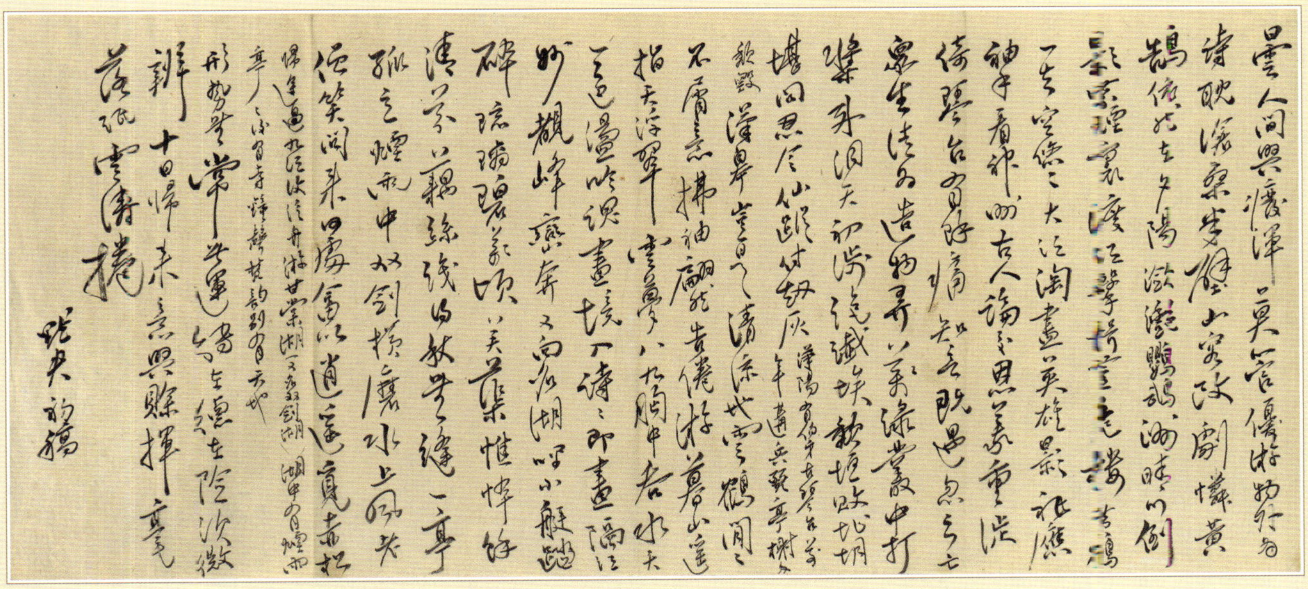

人間興廢渾莫管，優游物外爲詩耽。滄桑半壁山容改，劇憐黃鵠依然在。夕陽瀲灩鸚鵡洲，晴川倒影紫烟裏。渡江擊楫登危樓，黃鶴一去空悠悠。大江淘盡英雄影，祇應袖手看神州。古人論交恩義重，徒倚琴臺有餘痛。知音既遇忽云亡，衆生徒爲造物弄。萬緑叢中打槳來，洞天初涉絕纖埃。頹垣殘址鶴樓月，今令仙跡付劫灰（漢陽有伯牙古琴臺，前二年清兵燹，亭榭多頹毀）。漢臯豈是清涼地，雲鶴閒閒不屑意。拂袖翩然告倦游，暮山遙指天浮翠。雲夢八九胸中吞，水天一色蕩吟魂。畫境入詩詩即畫，隔江妙睹峰巒奔。又向名湖呼小艇，踏碎琉璃碧萬頃。芙蕖憔悴餘清芬，藕絲織得秋無縫。一亭孤立烟雨中，雙劍横磨水上風。老僧笑問來何處，答以逍遥覓赤松（歸途過九江，復泛舟游甘棠湖（又名雙劍湖），湖中有烟雨亭，亭後有寺，鐘聲梵韵，别有天地）。形勢無常世運轉，在德在險須微辨。十日歸來意興賒，揮毫落紙雲濤捲。

默君初稿

張傳琨

別桃源諸子次希曾元韵

行行重行行，悵然賦別離。浮雲歸思切，落日去帆遲。多難仍于役，無才自數奇。贈言期皓首，莫謂路多歧。

滬杭道中感賦

草草權爲江上客，狂澆礌砢酒盈卮。只今雨雪霏微日，正是魚龍曼衍時。鐵弩無靈潮怒吼，金甌欲碎勢難支。十年磨劍期嘗試，此意人間恐未知。

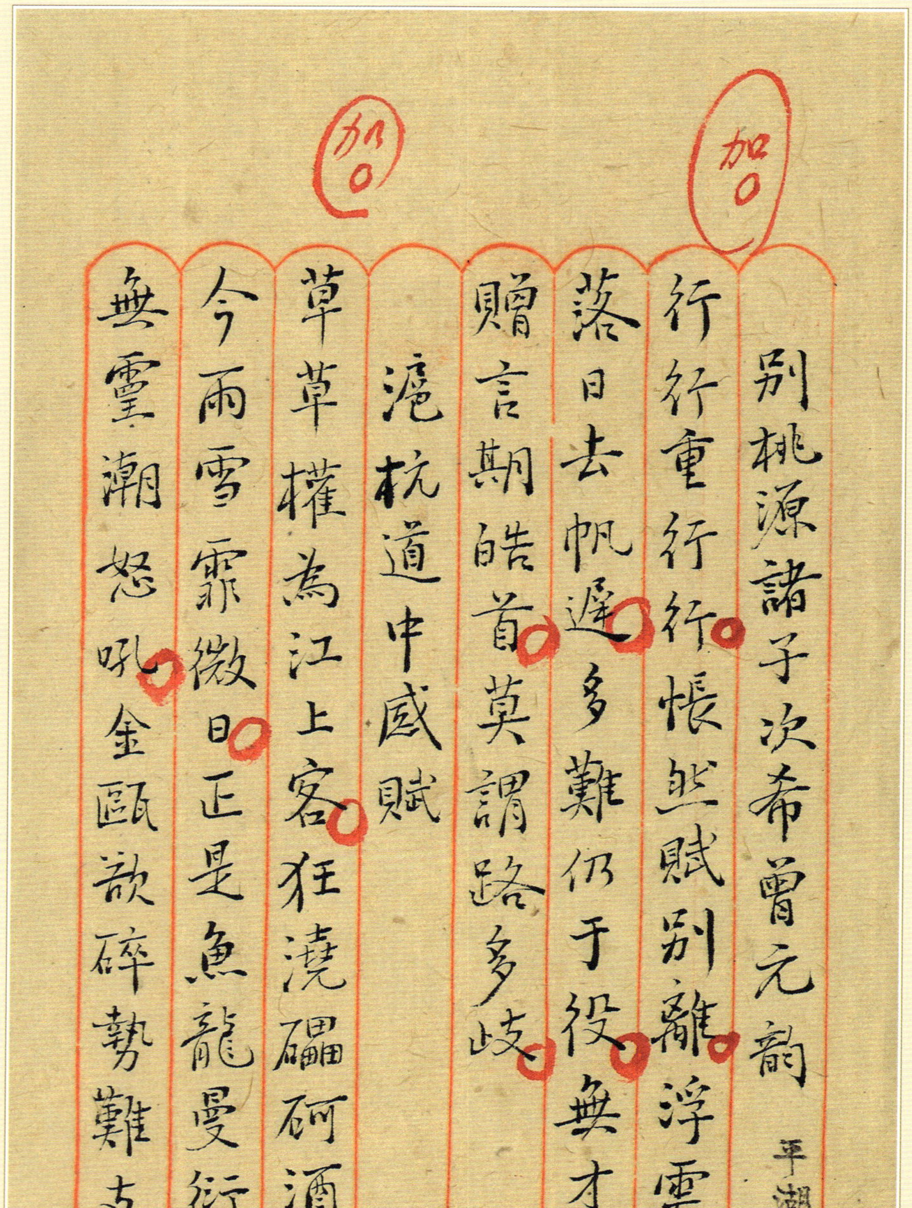
加○
加○
別桃源諸子次希曾元韵　平湖張傳琨卓身
行行重行行悵然賦別離浮雲歸思切落日去帆遲多難仍于役無才自数奇贈言期皓首莫謂路多歧
滬杭道中感賦
草草權為江上客狂澆礧砢酒盈卮只今雨雪霏微日正是魚龍曼衍時鐵弩無靈潮怒吼金甌欲碎勢難支十年磨

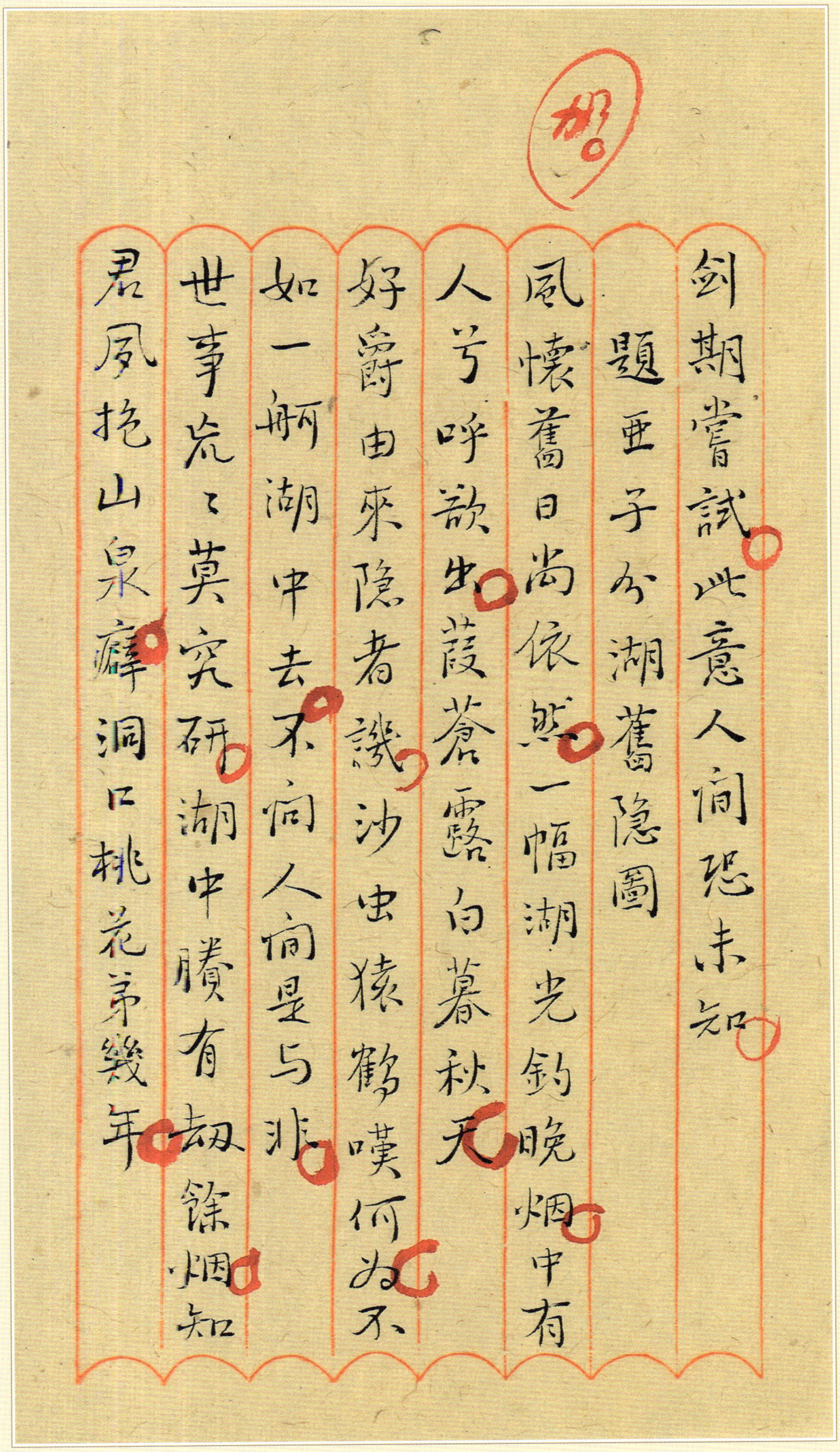

題亞子分湖舊隱圖

風懷舊日尚依然，一幅湖光釣晚烟。中有人兮呼欲出，葭蒼露白暮秋天。

好爵由來隱者識，沙蟲猿鶴嘆何爲。不如一舸湖中去，不問人間是與非。

世事荒荒莫究研，湖中賸有劫餘烟。知君夙抱山泉癖，洞口桃花弟幾年。

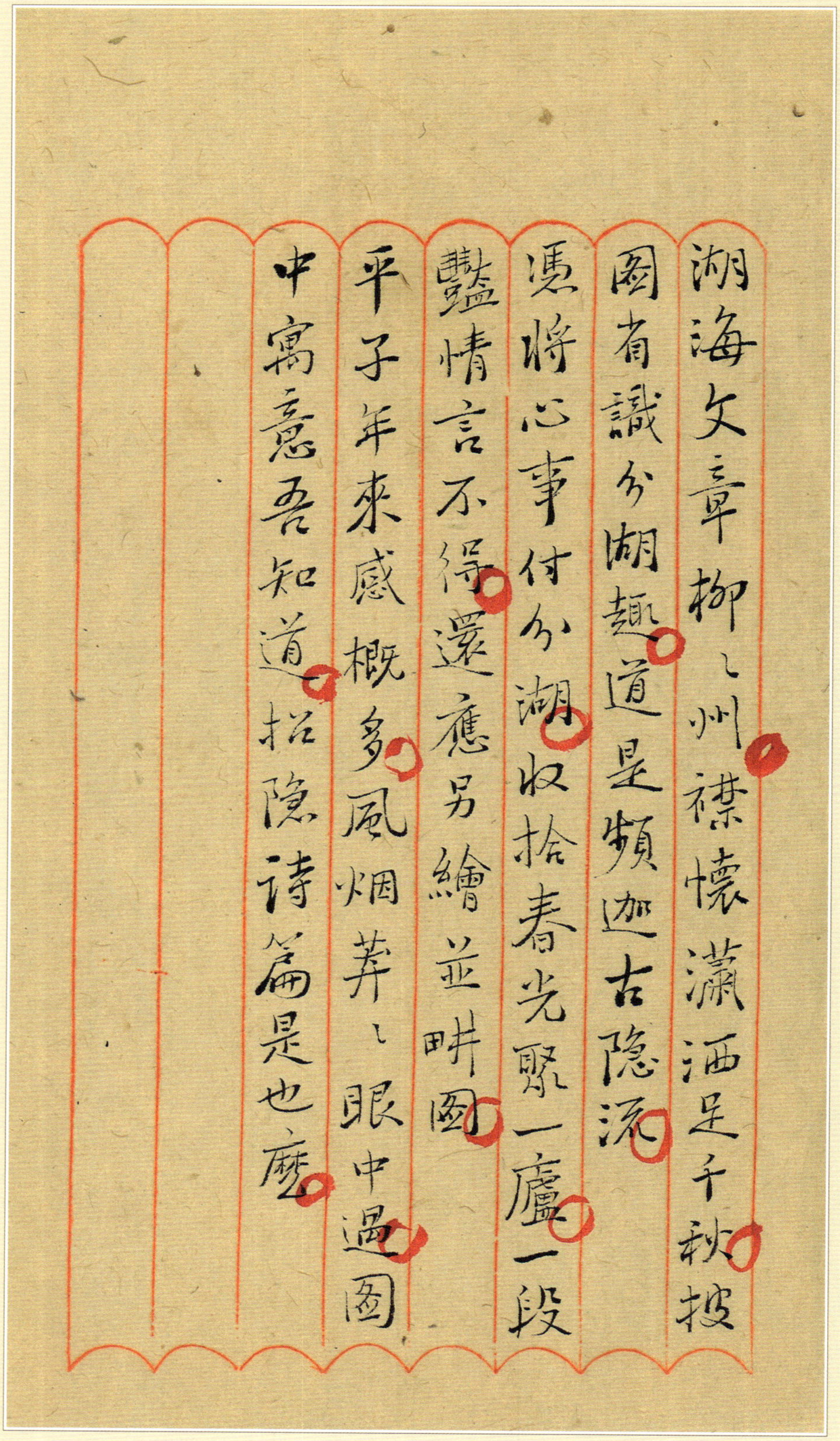

湖海文章柳柳州，襟懷瀟灑足千秋。披圖省識分湖趣，道是頻迦古隱流。

憑將心事付分湖，收拾春光聚一廬。一段艷情言不得，還應另繪並耕圖。

平子年來感慨多，風烟莽莽眼中過。圖中寓意吾知道，招隱詩篇是也麽。

許觀曾

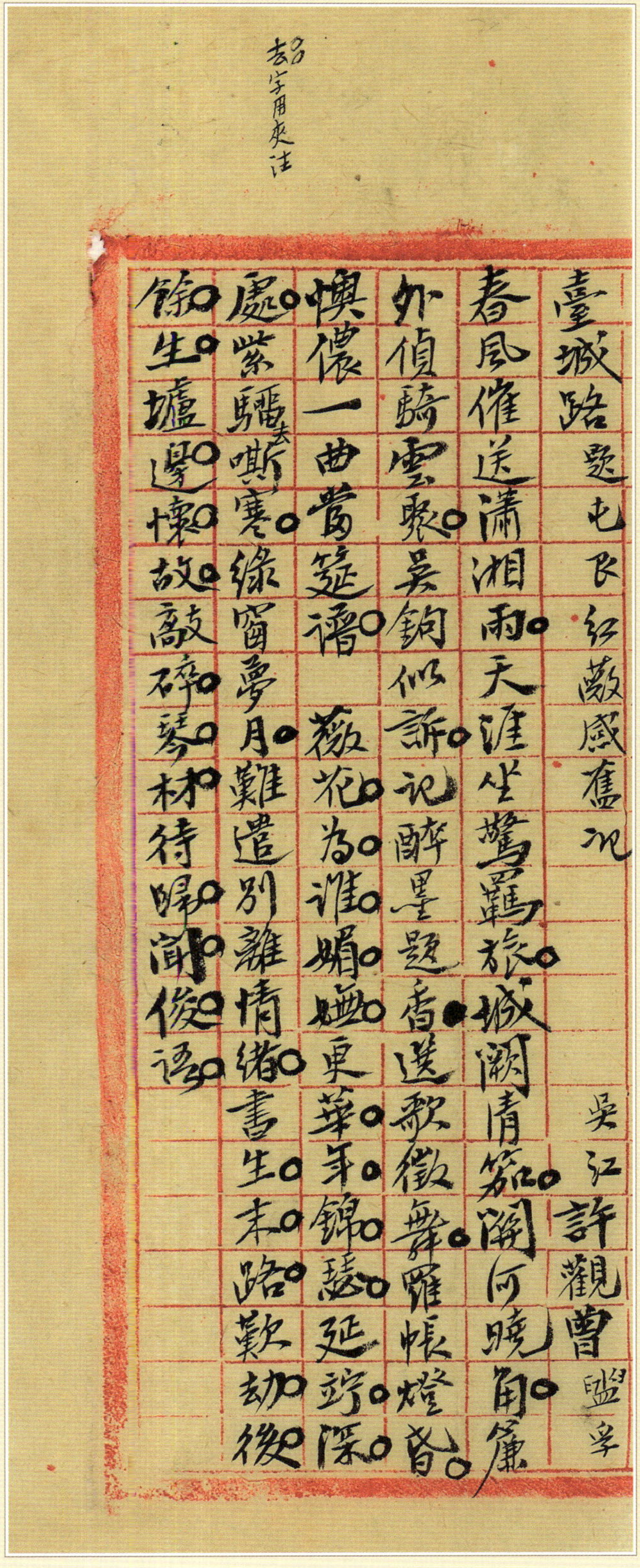
去字用夾注

臺城路 題屯艮紅薇感舊記 吳江許觀曾盥孚

春風催送瀟湘雨。天涯坐鷩羈旅。城闕清笳，關河曉角，簾外偵騎雲聚。吳鈎似訴。記醉墨題香，選歌徵舞。羅帳燈昏，懊儂一曲當筵譜。薇花為誰媚嫵。更華年錦瑟，延竚深處。紫騮（去）嘶寒，綠窗夢月，難遣別離情緒。書生末路。歎劫後餘生，壚邊懷故。敲碎琴材，待歸聞俊語。

臺城路（題屯艮紅薇感舊記） 吴江許觀曾盥孚

春風催送瀟湘雨，天涯坐鷩羈旅。城闕清笳，關河曉角，簾外偵騎雲聚。吴鈎似訴。記醉墨題香，選歌徵舞。羅帳燈昏，懊儂一曲當筵譜。薇花爲誰媚嫵。更華年錦瑟，延竚深處。紫騮（去）嘶寒，緑窗夢月，難遣别離情緒。書生末路。嘆劫後餘生，壚邊懷故。敲碎琴材，待歸聞俊語。

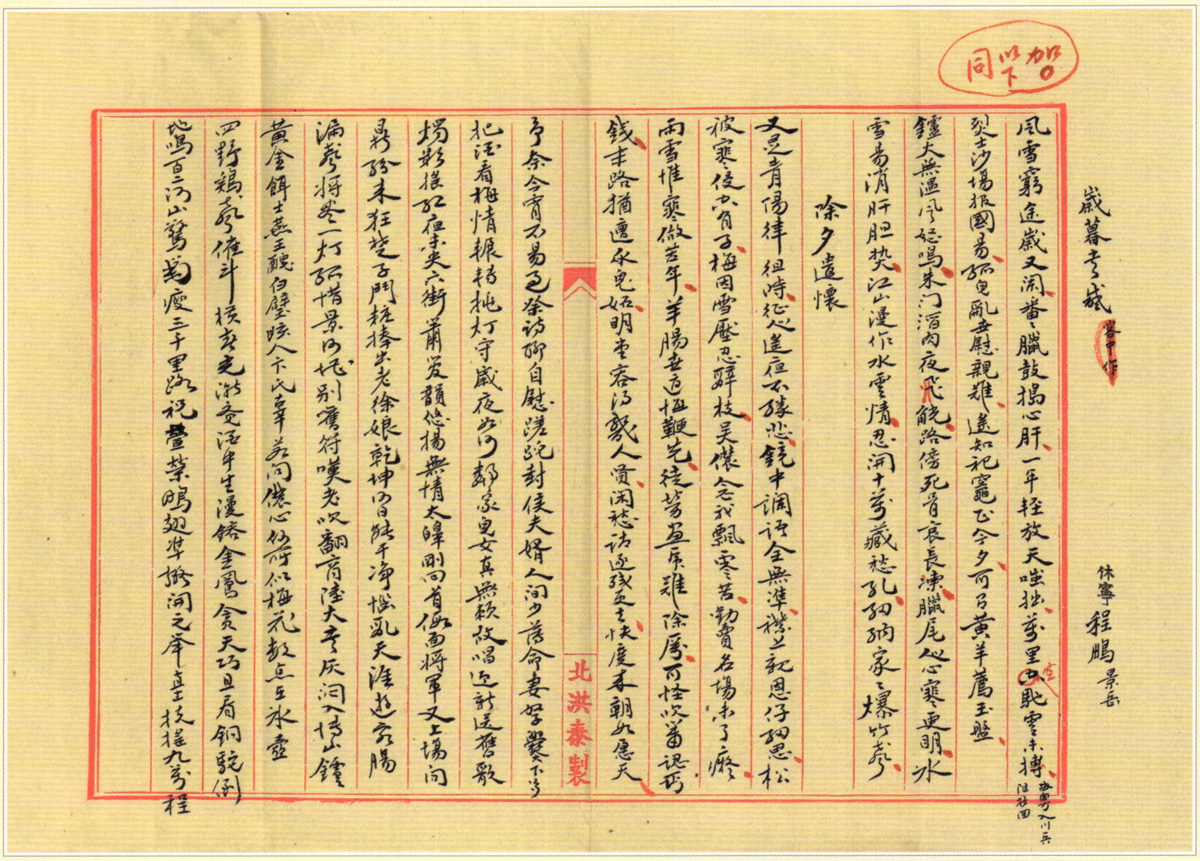

程鵬

歲暮書感　休寧程鵬景岳

風雪窮途歲又闌，番番臘鼓搗心肝。一年輕放天嗤拙，萬里空馳雲未摶（由粵入川兵阻折回）。烈士沙場報國易，孤兒亂世慰親難。遥知祀竈正今夕，可召黄羊薦玉盤。

爐火無温風怒鳴，朱門酒肉夜飛觥。路傍死骨哀長凍，臘尾人心寒更明。冰雪易消肝膽熱，江山漫作水雲情。忍開十萬藏愁孔，細納家家爆竹聲。

除夕遣懷

又是青陽律徂時，征人遥夜不勝悲。鏡中謿語全無準，襟上親恩仔細思。松被寒侵空有子，梅因雪壓忍辭枝。吴儂念我飄零苦，勸責名場未了痴。

雨雪堆寒做苦年，羊腸世道悔鞭先。徒勞畫虎難除厲，可怪吹簫認丐錢。末路猶遭衆鬼妒，明堂容得幾人賢。閒愁請逐殘更去，快度來朝如願天。

予柰今宵不易過，祭詩聊自慰蹉跎。封侯夫婿人間少，薄命妻孥爨下多。把酒看梅情輾轉，挑燈守歲夜如何。鄰家兒女真無賴，故唱迎新送舊歌。

燭影摇紅夜未央，六街簫管韻悠揚。無情太皞剛回首，假面將軍又上場。問鼎紛來狂楚子，鬥妝捧出老徐娘。乾坤何日能乾净，惱亂天涯游客腸。

漏聲將盡一燈孤，惜景何堪别舊符。嘆老吹翻商陸大，書灰悶入博山爐。黄金餌士燕王醜，白壁眩人卞氏辜。若問儂心何所似，梅花數點在冰壺。

四野鷄聲催斗横，春光漸覺酒中生。漫鎔金鳳貪天巧，且看銅駝倒地鳴。百二河山鶯菊瘦，三千里路祝萱榮。鵬翅準擬開元舉，直上扶摇九萬程。

傅熊湘

龍華爲會幾經春，相對靈山總夙因。夾道清陰自寥廓，

緣崖古佛亦精神。登高且喜重陽近，話舊還看兩世新。

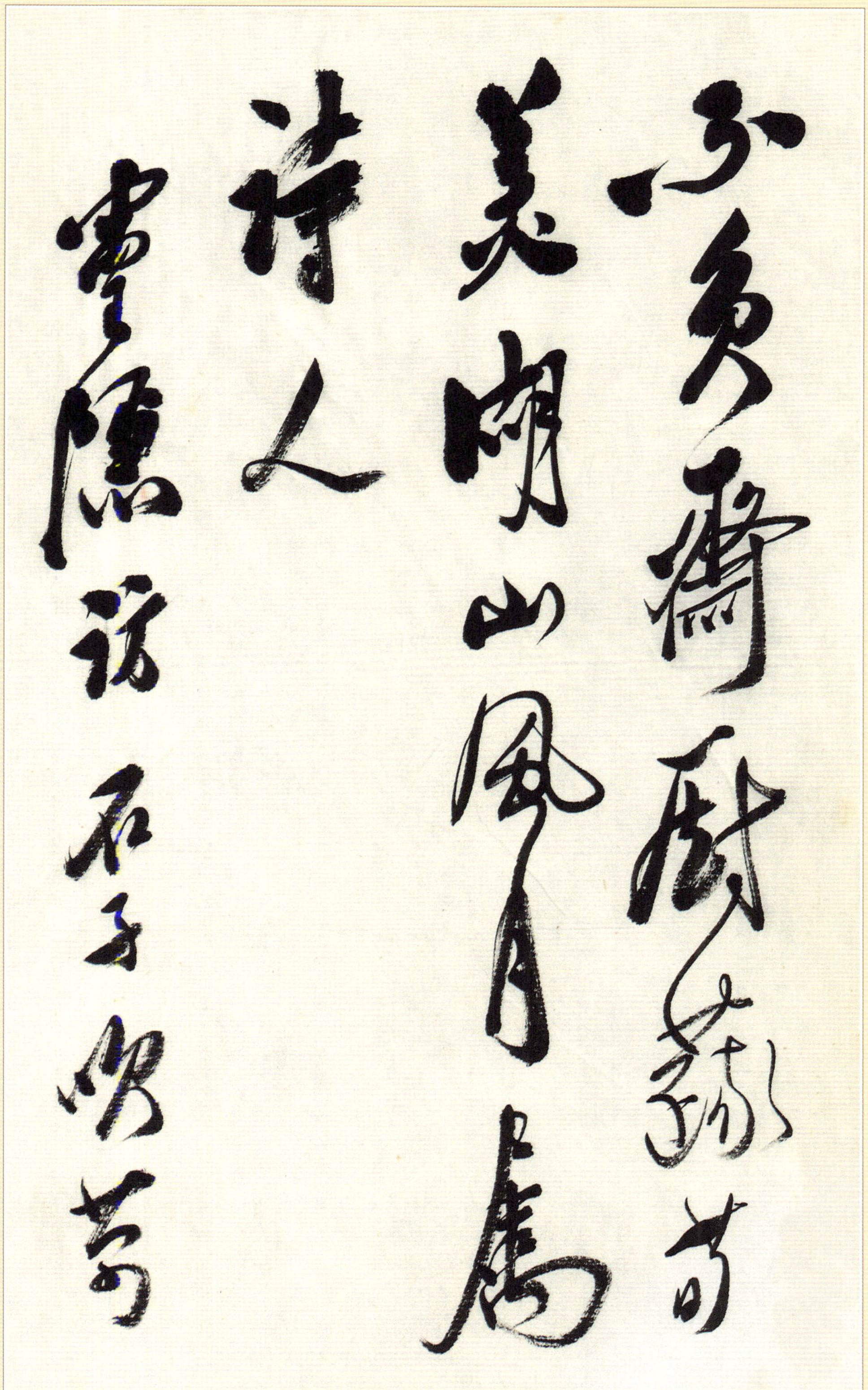

不負齋廚蔬笋美，湖山風月屬詩人。
靈隱訪石子、吹萬，

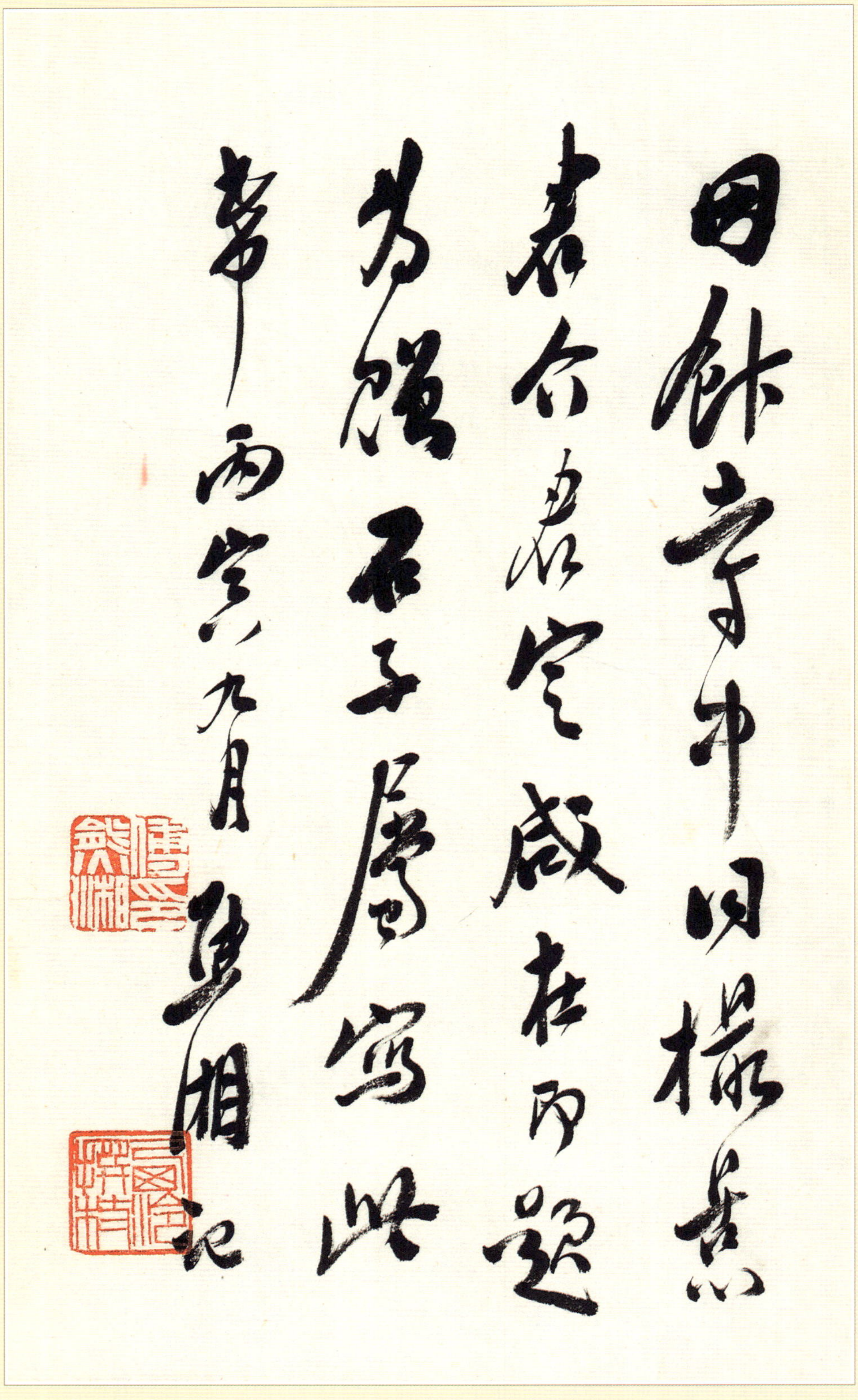

因飯寺中，同撮景，君介、君定咸在，即題爲贈，石子屬寫此紙。丙寅九月熊湘記。（『傅熊湘印』『西泠撰杖』）

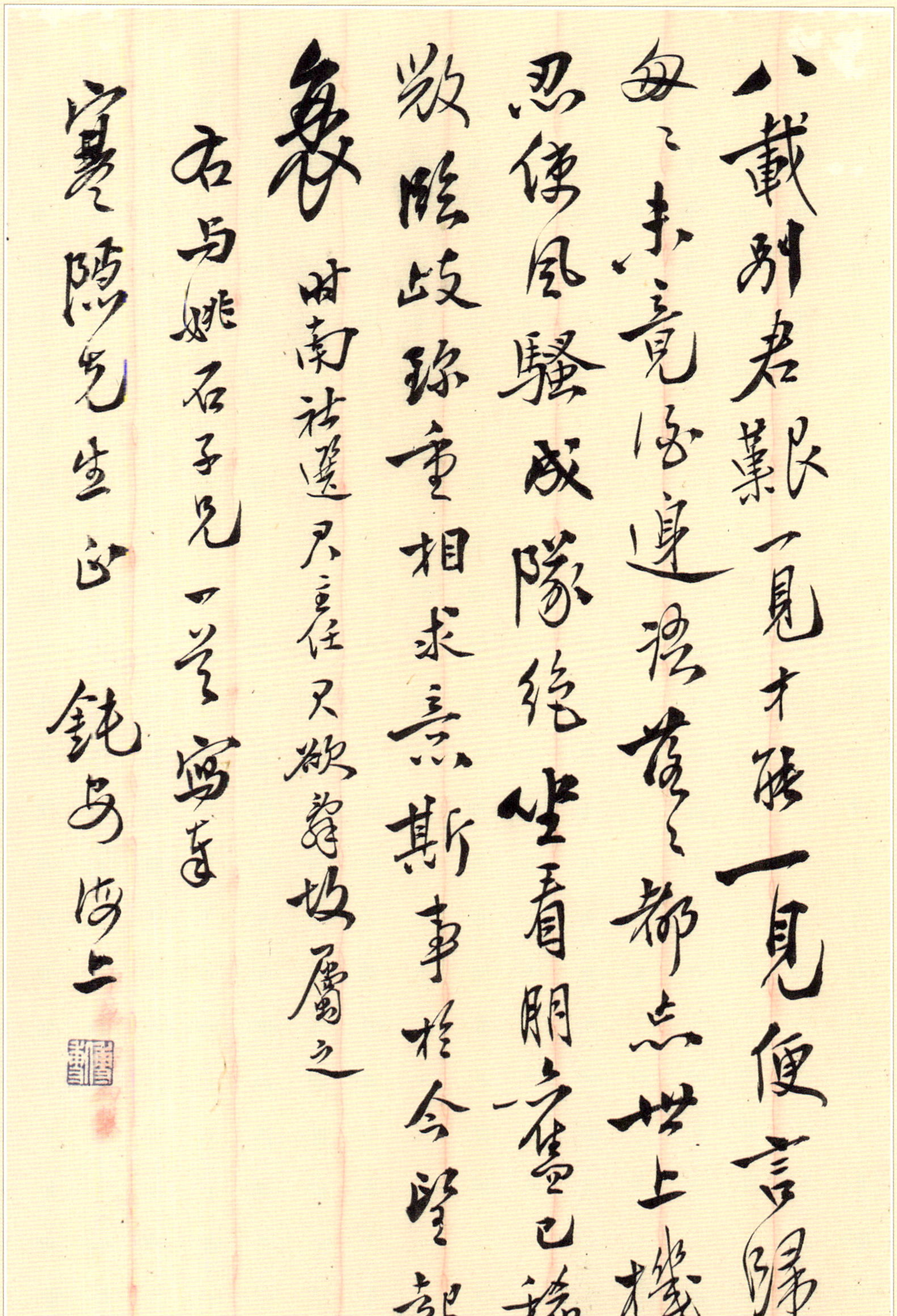

八載別君艱一見，才能一見便言歸。匆匆未竟酒邊語，落落都忘世上機。忍使風騷成隊絕，坐看朋舊已稀微。瑤岐珍重相求意，斯事於今望起衰（時南社選君主任，君欲辭，故屬之）。

右與姚石子兄一首寫奉寒隱先生正。鈍安海上。（『傅專』）

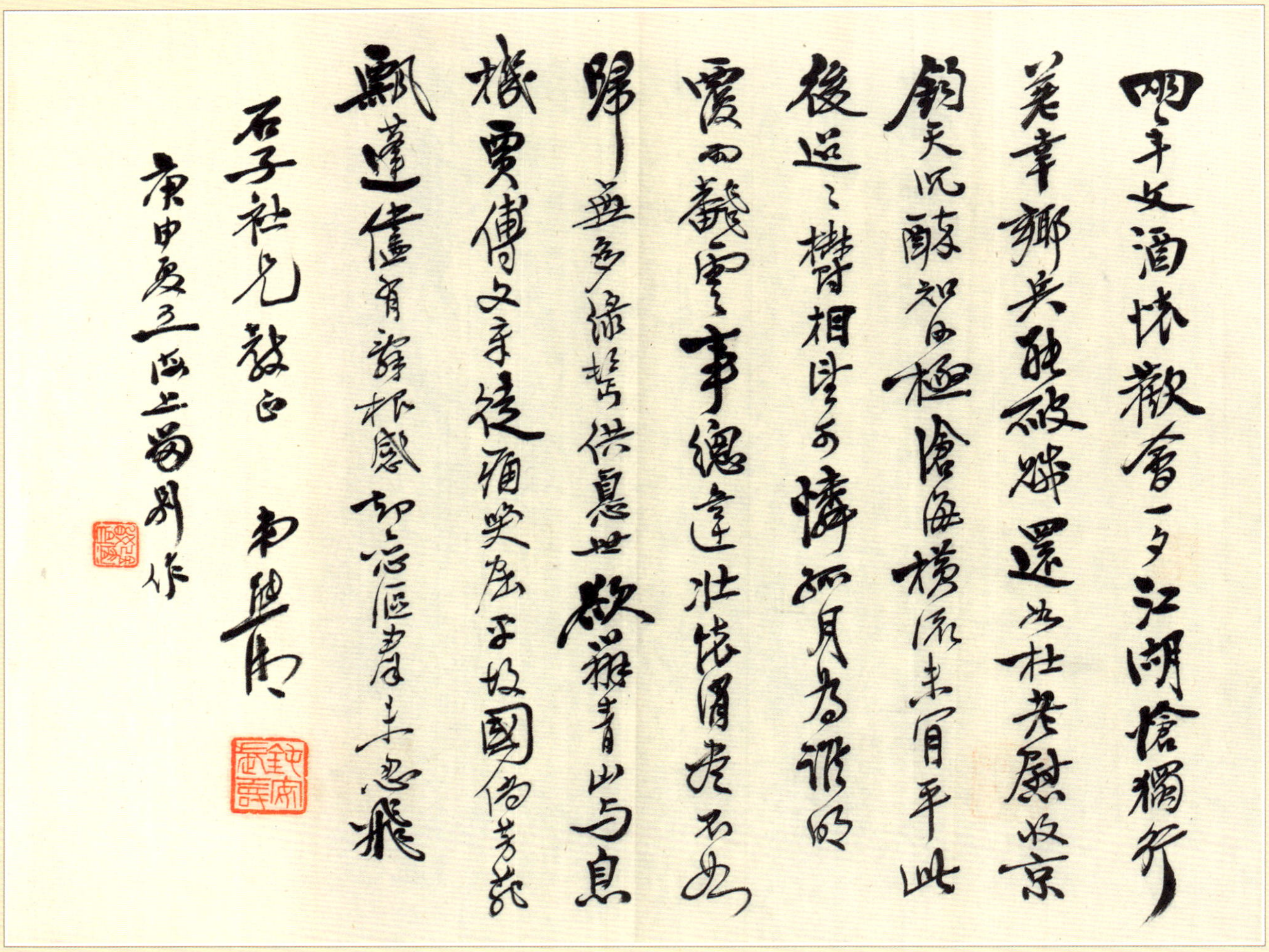

兩年文酒懷歡會，一夕江湖愴獨行。差幸鄉兵能破賊，還如杜老慰收京。鈞天沉醉知何極，滄海横流未肯平。此後迢迢鬱相望，可憐孤月爲誰明。

覆雨翻雲事總違，壯懷消盡不如歸。無多緑鬢供憂世，欲辨青山與息機。賈傅文章徒痛哭，屈平故國倘芳菲。飄蓬儘有辭根感，却戀漚群未忍飛。

石子社兄教正。弟熊湘庚申夏五海上留别作。（『鈍安長壽』『君覺掌記』）

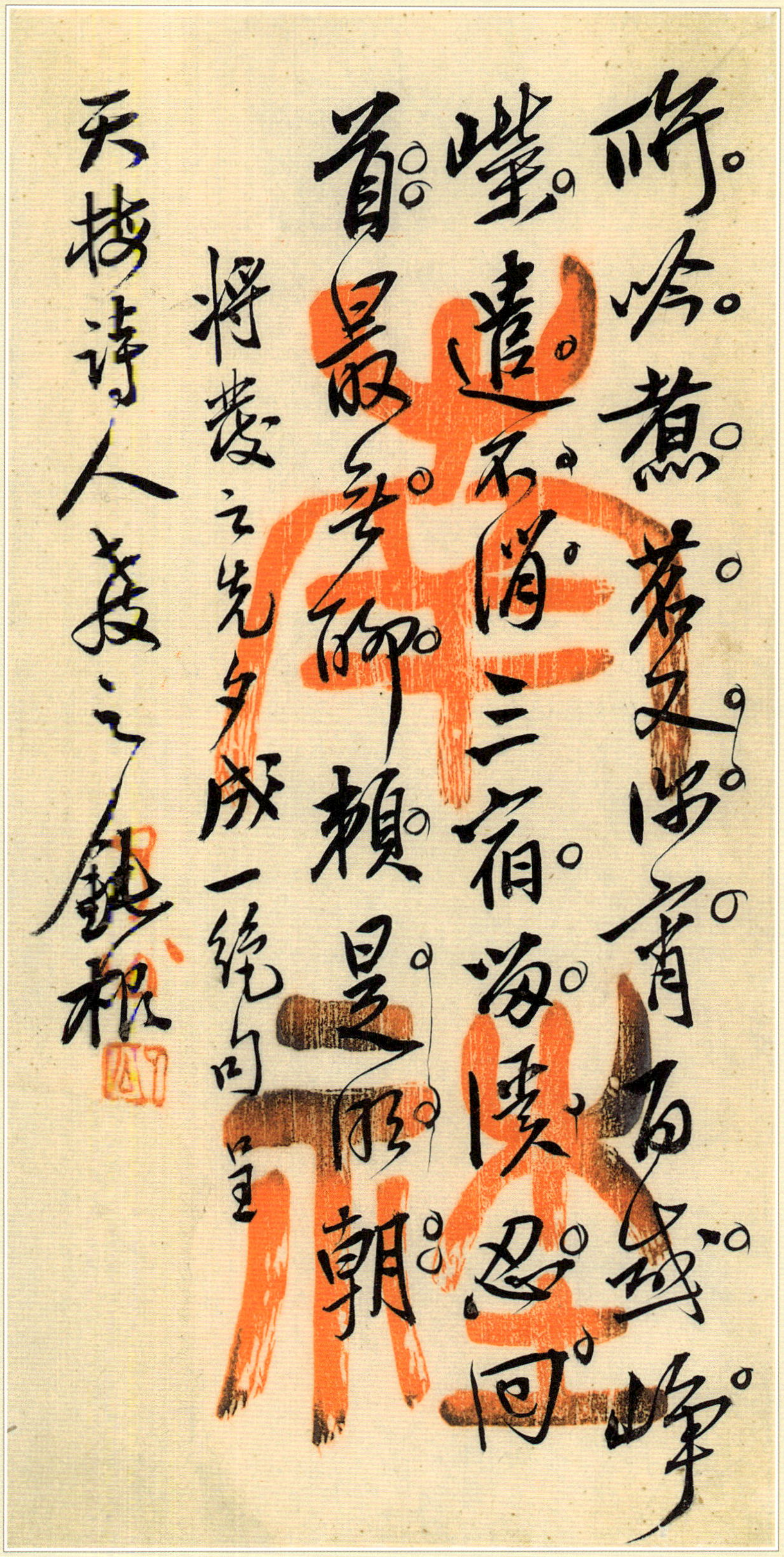

聯吟煮茗又深宵，百感崢嶸遣不消。三宿留溪忍回首，最無聊賴是明朝。

將發之先夕成一絶句呈天梅詩人教之。鈍根。

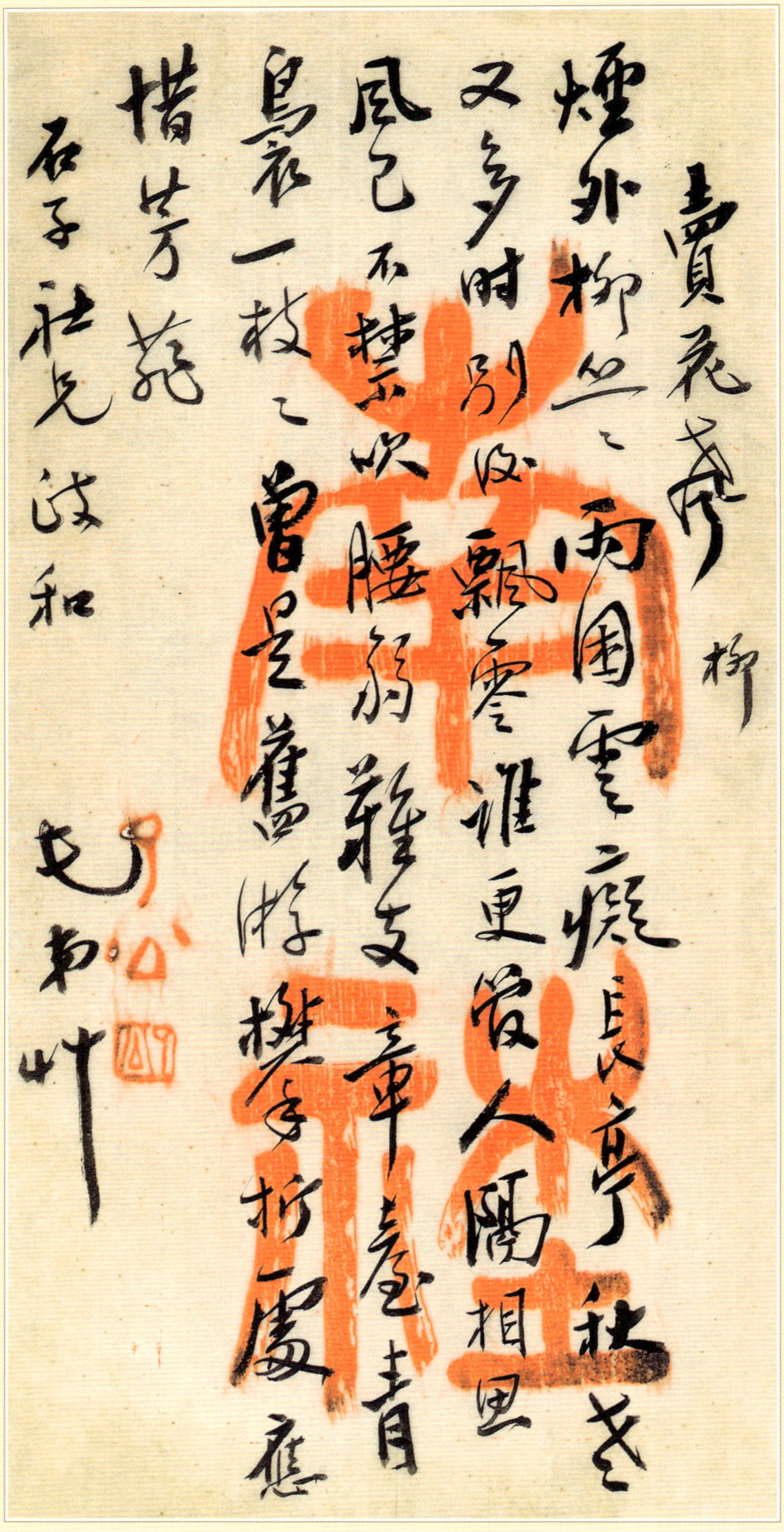

賣花聲・柳

烟外柳絲絲，雨困雲痴。長亭秋老又多時。別後飄零誰更管，人隔相思。

風已不禁吹，腰弱難支。章臺青裊一枝枝。曾是舊游攀折處，應惜芳菲。

石子社兄政和。屯弟草。

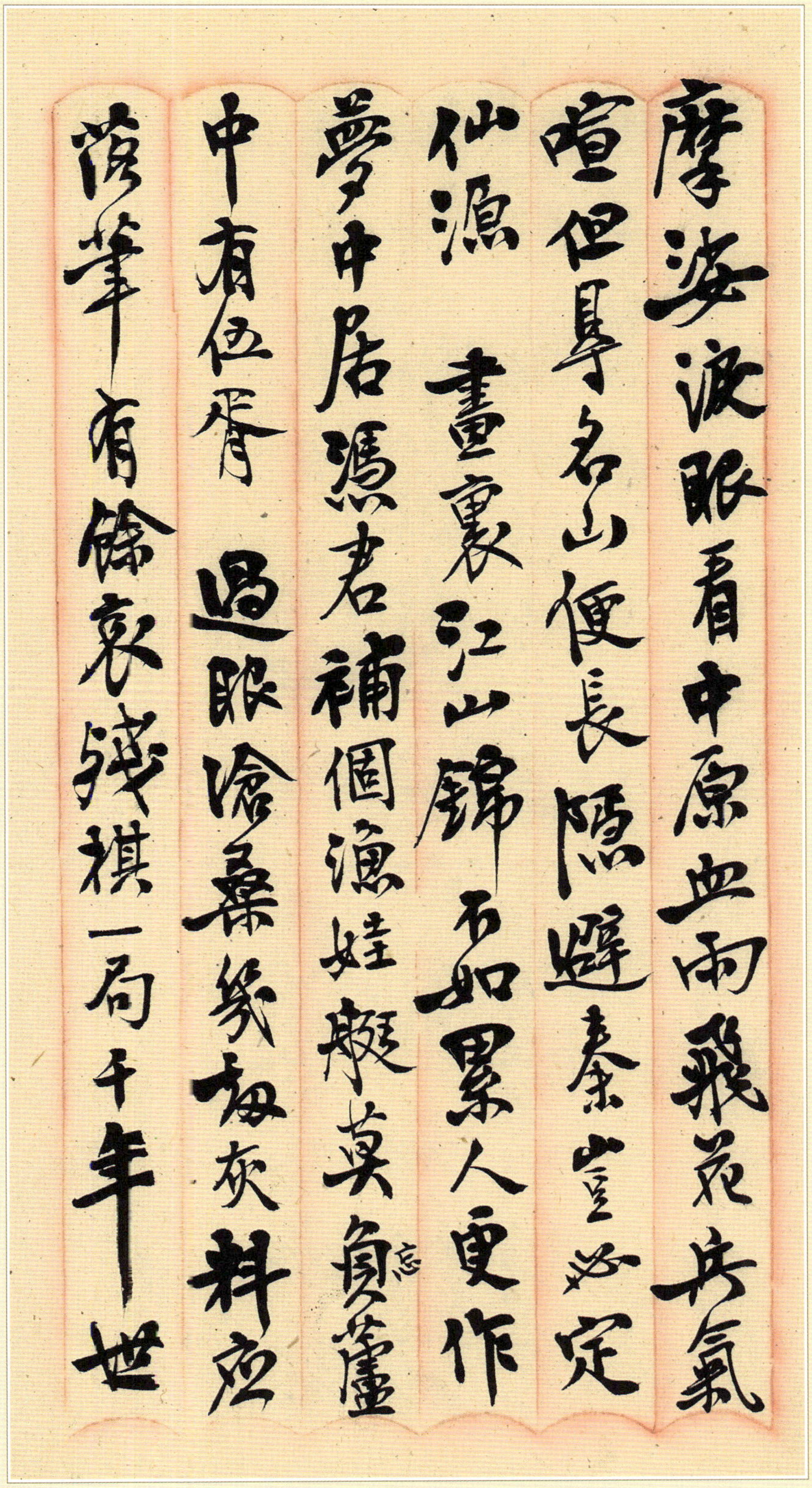
摩娑淚眼看中原血雨飛花兵氣
喧但得名山便長隱避秦豈必定
仙源　畫裏江山錦不如累人更作
夢中居憑君補個漁娃艇莫忘蘆
中有伍胥　過眼滄桑幾劫灰料應
落筆有餘哀殘棋一局千年世

摩娑泪眼看中原，血雨飛花兵氣喧。但得名山便長隱，避秦豈必定仙源。
畫裏江山錦不如，累人更作夢中居。憑君補個漁娃艇，莫忘蘆中有伍胥。
過眼滄桑幾劫灰，料應落筆有餘哀。殘棋一局千年世，爲語青鸞且漫催。

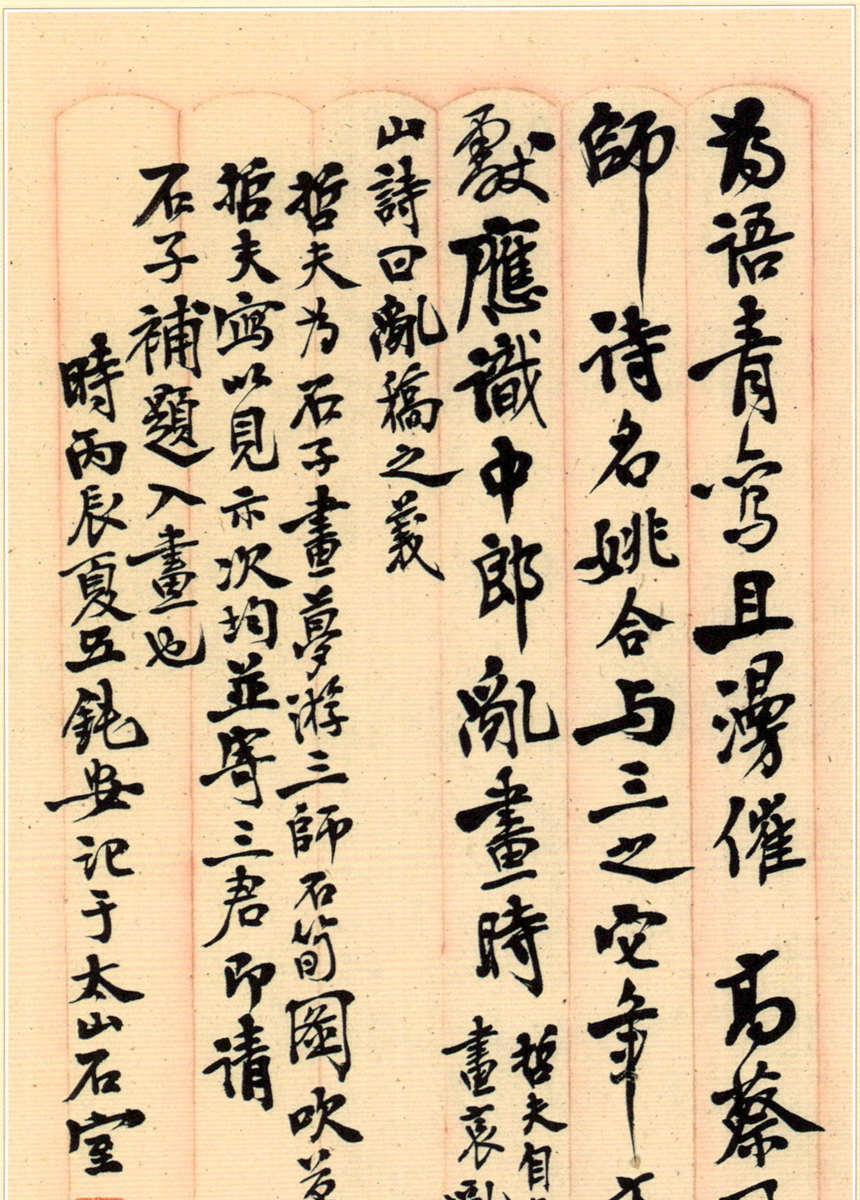

高蔡風流足我師，詩名姚合與三之。它年方志徵文獻，應識中郎亂畫時（哲夫自名其畫曰亂畫，哀亂世也，本金仁山詩曰亂稿之義）。

哲夫爲石子畫《夢游三師石笋圖》，吹萬爲之題句，哲夫寫以見示，次均並寄三君，即請石子補題入畫也。時丙辰夏五，鈍安記于太山石室。（『鈍安』）

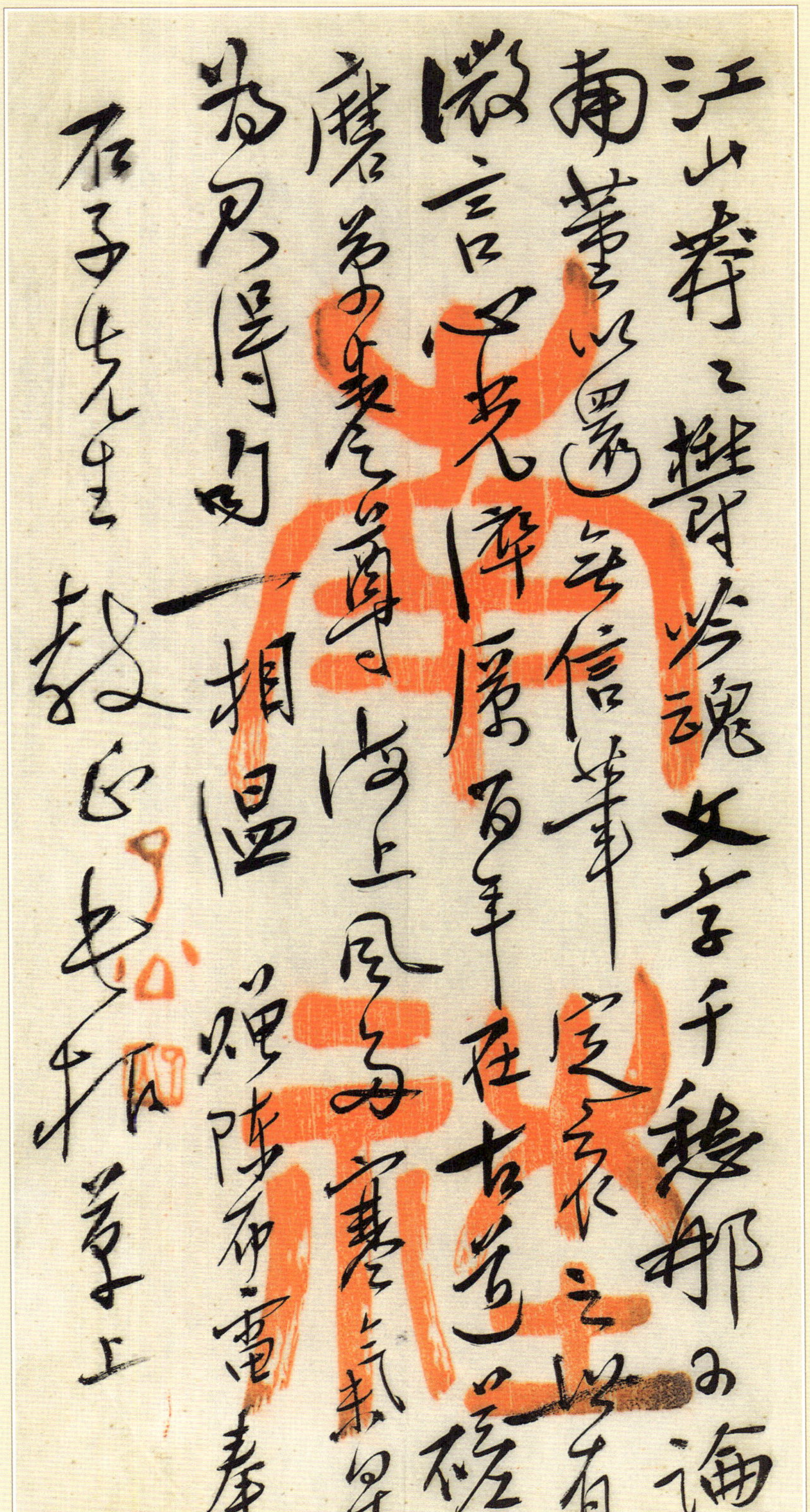

江山莽莽鬱吟魂，文字千愁那可論。南董以還無信筆，定哀之世有微言。心光淬厲百年在，古道磋磨萬卷尊。海上風多寒氣早，爲君得句一相温。

贈陳布雷奉石子先生教正。屯根草上。

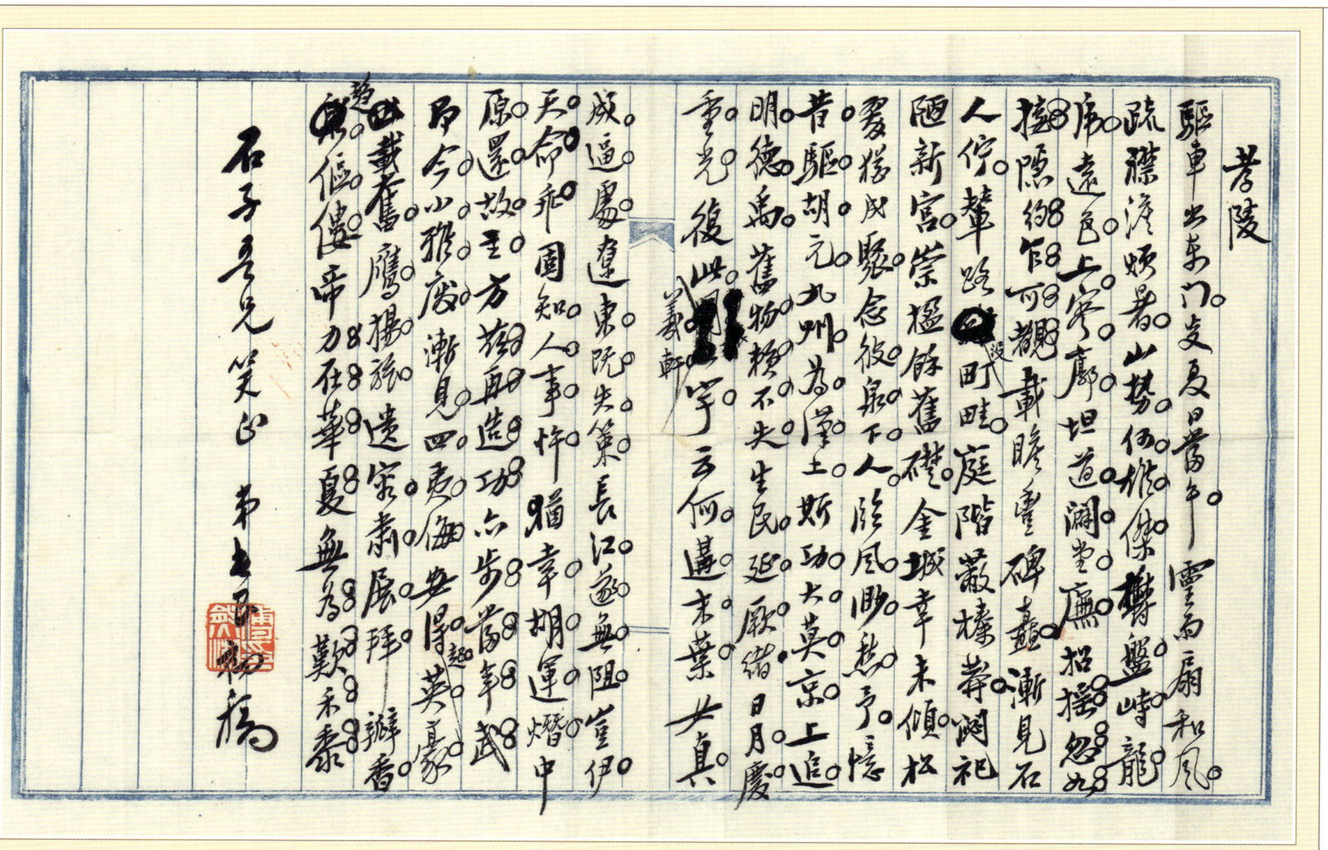

孝陵

驅車出東門，炎夏日當午。靈雨扇和風，疏襟澹煩暑。
山勢何雄杰，鬱盤峙龍虎。遠色上寥廓，坦道闢堂廡。
招摇忽如接，隱約乍可睹。載瞻豊碑矗，漸見石人佇。
輦路没町畦，庭階蔽榛莽。闕祀陋新宮，崇楹餘舊礎。
金城幸未傾，松翠猶成聚。念彼泉下人，臨風渺愁予。
憶昔驅胡元，九州爲漢土。斯功大莫京，上追明德禹。
舊物賴不失，生民延厥緒。日月慶重光，復此羲軒宇。
云何邅末葉，女真威逼處。遼東既失策，長江遂無阻。
豈伊天命乖，固知人事忤。猶幸胡運熸，中原還故主。
方兹再造功，亦步當年武。即今小雅廢，漸見四夷侮。
安得起英豪，載奮鷹揚旅。遺容肅展拜，瓣香趨傴僂。
帝力在華夏，無爲嘆禾黍。

石子吾兄笑正。弟屯艮初稿。（『傅熊湘印』）

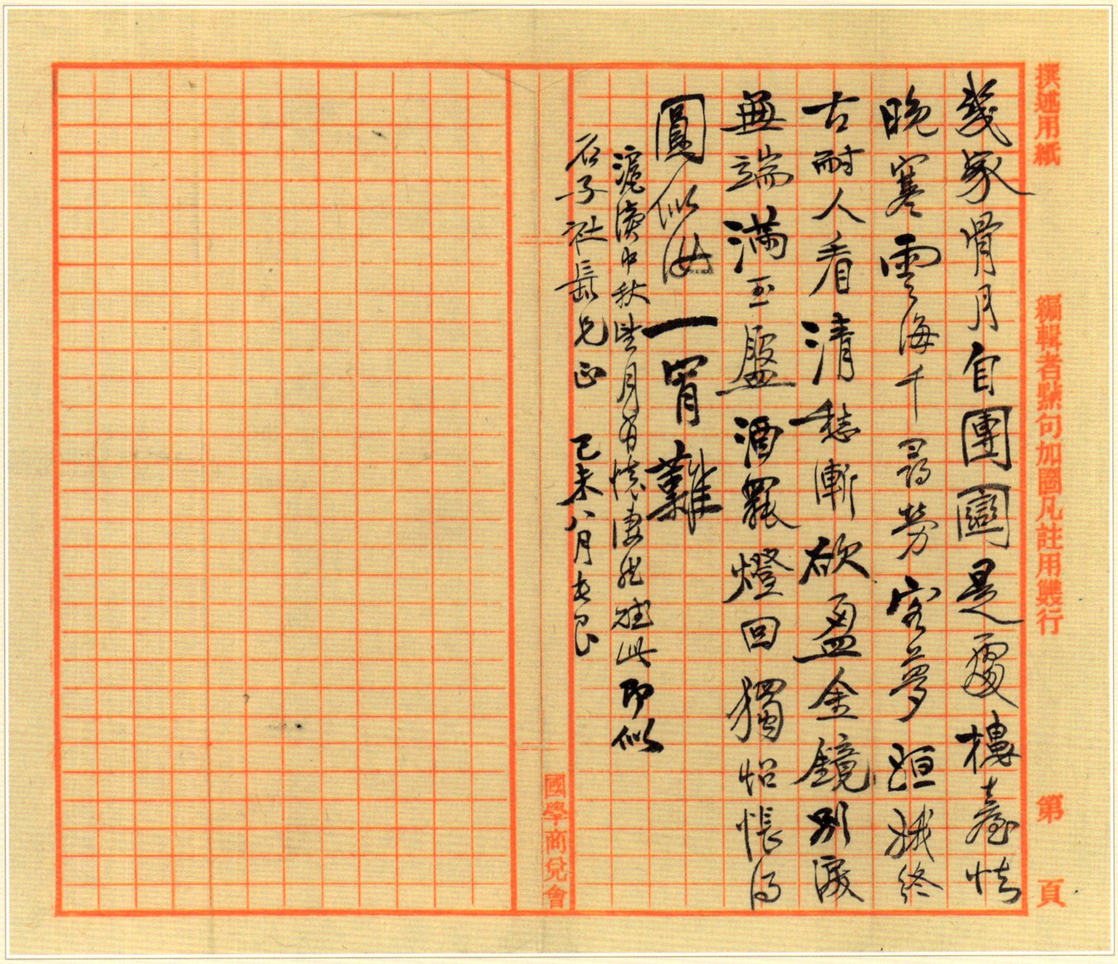
撰述用紙　編輯者鮮句加圈凡註用雙行　第　頁

幾家骨肉自團圝是處樓臺怯
晚寒雲海千尋勞客夢姮娥終
古耐人看清愁漸欲盈金鏡別淚
無端滿玉盤酒罷燈回獨怊悵得
圓似汝一宵難
滬瀆中秋望月有懷淒然賦此即似
石子社長兄正　己未八月屯艮

國學商兌會

幾家骨肉自團圝，是處樓臺怯晚寒。雲海千尋勞客夢，姮娥終古耐人看。清愁漸欲盈金鏡，別泪無端滿玉盤。酒罷燈回獨怊悵，得圓似汝一宵難。

滬瀆中秋望月有懷，凄然賦此。即似

石子社長兄正。己未八月屯艮。

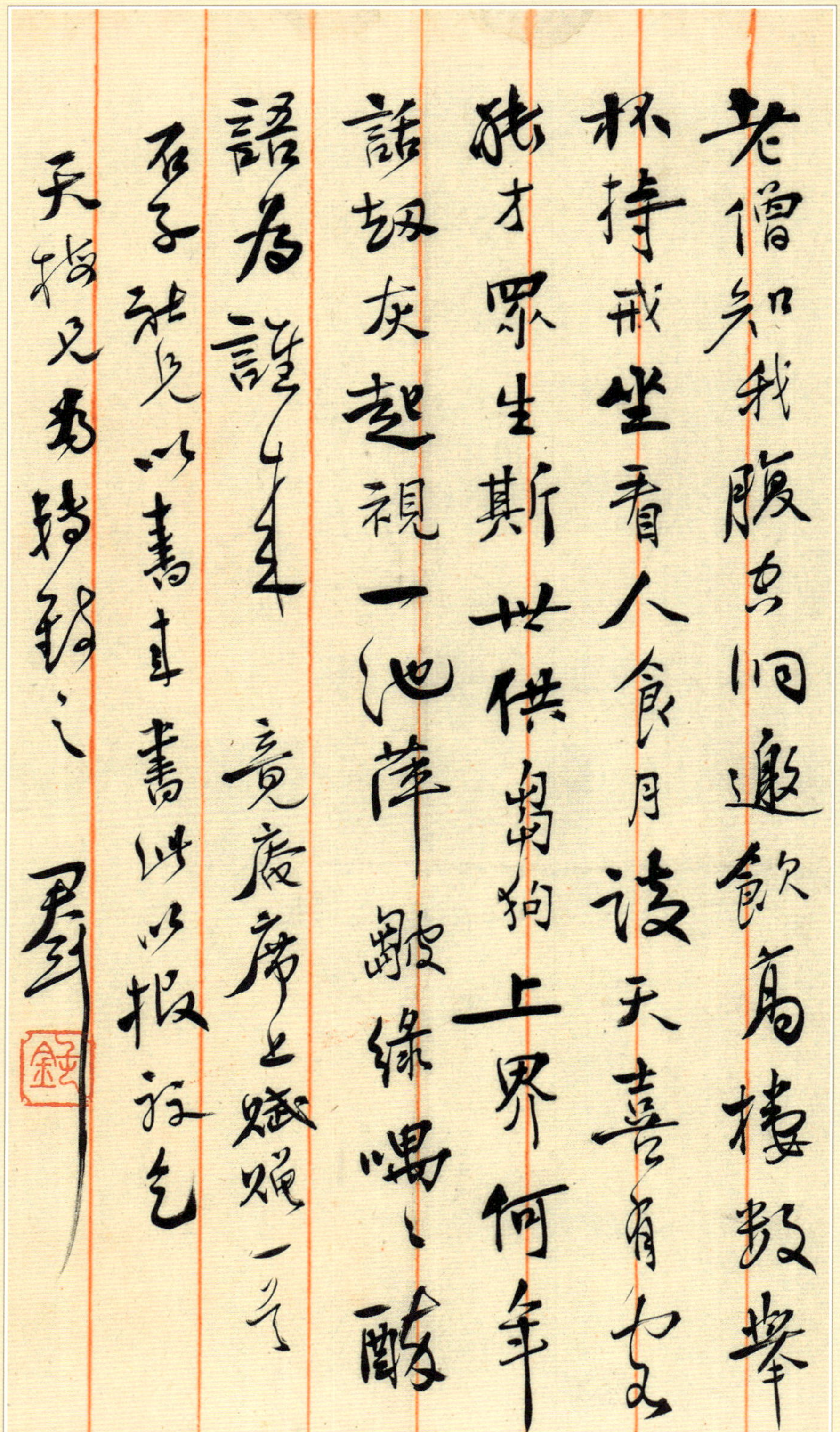

老僧知我腹空洞，邀飲高樓數舉杯。持戒坐看人食月，談天喜有客能才。衆生斯世供芻狗，上界何年話劫灰。起視一池萍皺緑，喁喁醉語爲誰來？

竟庵席上賦贈一首

石子社兄以書來，書此以報，拜乞天梅兄爲轉致之。君劍。（『鈍』）

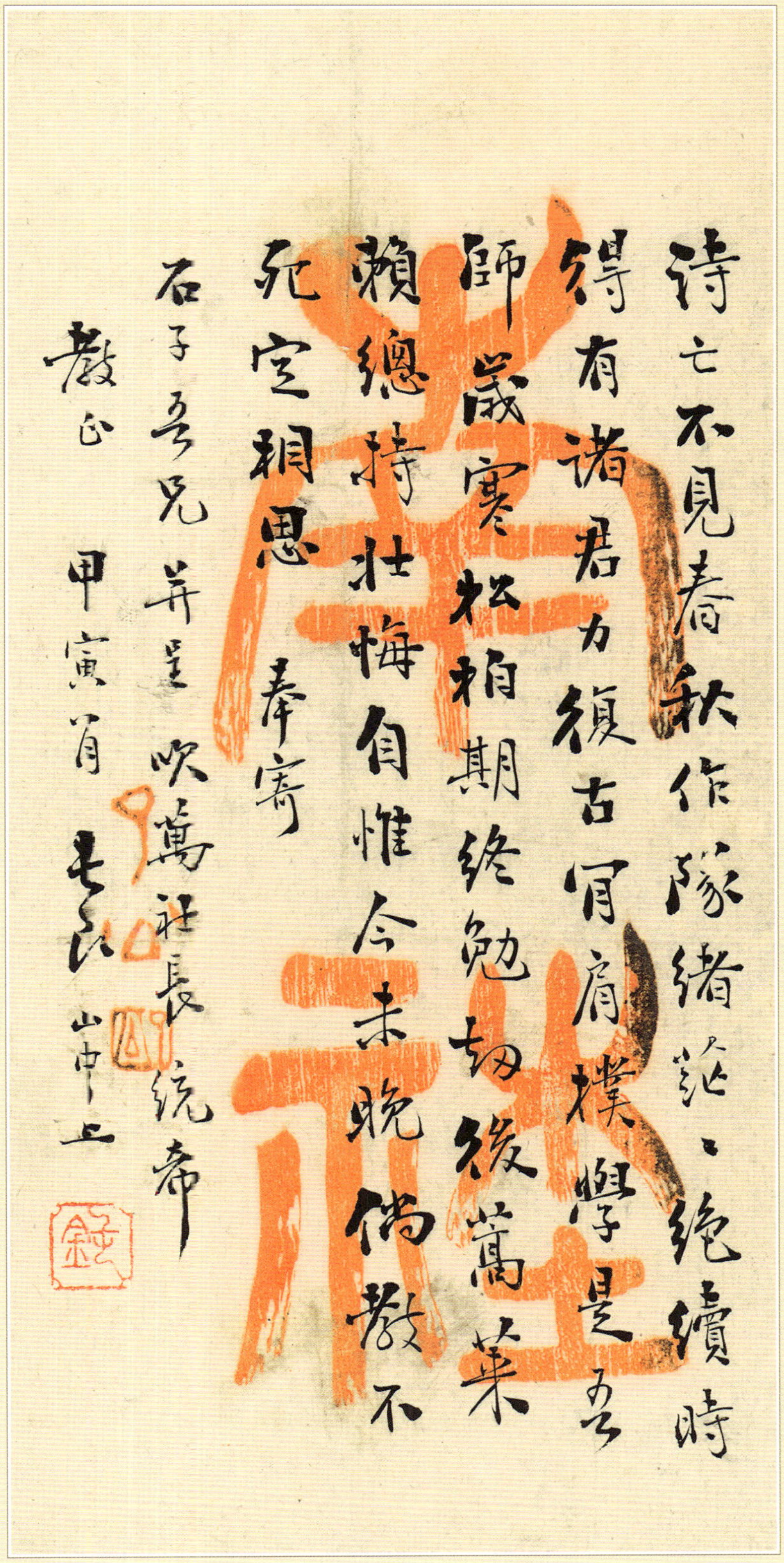

詩亡不見春秋作，隊緒茫茫絶續時。得有諸君力復古，肯肩樸學是吾師。歲寒松柏期終勉，劫後蒿萊賴總持。壯悔自惟今未晚，倘教不死定相思。

奉寄石子吾兄并呈吹萬社長，統希教正。甲寅八月屯艮山中上。（『鈍』）

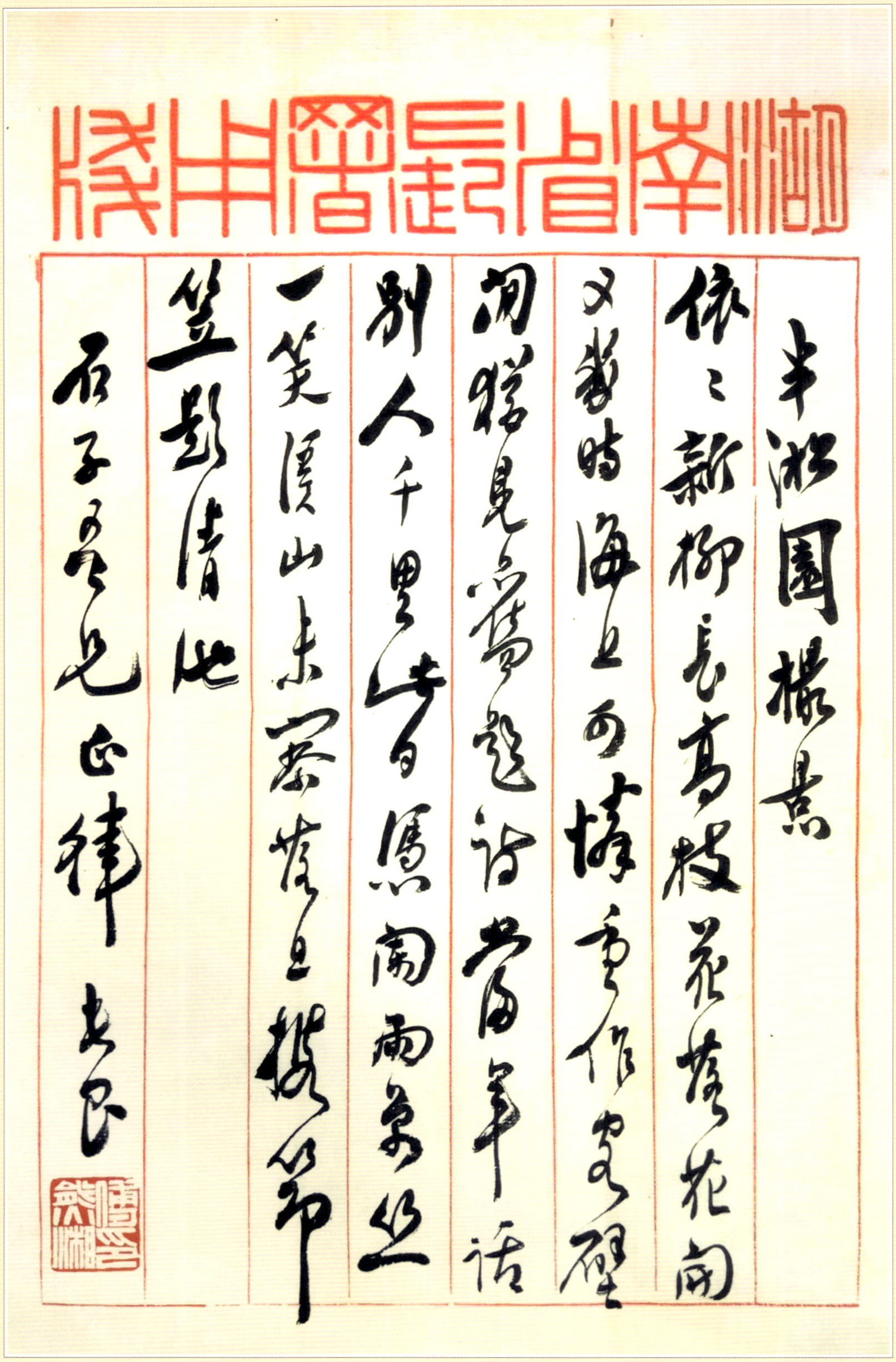
半淞園撮景
依依新柳長高枝，花落花開又幾時。海上可憐重作客，壁間猶見舊題詩。當年話別人千里，此日憑闌雨萬絲。一笑溪山未寥落，且攜笻笠影清池。
石子吾兄正律。屯艮

半淞園撮景

依依新柳長高枝，花落花開又幾時。海上可憐重作客，壁間猶見舊題詩。當年話別人千里，此日憑闌雨萬絲。一笑溪山未寥落，且攜笻笠影清池。

石子吾兄正律。屯艮。（『傅熊湘印』）

費公直

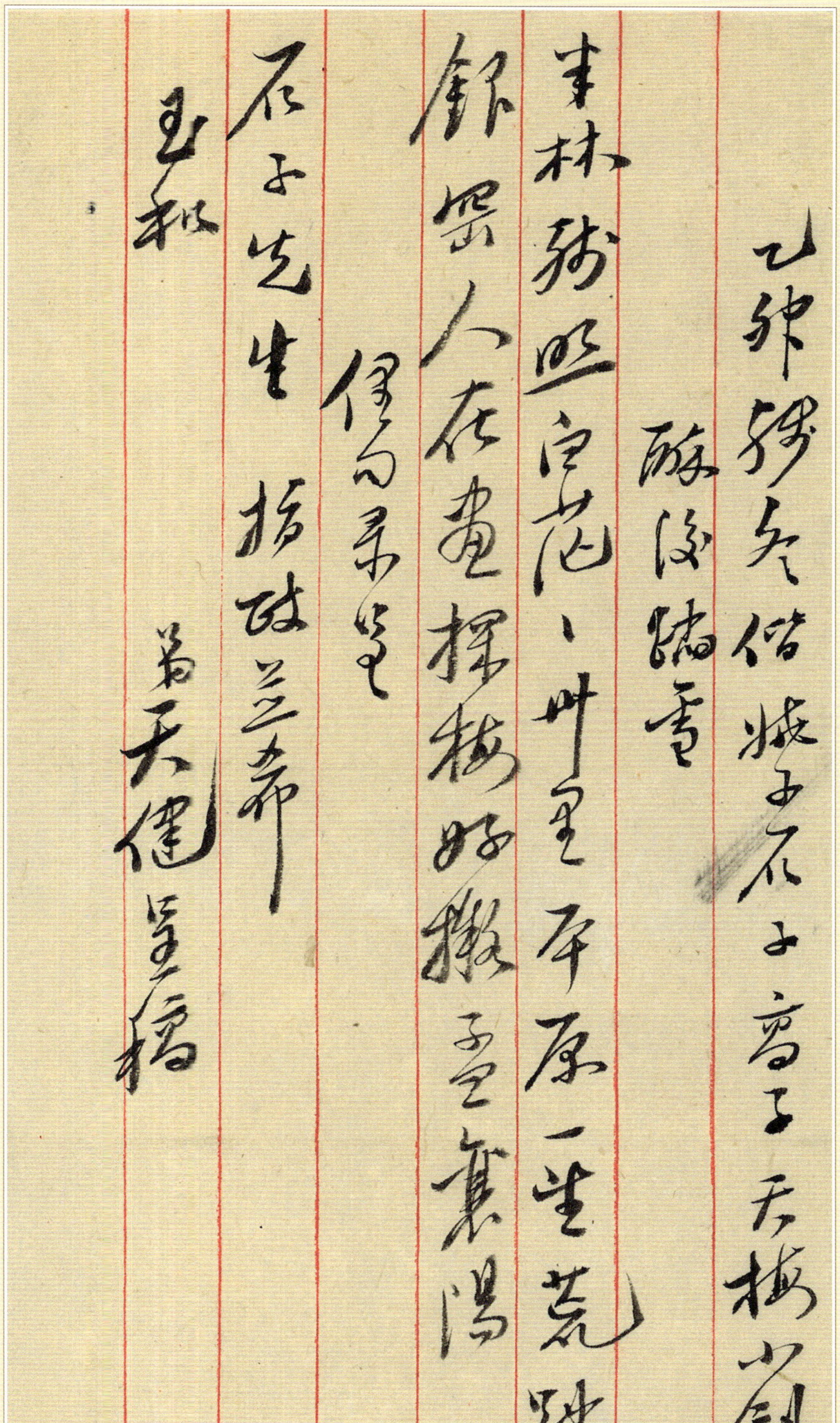
乙卯殘冬偕姚子石子高子天梅小劍
醉後踏雪
半林殘照白茫茫、卅里平原一望荒。踏破
銀岡人在畫，探梅好擬孟襄陽。
俚句録呈
石子先生 指政，並希
玉和 弟天健呈稿

乙卯殘冬偕姚子石子高子天梅小劍醉後踏雪

半林殘照白茫茫，卅里平原一望荒。踏破銀岡人在畫，探梅好擬孟襄陽。

俚句録呈石子先生指政，並希玉和。弟天健呈稿。

楊棣棠

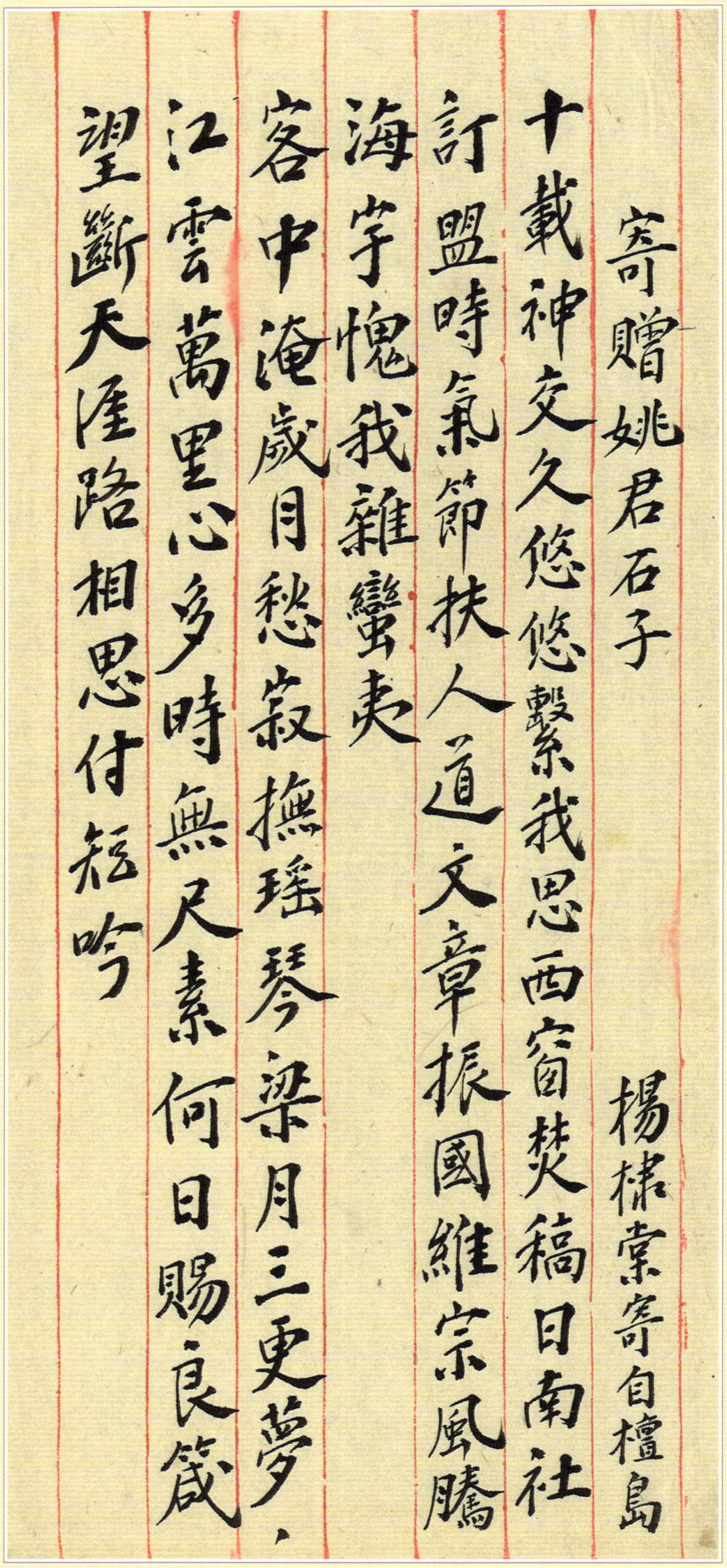
寄贈姚君石子　楊棣棠寄自檀島
十載神交久悠悠繫我思西窗焚稿日南社
訂盟時氣節扶人道文章振國維宗風騰
海宇愧我雜蠻夷
客中淹歲月愁寂撫瑤琴梁月三更夢、
江雲萬里心多時無尺素何日賜良箴
望斷天涯路相思付短吟

寄贈姚君石子　楊棣棠寄自檀島

十載神交久，悠悠繫我思。西窗焚稿日，南社訂盟時。氣節扶人道，文章振國維。
宗風騰海宇，愧我雜蠻夷。
客中淹歲月，愁寂撫瑤琴。梁月三更夢，江雲萬里心。多時無尺素，何日賜良箴。
望斷天涯路，相思付短吟。

蔡守

清明後一日訒生將之日本永谷召同袍祖餞于珠江舫即席用子匋匀

紫楝飛飛復弄寒，寵行尊酒醉江干。詩心早蘊停雲意，畫本還留落月看。客有汪倫情靡盡，婦如徐淑別尤難。東鯷烟雨輕帆卸，可是櫻花尚未殘？

近作一首寄似石子社督吟定。交供草。

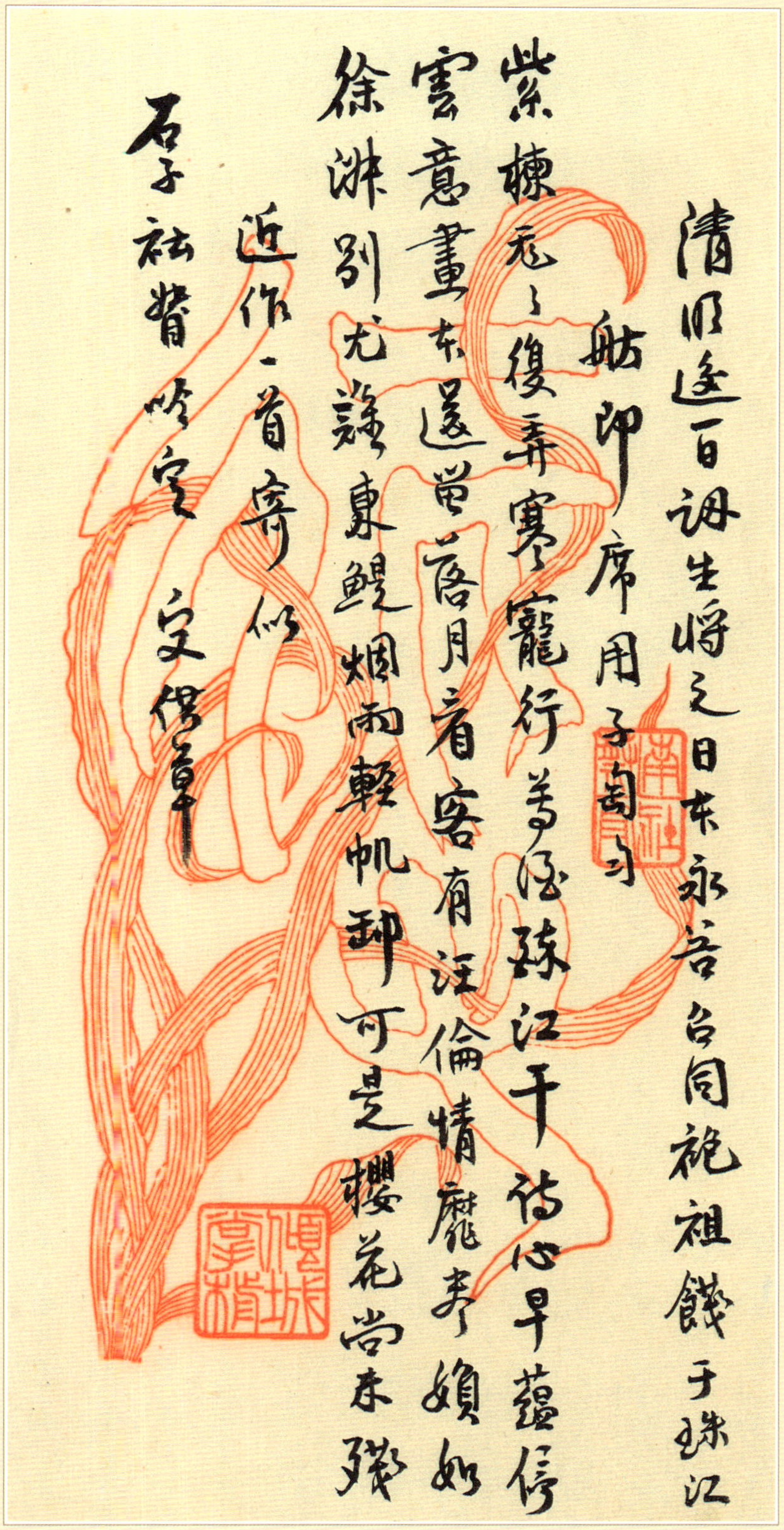

答小進和留别原匀

未獲相逢翻遠别（小進之美洲過滬造訪不晤），江樓望斷水含天（梁元帝《臨秋賦》『水含天而難别』）。參商妒殺銀河渡（小進去日七月六夕），魂夢相思碧海烟（李白詩『夕栖碧海烟』）。去國好求匡國策，離家暫學忘（仄）家禪（蘇軾詩『在家學得忘家禪』）。歸來佗日須招我，願逐君耕沮溺田（小進之美求農學）。

答沈孝則叠前匀

聞聲無限相思苦，嶺嶠吴趨萬里天。結納早期松柏雪，魂夢爲繞茘枝烟。短吟寄似知唐突，尺牘頒來想薛禪（《元史·畏答兒傳》：薛禪者，聰明之謂也）。吾黨有人能學稼（謂馬小進），它年投筆共耕田。

近作二首録塵鳳石社兄吟定。㕚供草。（『悊父吟』）

畣小進和留別原句

未獲相逢翻遠別（小進之美洲過滬造訪不晤）江樓望斷水含天（梁元帝咏秋賦：水含天而雜別）參商妒殺銀河渡（小進去日七月六夕）魂夢相思碧海烟（李白詩：夕樓碧海烟）去國好求匡國策，離家暫學忘家禪（蘇軾詩：在家學得忘家禪）歸來他日須招我，願遂居耕沮溺田（小進之美求農學）

畣沈孝則疊前韻

閱盡無限相思苦，嶺嶠吳趨萬里天。結納早期松相雪，魂夢由遠荔枝烟。短吟寄似知唐突，尺牘須來想薛禪（元史畏吾兒傳：薛禪者，聰明之謂也）。吾鄉有人能學稼（謂馬小進），佗年投筆共耕田。

近作二首錄塵

鳳石社兄 吟定

安供草

國粹學報館
神州國光社
用箋

過羚羊峽

廿年重過羚羊峽，感舊嗟新可語誰。複疊雲山迷曩迹，侵尋人事耐遐思。峰高夾水天爲隘，岸迴號蛩秋更悲。剩羨漁家足安樂，未知今世是何時。

寄鄧尔疋香港

君從海島得桃源，况共如花化樂天。山色侵簾來枕畔，風鬟問字坐吟邊。規模秦漢能摹印，嘯傲烟霞已自仙。我亦闇富雙宿穩，夗央江上足留連。

秋暑

千樹花無一葉摇，秋陽逞力有餘驕。叵羅素手調冰水，區脱清談席碧蕉。暑氣連江波意沸，火雲灼野草痕焦。海綃帳底微風起，香汗凝珠傍晚消。

送陳樹人居若明如日本

我未能歸君又去，馳詩爲别各潸然。人誰與世全無意，國自先秋絶可憐。孰道蓬萊真淺水，同舟伉儷是雙仙。鄉邦回首塵沙惡，一往夷嵎欲幾年？

獨坐

琉璃窗户鮫綃幔，幔幔湘簾簾外林。林罅還看河嶺著，區中絶勝畫圖深。静參複叠無窮意，幻入洪濛何處尋。鎮日不妨成獨坐，萬緣净盡此時心。

中秋夜白雀山看月蝕遇雨

百丈峰頭百畝臺，晚霞纔散月輪開。詎知彈指殫殘盡，陡覺驚心黑闇回。天上姮娥還有劫，人間鋒鏑未須哀。何堪風更驅雲起，亂雨跳珠入酒杯。

中秋雨夜寄勺香

中秋月蝕還風雨，似此良宵却可傷。燈火滿江成慘緑，弦歌千舫轉悲凉。空令人世終年望，未睹常娥半面妝。明歲陰晴復難料，知君今夕更須忙。

薄莫

薄莫添衣正下樓，絶勝風景照吟眸。依人孤蝶花光冷，帶雨餘霞帆影秋。松徑抱山延野步，梧江鑿空接天流。憑高眺遠心難團，雲際輕雷尚未收。

近作八章寄松江呈鳳石、天梅社兄吟定，并希和教。蔡文甫稿于蒼梧英領事署。

過羚羊峽

廿年重過羚羊峽感舊嗟歎可語誰複疊雲山迷曩遊侵尋人事
耐遊思峰高夾水天為隘峽迴舟移秋更悲勝有漁家足安樂未知今世是何時

寄鄧爾疋香港

君從海島得靈源說苦如花化樂天山色侵簾來枕畔風鬟向字出吟邊規橅秦
漢能摹印嘯傲烟霞已自仙我亦窗宦雙宿穩如共江上足留連

秋暑

千疊花云一葉搖秋陽逞力有餘驕匠（海）羅李手調冰水區脫清波席碧蕉暑
氣逐江波意沸火雲灼野草痕焦殘綃帳底微風起香汗凝珠傍鬢消

送陳瞽人居若明之日本

我未能歸君又去馳話為別各潸然人誰與世全無患國自先秋絕可憐蘊道蓬
萊真淺水同舟伉儷是雙仙鄉邦回首塵沙惡一往更嵎欲幾年

獨坐

琉璃窗戶鮫綃幔〻湘簾〻外林〻罅還看河嶺著區中絕勝畫圖恬靜
參複疊無窮意幻入烟濛何處尋鎮景坊成獨坐萬緣淨盡此時心

中秋前白雲山看月値遇雨

百丈峯頭百畝臺晚霞綠散月輪開詎知彈指彈殘夢陡覺驚心里留回天上
姮娥還有刻人間歸鏑未須哀何堪風更驅雲起亂雨跳珠入酒杯

中秋雨前寄勺香

中秋月蝕還風雨似此良宵却可傷燈火滿江成慘綠絲歌千舫轉悲涼空令
人世終年望未睹常娥半面妝明歲陰晴復難料知君今夕更須忙

落葉

落葉漆夜正下樓絕勝風景以吟眸依人孤蝶若先冷帶雨餘霞帆影秋松徑
抱山延野步橘江鑿空接天流憑高眺遠心難罄雲際輕雷尚未收

近作八章寄松江呈

鳳石
天梅社兄吟正並希　和慕　姜安甫稿于蒼梧英領事署

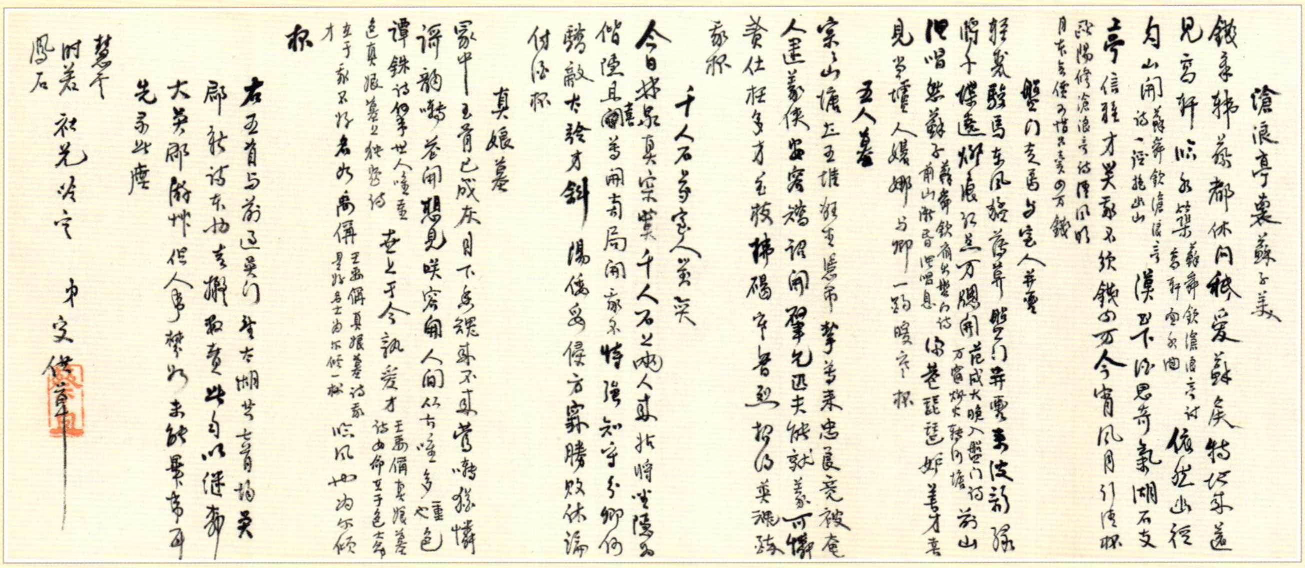

滄浪亭懷蘇子美

錢章韓蔡都休問，祇愛蘇侯特地來。還見高軒臨水築（蘇舜欽《滄浪亭》詩『高軒面水曲』），依然幽徑抱山開（蘇舜欽《滄浪亭》詩『一徑抱幽山』）。《漢書》下酒思奇氣，湖石支亭信雅才。笑我不須錢四萬，今宵風月引清杯（歐陽修《滄浪亭》詩『清風明月本無價，可惜祇賣四萬錢』）。

盤門走馬與室人并轡

輕裘駿馬東風猛，薄莫盤門并轡來。波影緑將千堞繞，燈痕紅點萬窗開（范成大《晚入盤門》詩『萬窗燈火轉河塘』）。前山漁唱愁蘇子（蘇舜欽《夜出盤門》詩『前山漸昏漁唱息』），深巷琵琶妒善才。喜見當壚人裊娜，與卿一酌暖寒杯。

五人墓

寂寂山塘土五堆，狂生憑弔挈尊來。忠良竟被奄人逮，義俠安容矯詔開。肇見匹夫能就義，可憐貳仕枉多才。花枝拂碣寒膚烈，招得英魂醉我杯。

千人石上與室人對弈

今日林泉真寂寞，千人石上兩人來。姑將坐隱爲偕隱，且喜尊開旁局開。我不恃强知守分，卿何驕敵太矜才。斜陽倭妥侵方罫，勝敗休論付酒杯。

真娘墓

冢中玉骨已成灰，月下香魂來不來。鶯囀猶憐歌韻囀，花開想見笑容開。人間從古唯多（重也）色（譚銖詩『何事世人唯重色，真娘墓上獨題詩』），世上于今孰愛才（王禹偁《真娘墓》詩『女命在于色，士命在于才』）。我不好名如禹偁（王禹偁《真娘墓》詩『我是好名士，爲爾傾一杯』），臨風也爲爾傾杯。

右五首與前《過吳門望太湖》共七首，均吳郡新詩本也。欲擬數疊此匀，以繼柳大《吳郡游草》。但人事棼如，未能畢事耳。先録此塵時若、慧雲、鳳石社兄吟定。弟文供草。（『蔡守』）

滄浪亭懷蘇子美

錢家韓蘇都休問秖愛蘇侯特地遊
見高軒臨水築（蘇舜欽滄浪亭詩：高軒面水曲）依然幽徑
有山開（蘇舜欽滄浪亭詩：一徑抱幽山）漢以下風思奇氣湖石支
亭信雅才吳郡不須錢四万今宵風月仍清淑
（歐陽修滄浪亭詩：清風明月本無價，可惜只賣四万錢）

盤門走馬与寓人并賣

輕裘駿馬東風搖蕩舜盤門并賣春波新綠
憶千樓遠煙浪紅豆万牕開（花成火晚入盤門詩：万窗燈火轉河塘）前山
但唱然蘇子（蘇舜欽前山螢火詩：前山漸昏但唱息）宋巷琵琶好善才嘉
見當壚人嬛娜与卿一鶴暖衣棋

五人墓

宋之山壞土五墳狐毛愚市挈等來忠良竟被奄
人逮義使安容譖詔開羣氣匹夫能就義可憐
貴仕枉多才豈救拂碣穿昏到想仍英魂猛
家杯

千人石前賓人笑

今日林泉真寂寞千人石上兩人來指將坐隱爲
偕隱且開喜萬開南局閑家未特強知守爲鄉何
驗敵太輸才斜陽僂要侵方寂勝敗休論
付酒杯

真娘墓

冢中玉骨已成灰，月下魂来不更□。黄鹂犹怜词韵啭，花开想见笑容开。人间从古怜多（一作重）色，谭铢诗：何事世人偏重色，真娘墓上独题诗 世上于今孰爱才。王禹偁真娘墓诗：女命在乎色，士命在乎才 家不将名如禹偁，王禹偁真娘墓诗：最是名士为尔倾一杯 临风也为尔倾杯。

右五首与前过吴门登太湖共七首，均吴郡歌诗。东坡喜拟寂寞，此句以继韵。大吴郡游草，但人事忙，未能毕篇耳。先录此应

慧千
时若
凤石 社兄法家 中文借

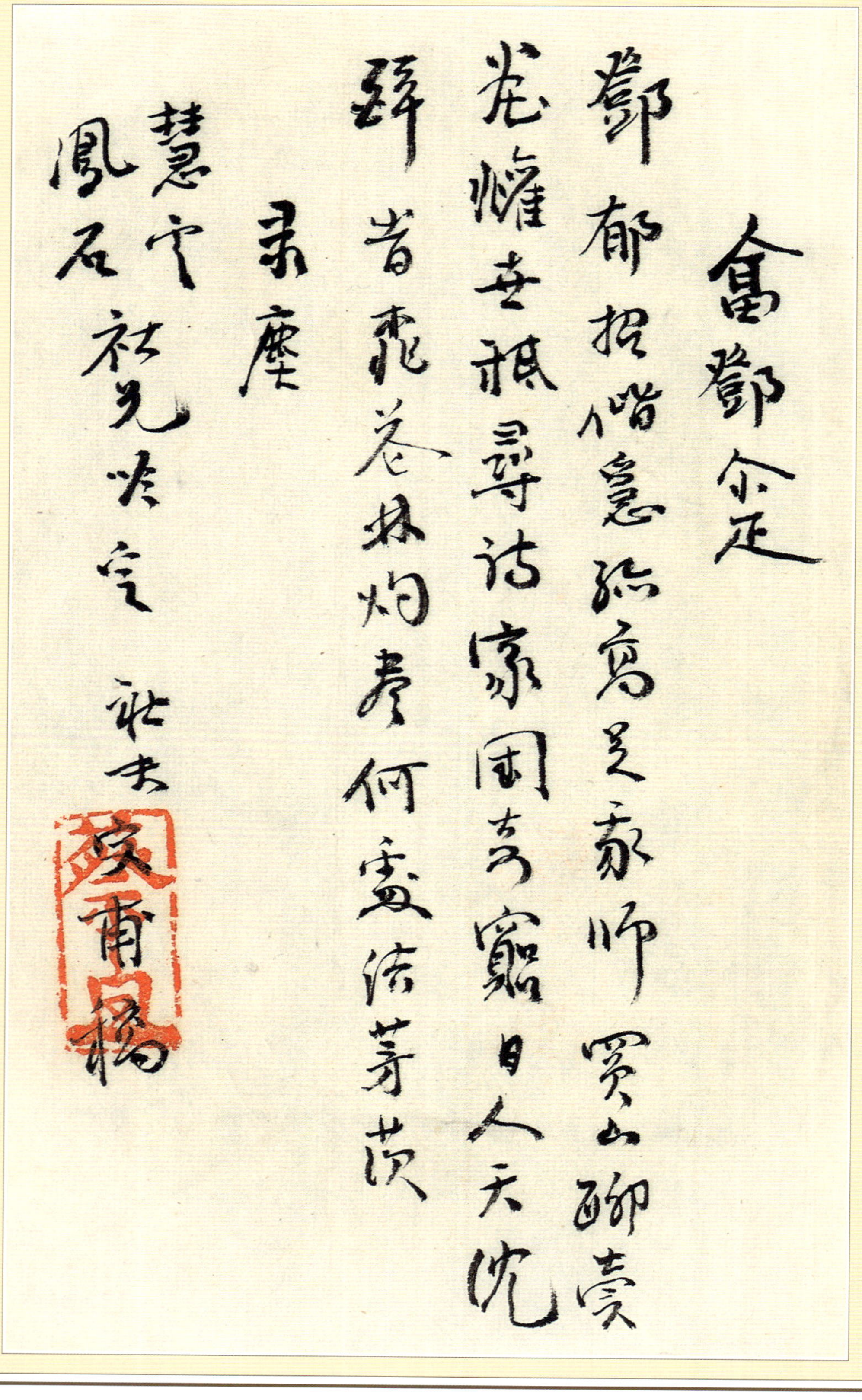

答鄧尒疋

鄧郁招偕隱孤高是我師買山聊賣畫逭世祇尋詩家國奇窮日人天沈醉時桃花林灼盡何處結茅茨

録塵

慧雲
鳳石社兄吟定 社末文甫稿

答鄧尒疋

鄧郁招偕隱，孤高是我師。買山聊賣畫，逭世祇尋詩。家國奇窮日，人天沈醉时。桃花林灼盡，何處結茅茨？

録塵慧雲、鳳石社兄吟定。社末文甫稿。（『蔡守』）

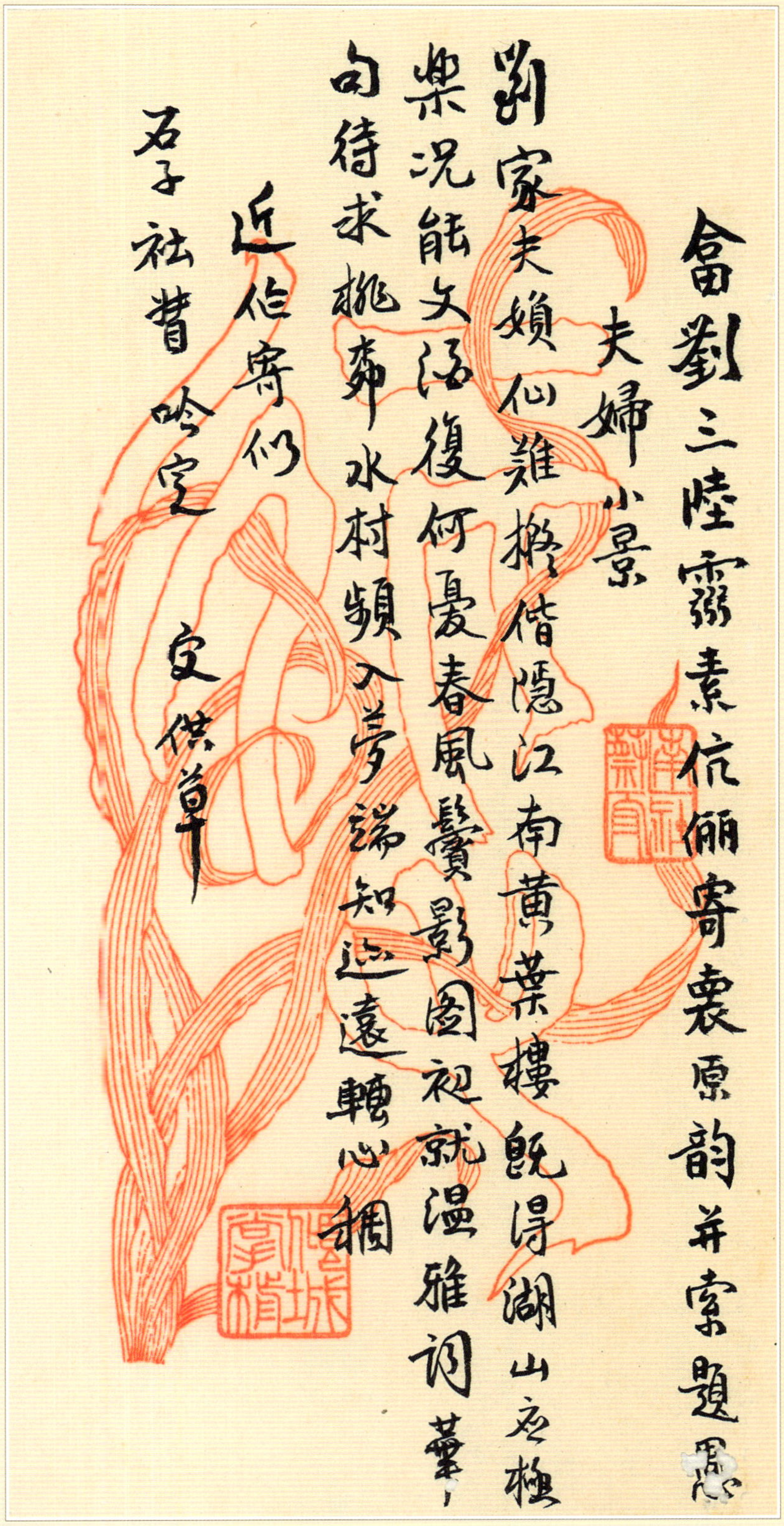
答劉三陸靈素伉儷寄褱原韵并索題愚
夫婦小景
劉家夫婦仙難擬偕隱江南黃葉樓既得湖山應極
樂況能文酒復何憂春風鬢影圖初就温雅詞華
句待求桃柳水村頻入夢端知迹遠轉心稠
近作寄似
石子社督吟定 文供草

答劉三陸靈素伉儷寄懷原韵并索題愚夫婦小景

劉家夫婦仙難擬，偕隱江南黃葉樓。既得湖山應極樂，況能文酒復何憂。春風鬢影圖初就，温雅詞華句待求。桃柳水村頻入夢，端知迹遠轉心稠。

近作寄似石子社督吟定。文供草。

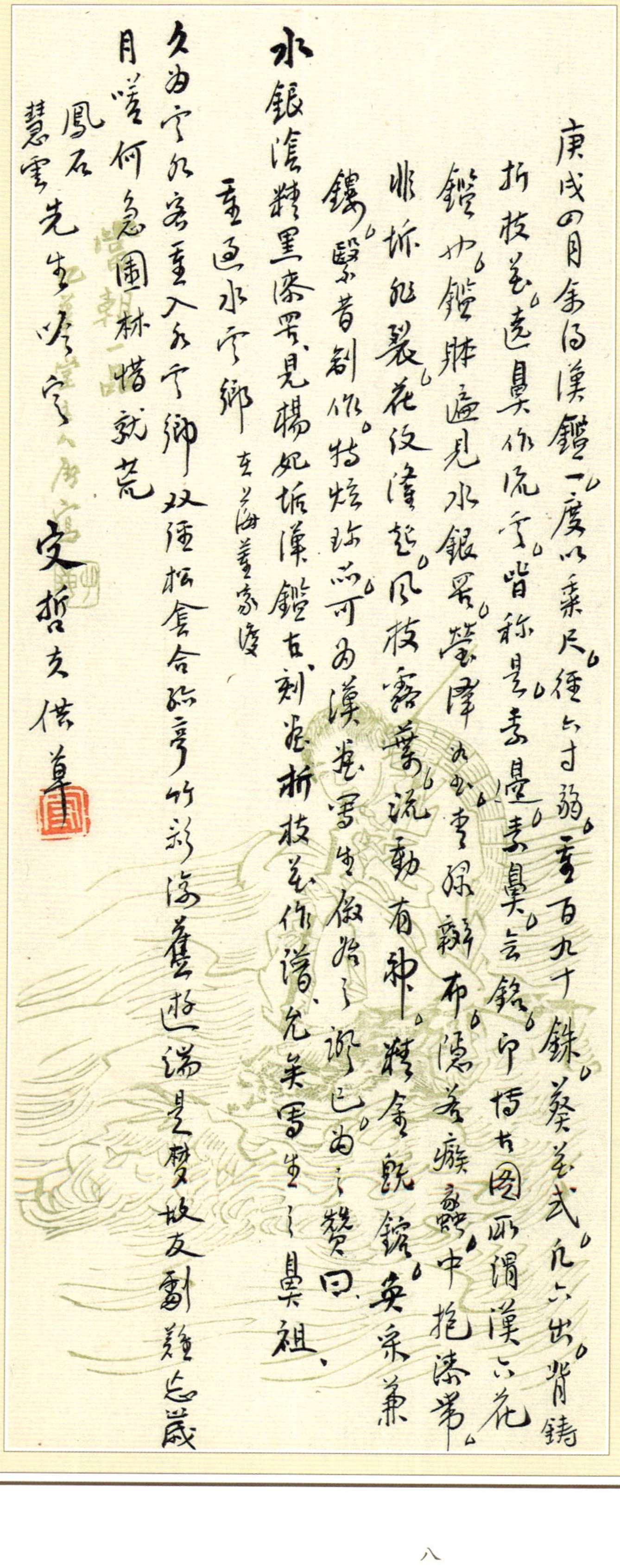

庚戌四月余得漢鑒一度以黍尺徑六寸弱重百九十銖葵花式凡六出背鑄折枝花繞鼻作流雲皆稱是素邊素鼻無銘即《博古圖》所謂漢六花鑒也鑒體遍見水銀罟瑩澤如玉青緑斑布隱若瘯蠡中抱漆帶非坼非裂花紋隆起風枝露葉流動有神精金既鎔英采兼鏤緊昔制作特炫珍品可爲漢畫寫生俶始之證已爲之贊曰

水銀陰精黑漆罟，見楊妃垢漢鑒古。刻畫折枝花作譜，允矣寫生之鼻祖。

重過水雲鄉（在上海董家渡）

久爲雲水客，重入水雲鄉。雙徑松陰合，孤亭竹影涼。舊游端是夢，故友劇難忘。歲月嗟何急，園林惜就荒。

鳳石、慧雲先生吟定。文哲夫供草。（『守』）

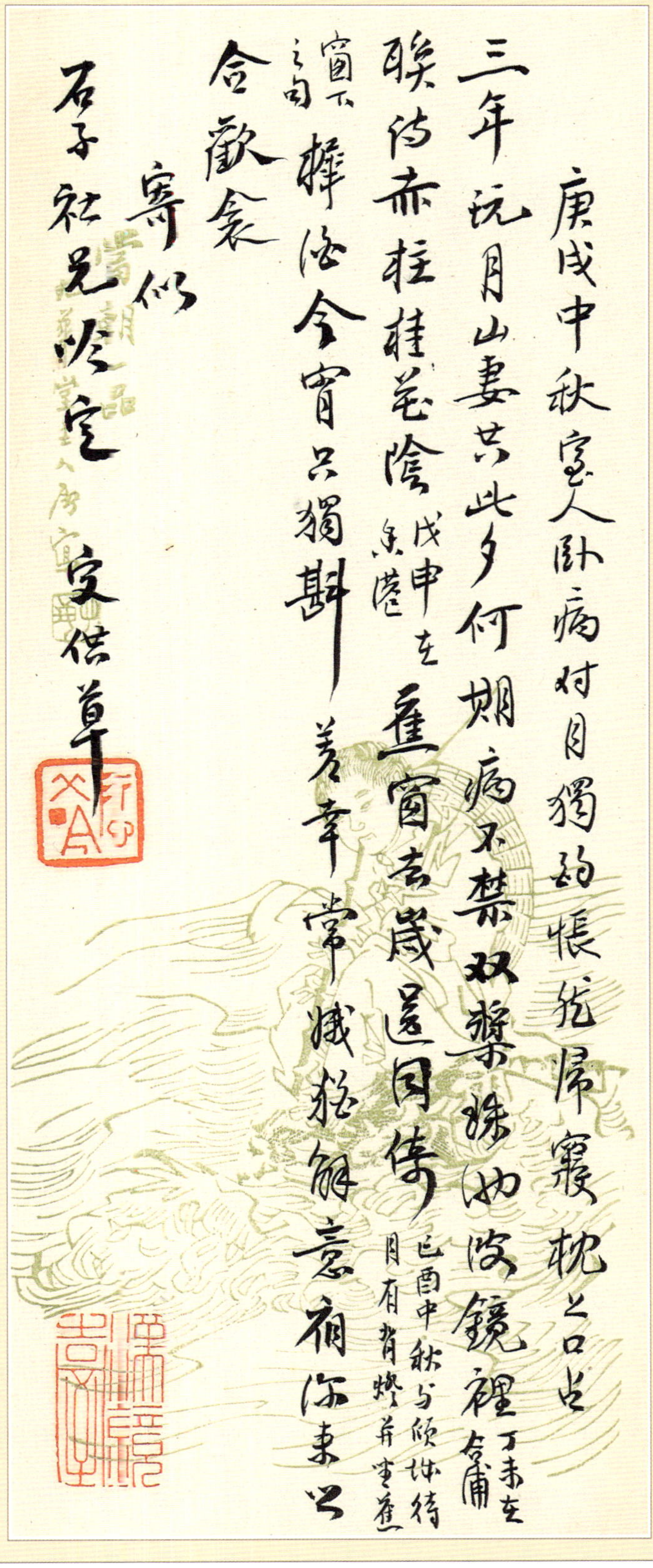

庚戌中秋室人卧病對月獨酌悵然歸寢枕上口占

三年玩月山妻共，此夕何期病不禁。雙槳珠池波鏡裏（丁未在合浦），聯詩赤柱桂花陰（戊申在香港）。蕉窗去歲還同倚（己酉中秋與傾城待月，有『背燈并坐蕉窗下』之句），樨酒今宵只獨斟。差幸常娥猶解意，夜深來照合歡衾。

寄似石子社兄吟定。安供草。（『悊父吟』『漢鏡臺』）

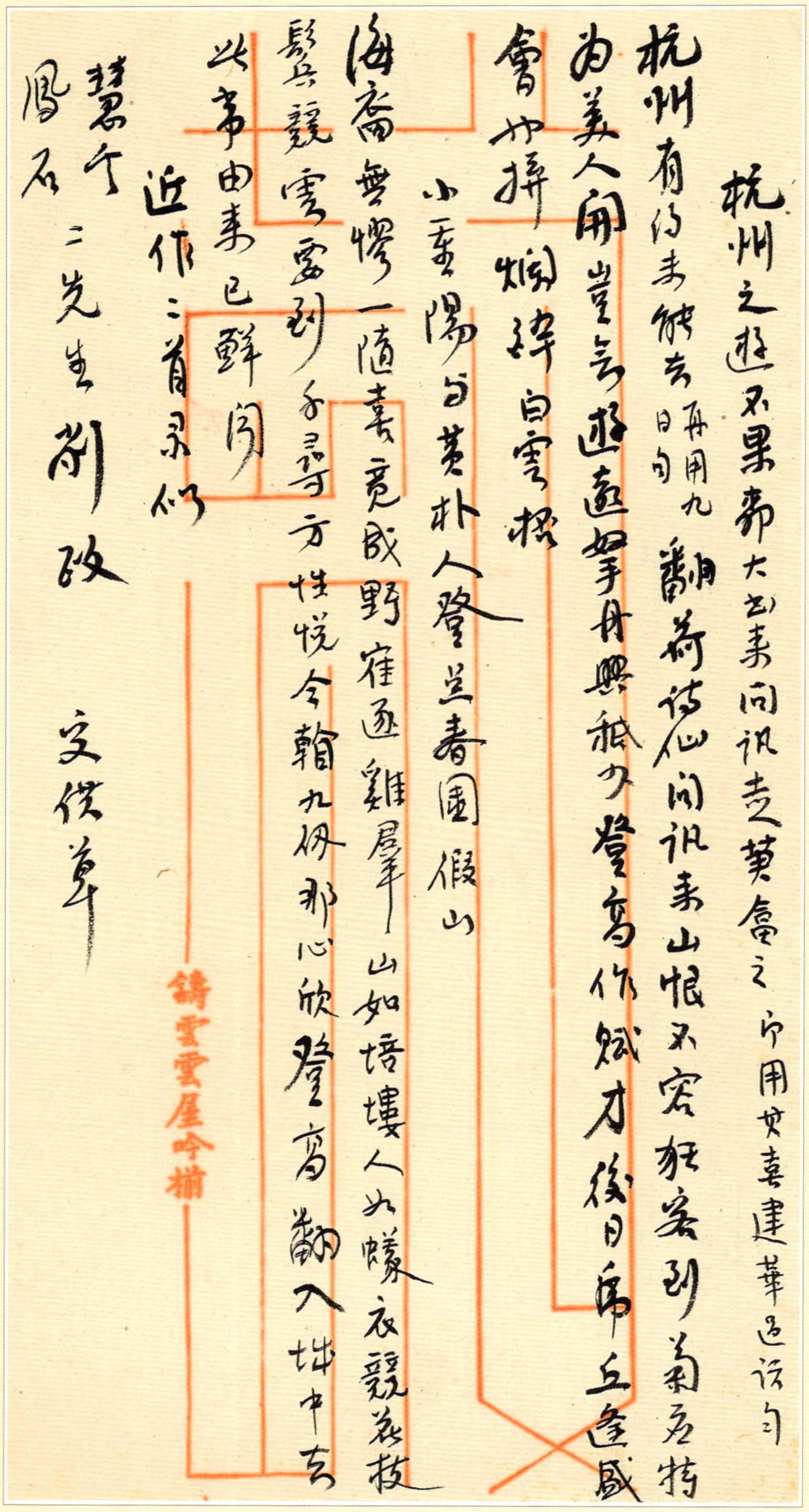

杭州之遊不果柳大書來問訊走筆答之（即用其《喜建華過訪》勾）

杭州有約未能去（再用《九日》句），翻荷詩仙問訊來。山恨不容狂客到，菊應特爲美人開。豈無遊遠挐舟興，祇少登高作賦才。後日虎丘逢盛會，也拚爛醉白雲杯。

小重陽與黃朴人登點春園假山

海裔無憀一隨喜，竟成野鶴逐鷄群。山如培塿人如蟻，衣競花枝鬢競雲。要到千尋方性悦，今看九仞那心欣。登高翻入城中去，此事由來已鮮聞。

近作二首録似慧雲、鳳石二先生削政。文供草。

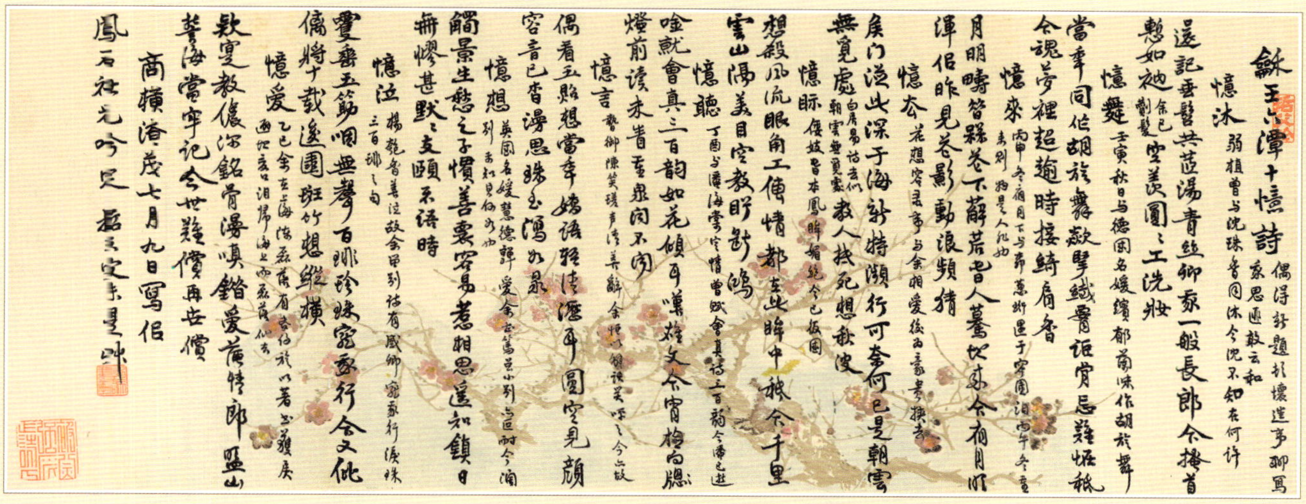

鉌王六潭十憶詩（偶得新題頓懷往事聊寫我思匪敢云和）

憶沐（弱植曾與沈珠香同沐今沈不知在何許）

還記垂髫共莅湯，青絲卿我一般長。郎今搔首嘶如衲（余已鬎髮），空美圓圓工洗妝。

憶舞（壬寅秋日與德國名媛繽郁蘭味作胡旋舞）

當年同作胡旋舞，欸擊纖腰詎肯忘。難怪祇今魂夢裏，超逾時接綺肩香。

憶來（丙申冬夜月下與柳蕙珩遇于容園泊丙午冬重來則物是人非也）

月明疇昔梅花下，藓苔春人驀地來。今夜月明渾似昨，見花影動浪頻猜。

憶去（花想容録事與余相愛後爲豪貴挾去）

侯門從此深于海，新特瀕行可奈何。已是朝雲無覓處（白居易詩『去似朝雲無覓處』），教人抵死想秋波。

憶視（倭妓春本鳳眸媚絶今已返國）

想殺風流眼角工，傳情都在此眸中。祇今千里雲山隔，美目空教盼斷鴻。

憶聽（丁酉與潘海棠定情曾賦會真詩三百韵今潘已逝）

吟就會真三百韵，如花傾耳嘆雄文。今宵檢向燈前讀，未肯重泉聞不聞。

憶言（聱御陳笑瑳聲清善辭余恒以解語笑呼之今亦故）

偶看玉照想當年，嬌語輕清瀝耳圓。空見顔容音已杳，漫思珠玉瀉如泉。

憶想（英國名媛慧德彈愛余甚篤雖小别亦叵耐今闊别未知其何如也）

觸景生愁之子慣，善懷容易惹相思。遥知鎮日無憀甚，默默支頤不語時。

憶泣（楊匏香善泣故余留别詩有『感卿寵我行，泪珠三百琲』之句）

雙垂玉筯咽無聲，百琲珍珠寵我行。今又仳離將十載，後園斑竹想縱横。

憶愛（乙巳余在上海陳磊落有昏約旋以著書獲戾避地夏口泊歸海上而磊落仙去）

欸實教儂深銘骨，漫嗔錯愛薄情郎。盟山誓海當牢記，今世難償再世償。

商横淹茂七月九日，寫似鳳石社兄吟定。哲夫交未是草。（『哲父吟』『悊夫詩詞書畫』『被天弜派作詩人』）

錄王六潭十憶詩 偶得新題抒懷進事聊寫我思匪敢云和

憶沐 弱植曾與沈珠香同沐今沈不知在何許

遠記垂髫共蕋湯青絲卿我一般長郎今搔首慙如衲（余已剃髮）空羨圓圓工洗妝

憶舞 壬寅秋日與德國名媛纘郁蘭妹作胡旋舞

當年同作胡旋舞歘擘纖腰詎肯忘難怪秖今魂夢裡超遒時接綺肩香

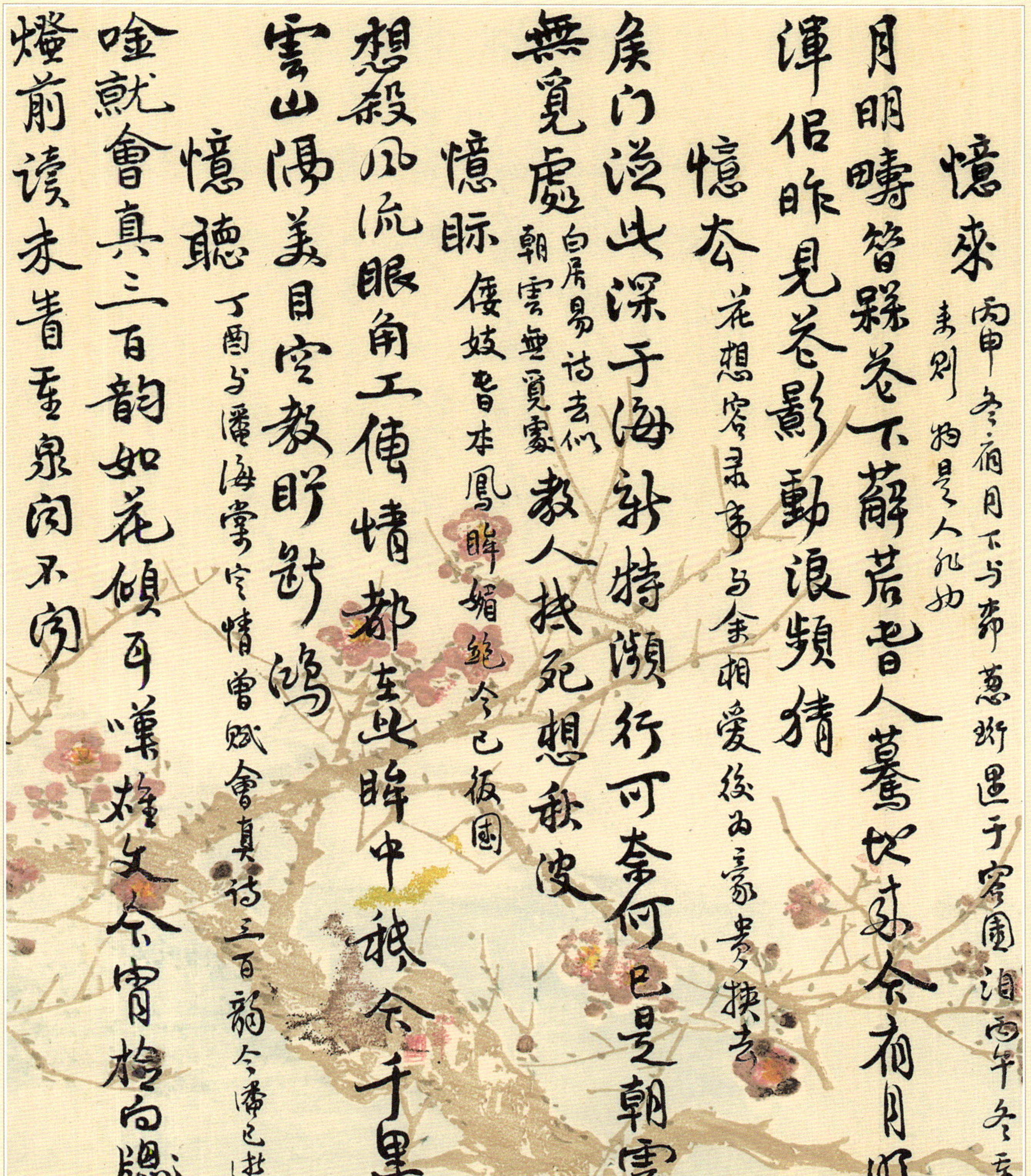

憶來 丙申冬夜月下與弟蕙蘅遇于容園，洎丙午冬重來，則物是人非也

月明疇管綠苔下，薜若曾人驀地來。今夜月明渾侶昨，見苔影動浪頻猜。

憶去 花想容錄事與余相愛，後為豪貴挾去

侯門從此深于海，新特瀕行可奈何。已是朝雲無覓處白居易詩：去似朝雲無覓處，教人拼死想秋波。

憶眸 倭妓曾本鳳眸媚絕，今已返國

想殺風流眼角工，使情都在此眸中。秪今千里雲山隔，美目空教盼斷鴻。

憶聽 丁酉與潘海棠定情，曾賦會真詩三百韻，今潘已逝

唫就會真三百韻，如花傾耳嘆雄文。今宵檢向總燈前讀，未肯重泉聞不聞。

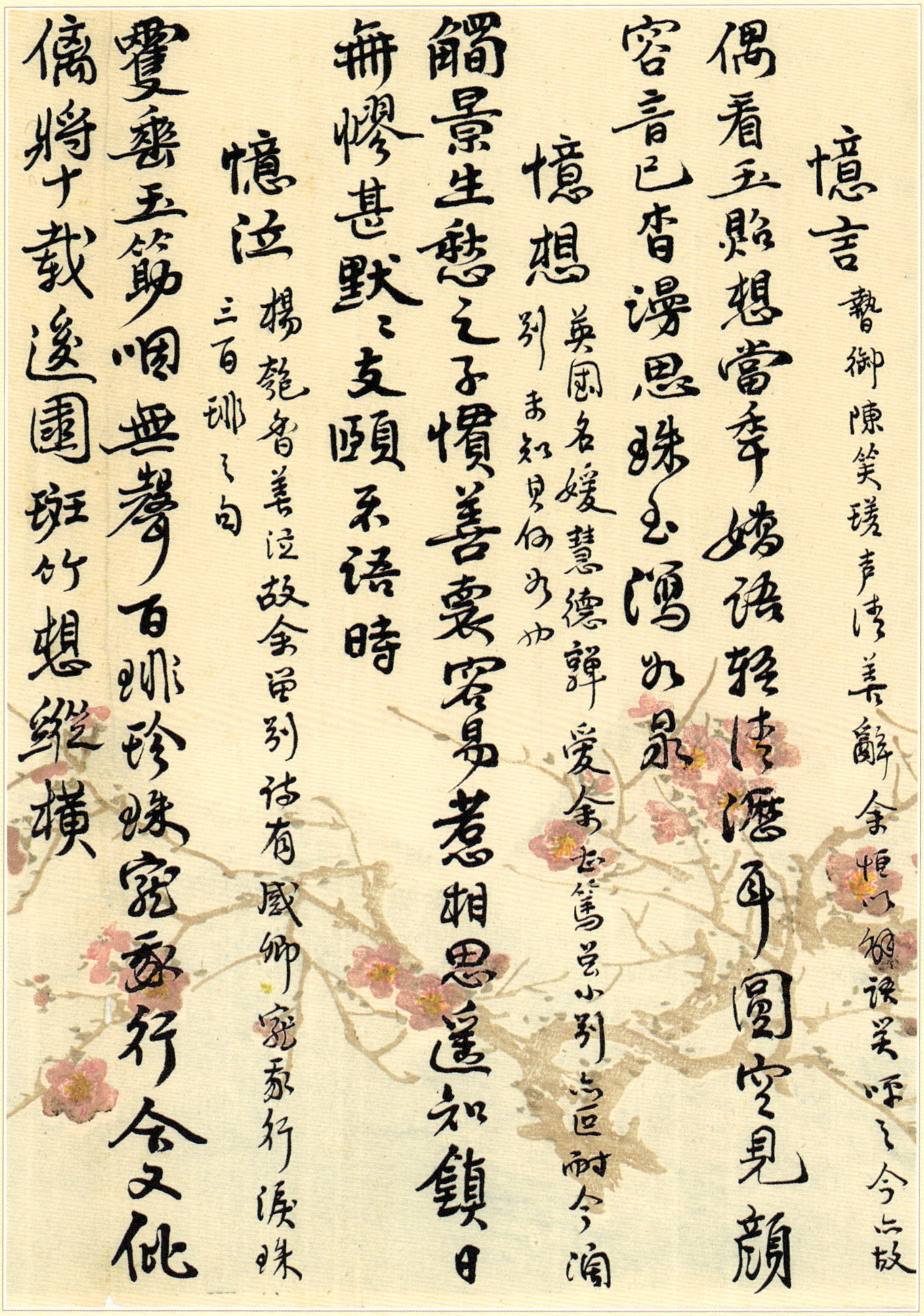

憶言 贅御陳笑璞声清善辭余恒以謔笑呼之今亦故

偶看玉照想當年嬉語輕清應耳圓空見顏容音已杳湯思珠玉瀉如泉

憶想 英國名媛慧德韓愛余甚篤曾小別亦叵耐今消別未知見何如也

觸景生懸之子慣善裹容易惹相思遙知鎮日無憀甚默默支頤不語時

憶泣 楊豔智善泣故余留別詩有感卿窮家行淚珠三百卅之句

覺樂玉箸咽無聲百卅珍珠寵豢行今又仳儷將十載遂團斑竹想縱橫

憶愛

乙巳余在上海陳蛻菴有書往旋以著書獲戾遁地旬日洎歸海上而蛻菴仙去

欽寬教儀深銘骨湯嘆鍇愛廣情郎盟山誓海當年記今世難償再安償

商橫淹茂七月九日寫侶

鳳石社兄吟定 括玄安未是艸

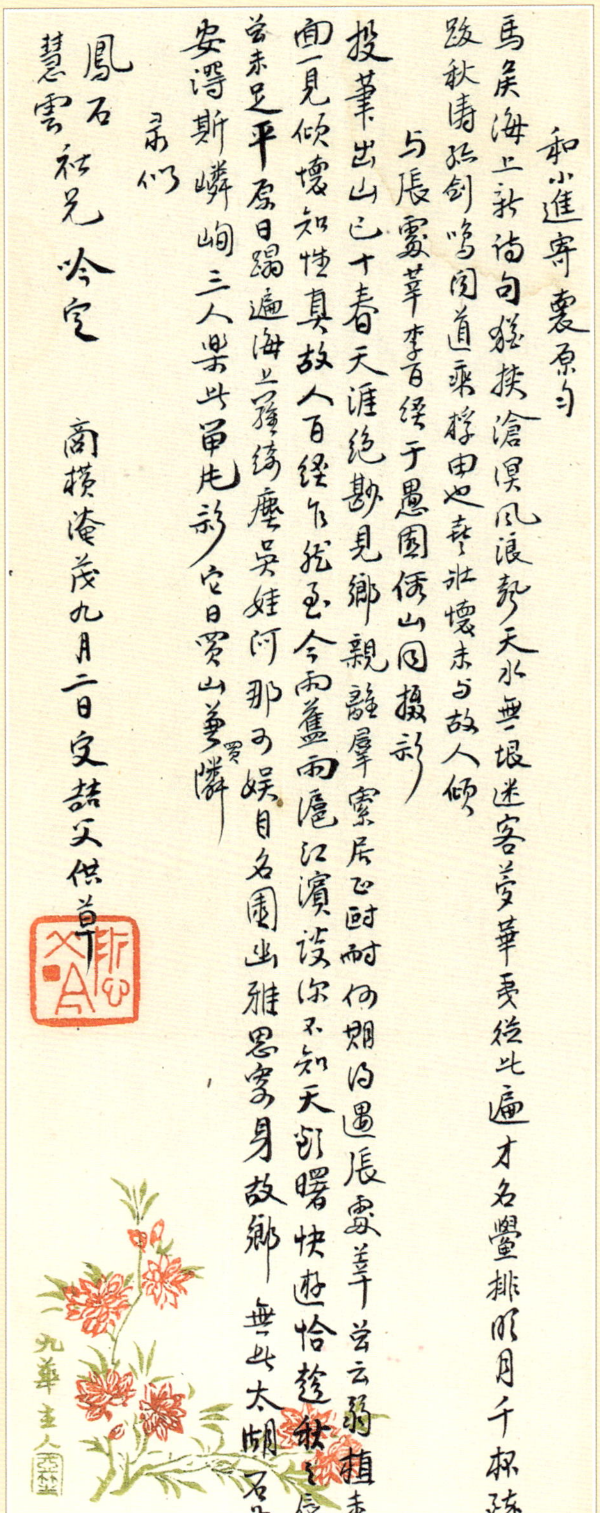

和小進寄懷原匀

馬侯海上新詩句，猶挾滄溟風浪聲。天水無垠迷客夢，華夷從此遍才名。黌排明月千杯醉，鯨跋秋濤孤劍鳴。聞道乘桴由也喜，壯懷未與故人傾。

與張處莘李百經于愚園假山同攝影

投筆出山已十春，天涯絶鮮見鄉親。離群索居正叵耐，何期得遇張處莘。雖云弱植未識面，一見傾懷知性真。故人百經乍然至，今雨舊雨滬江濱。談深不知天欲曙，快游恰趁秋之辰。游雖未足平原日，躧遍海上羅綺塵。吴娃阿那可娱目，名園幽雅思寄身。故鄉無此太湖石，爲山安得斯嶙峋。三人樂此留片影，它日買山兼買鄰。

録似鳳石、慧雲社兄吟定。商横淹茂九月二日文喆父供草。（『悊父吟』）

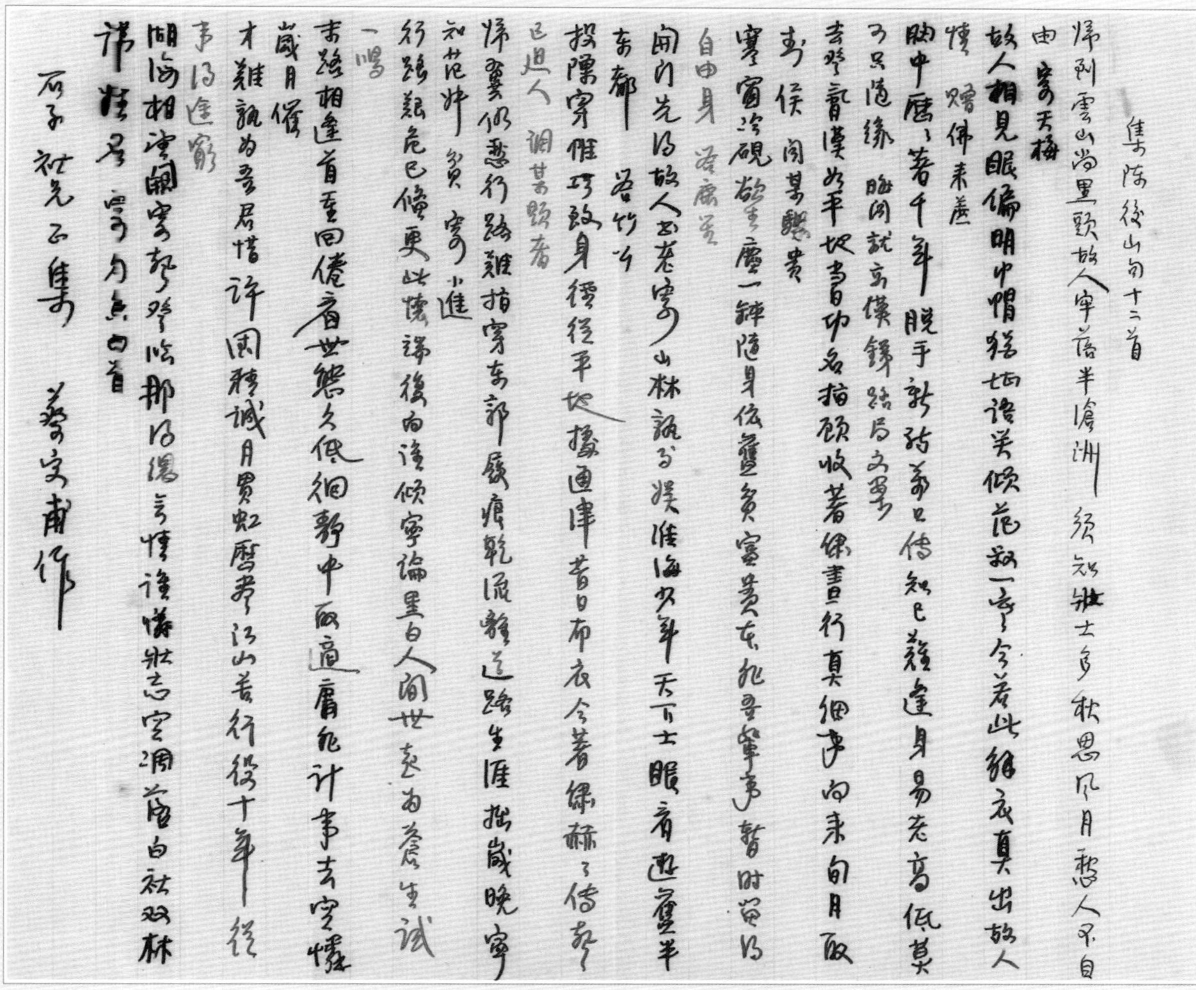

集陳後山句十二首

歸到雲山尚黑頭，故人牢落半滄洲。須知壯士多秋思，風月愁人不自由。（寄天梅）

故人相見眼偏明，巾帽猶堪語笑傾。范叔一寒今若此，解衣真出故人情。（贈佛來蔗）

胸中歷歷著千年，脱手新詩萬口傳。知己難逢身易老，高低莫可衹隨緣。（晦聞就京漢鐵路局文案）

去登霄漢如平地，當日功名指顧收。著綉晝行真細事，向來句月取封侯。（聞某驟貴）

寒窗冷硯欲生塵，一鉢隨身依舊貧。富貴本非吾輩事，暫時留得自由身。（答康笙）

開門先得故人書，老寄山林孰與娛。淮海少年天下士，眼看游舊半東都。（答竹公）

投隙穿帷巧致身，徑從平地據通津。昔日布衣今著綉，赫赫傳聲已迫人。（調某顯者）

歸翼仍愁行路難，指穿東郭屨痕乾。流離道路生涯拙，歲晚寧知范叔貧。（寄小進）

行路艱危已備更，此懷端復向誰傾。寧論黑白人間世，起爲蒼生試一鳴。

末路相逢首重回，倦看世態久低徊。靜中取適庸非計，事去空憐歲月催。

才難孰爲吾君惜，許國精誠月貫虹。歷盡江山苦行役，十年從事得途窮。

湖海相望闕寄聲，登臨那得總無情。誰憐壯志空凋落，白社雙林諱姓名。（寄勺香四首）

石子社兄正集。蔡攵甫作。

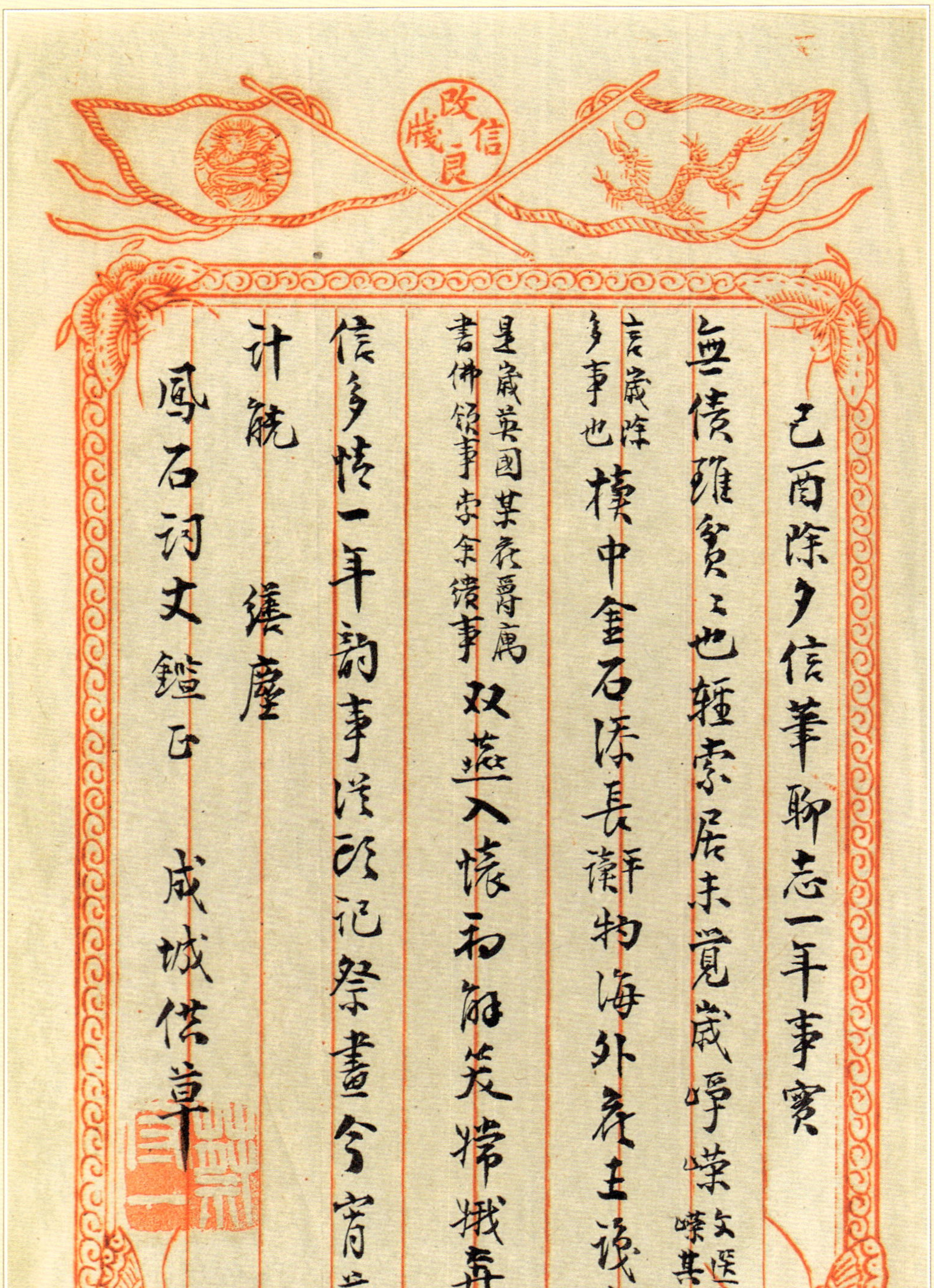

改良信箋

己酉除夕信筆聊志一年事實

無債雖貧〻也輕索居未覺歲崢嶸（文選歲崢嶸其將暮）

言歲除多事也 櫝中金石添長（平）物海外侯王識小名

是歲英國某侯爵寓書佛領事索余續事 雙燕入懷初解笑嫦娥奔月

信多情一年韵事從頭記祭畫今宵莫

計觥 繕塵

鳳石詞丈鑑正 成城供草

己酉除夕信筆聊志一年事實

無債雖貧貧也輕，索居未覺歲峥嶸（《文選》『歲峥嶸其將暮』，言歲除多事也）。櫝中金石添長（平讀）物，海外侯王識小名（是歲英國某侯爵寓書佛領事索余續事）。雙燕入懷初解笑，嫦娥奔月信多情。一年韵事從頭記，祭畫今宵莫計觥。

繕塵鳳石詞丈鑒正。成城供草。（『蔡守一』）

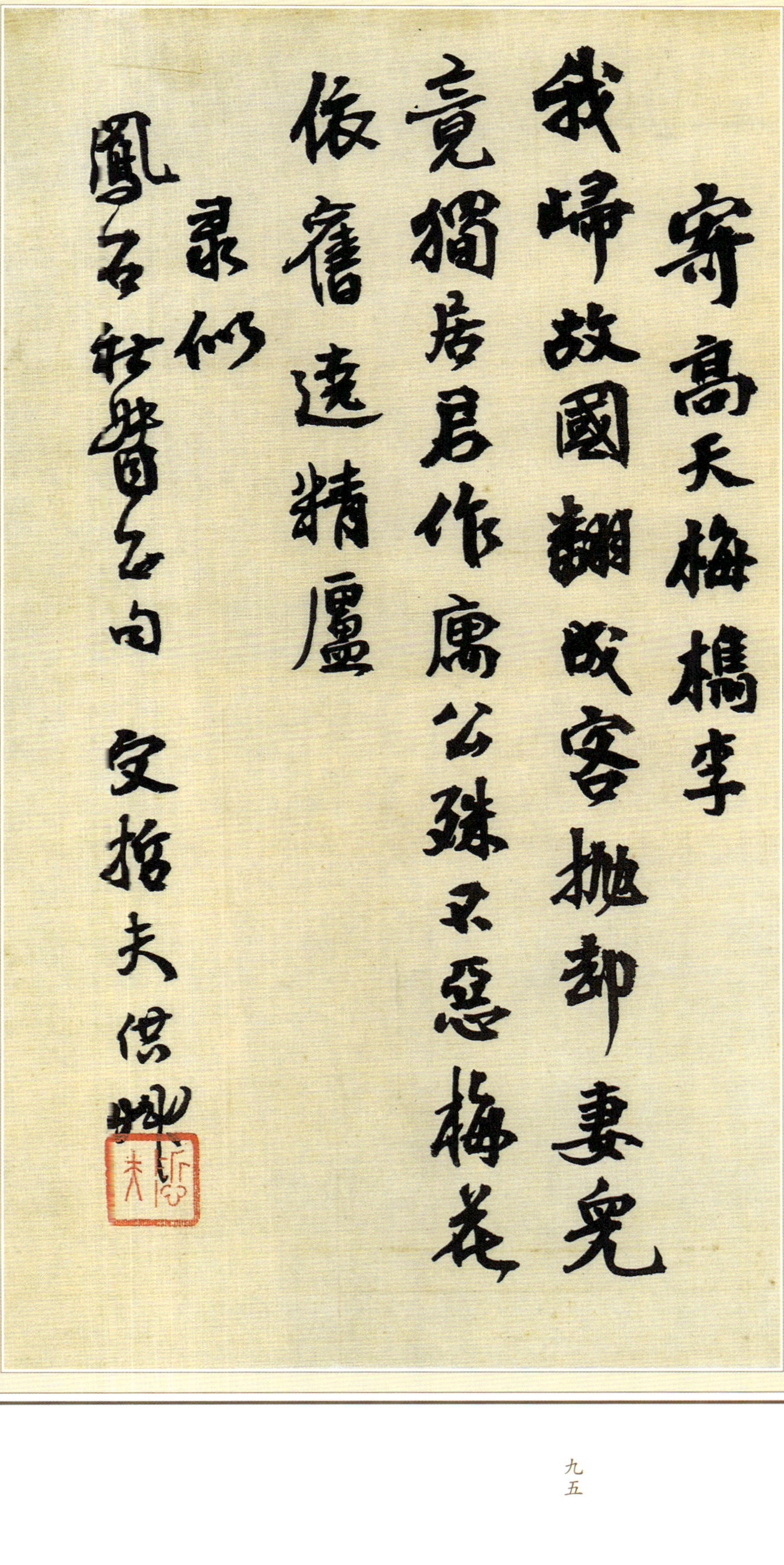

寄高天梅檇李

我歸故國翻成客，拋却妻兒竟獨居。君作寓公殊不惡，梅花依舊繞精廬。

録似鳳石社督正句。文哲夫供草。（『悊夫』）

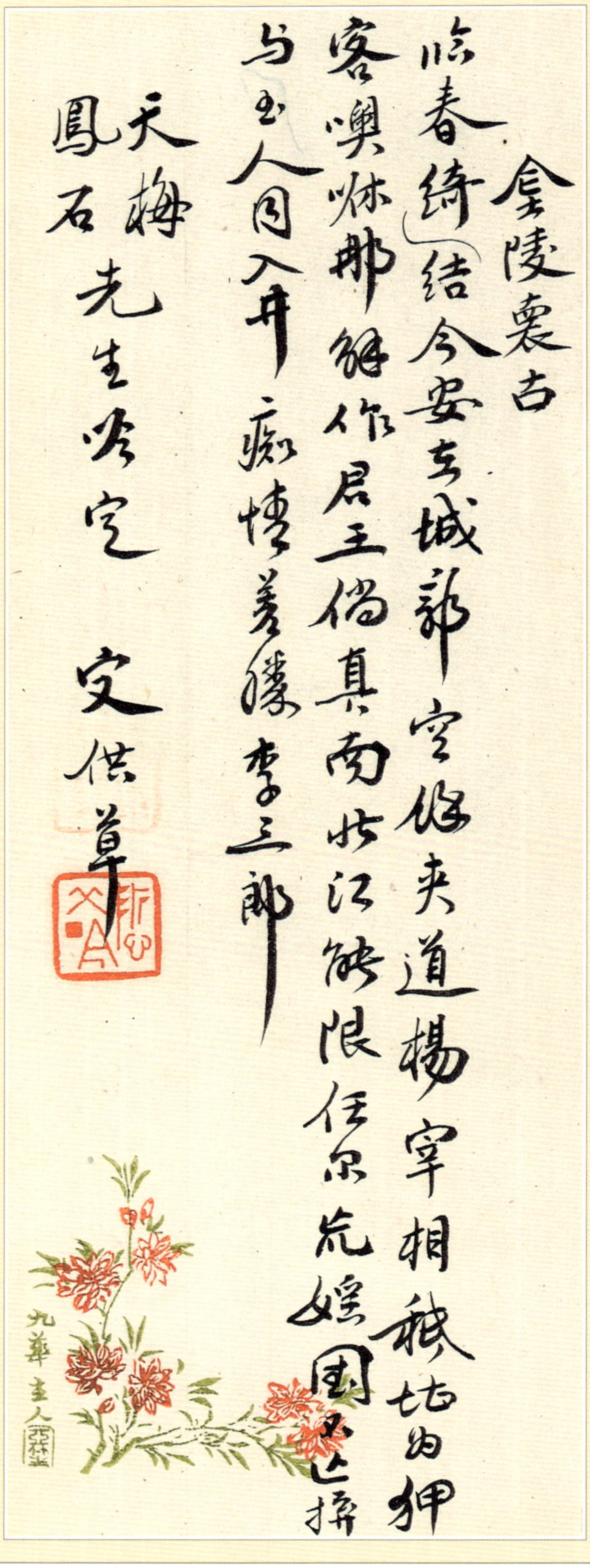

金陵懷古

臨春結綺今安在，城郭空餘夾道楊。宰相衹堪爲狎客，嗔咻那解作君王。倘真南北江能限，任爾荒淫國不亡。拚與玉人同入井，痴情差勝李三郎。

天梅、鳳石先生吟定。文供草。（『悊父吟』）

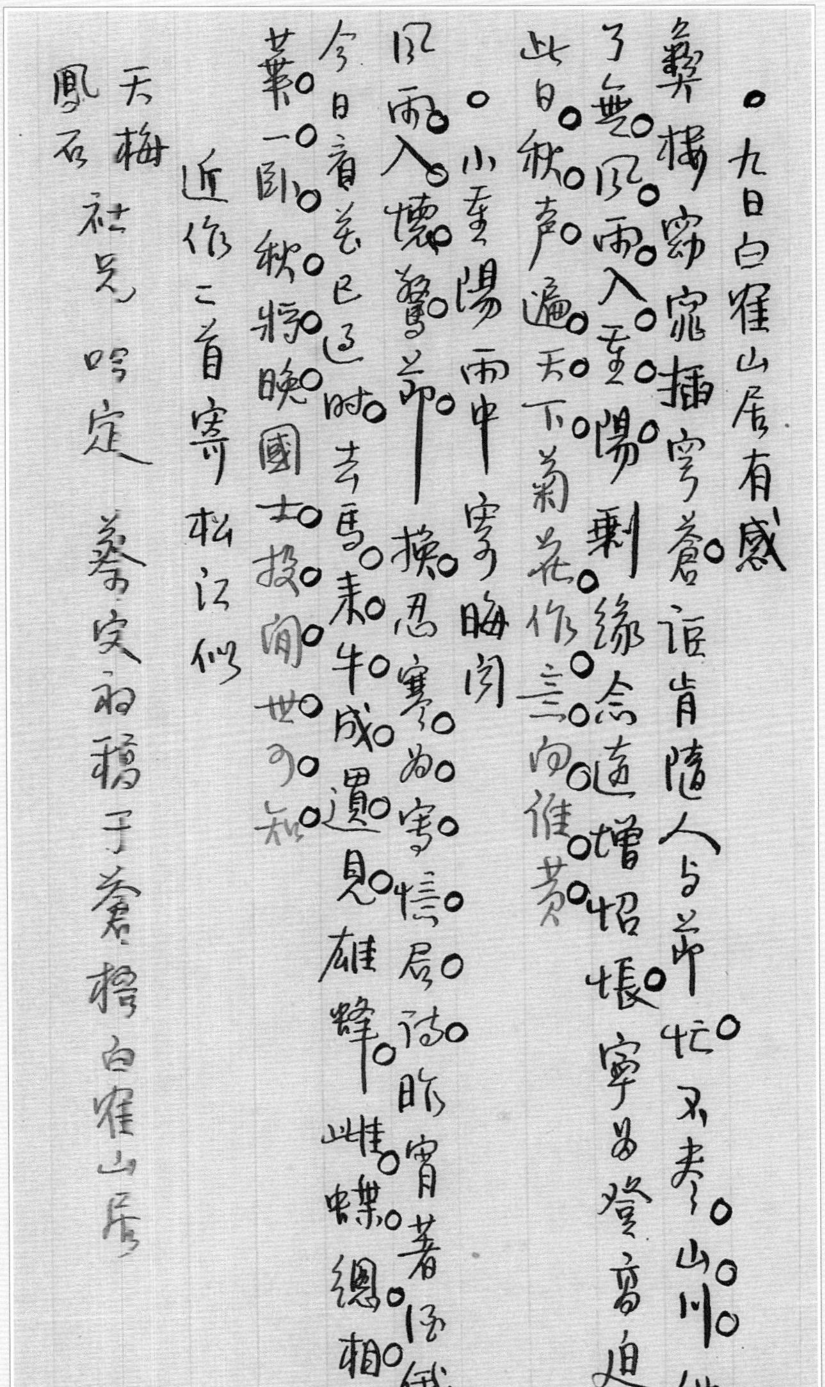

九日白寉山居有感

彝樓窈窕插穹蒼，詎肯隨人與節忙。不盡山川供極目，了無風雨入重陽。剩緣念遠增怊悵，寧爲登高迫閑藏。此日秋聲遍天下，菊花作意向誰黄？

小重陽雨中寄晦聞

風雨入懷驚節换，忍寒爲寫憶君詩。昨宵著酒俄都醒，今日看花已過時。去馬來牛成慣見，雄蜂雌蝶總相疑。京華一卧秋將晚，國士投閑世可知。

近作二首寄松江似天梅、鳳石社兄吟定。蔡守初稿于蒼梧白寉山居。

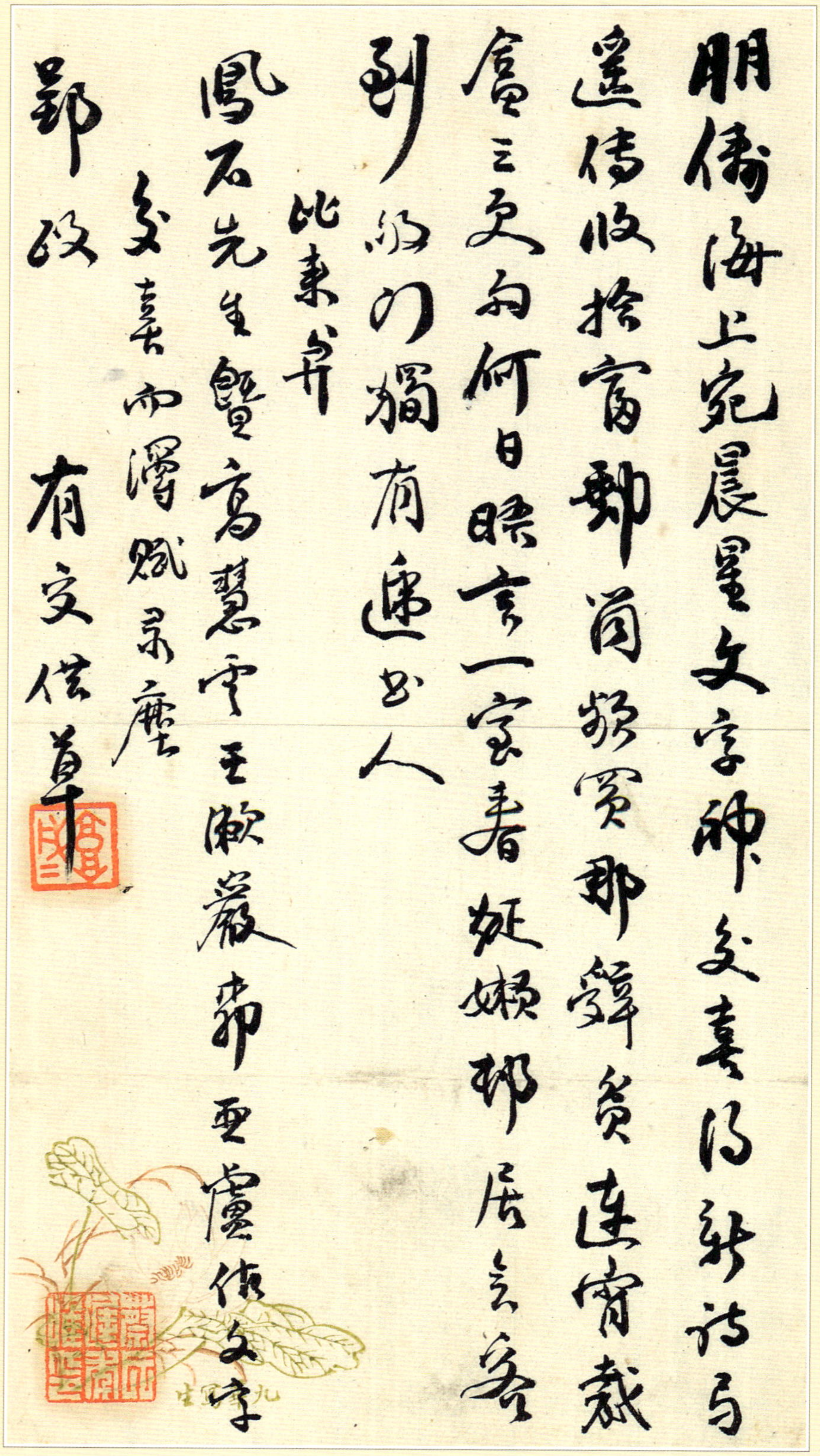
朋儔海上宛晨星文字神交喜得新詩卷
遙傳收拾富郵筒頻買那辭貧連宵裁
答三更雨何日晤言一室春疏懶村居無客
到扣門獨有遞書人
比來與
鳳石先生暨高慧雲王潄巖柳亞盧作文字
交喜而漫賦録塵
郢政　有文供草

朋儔海上宛晨星，文字神交喜得新。詩卷遙傳收拾富，郵筒頻買那辭貧。連宵裁答三更雨，
何日晤言一室春。疏懶村居無客到，扣門獨有遞書人。
比來與鳳石先生暨高慧雲、王潄巖、柳亞盧作文字交，喜而漫賦，録塵
郢政。有文供草。（『成城』『蔡氏遲季唯印』）

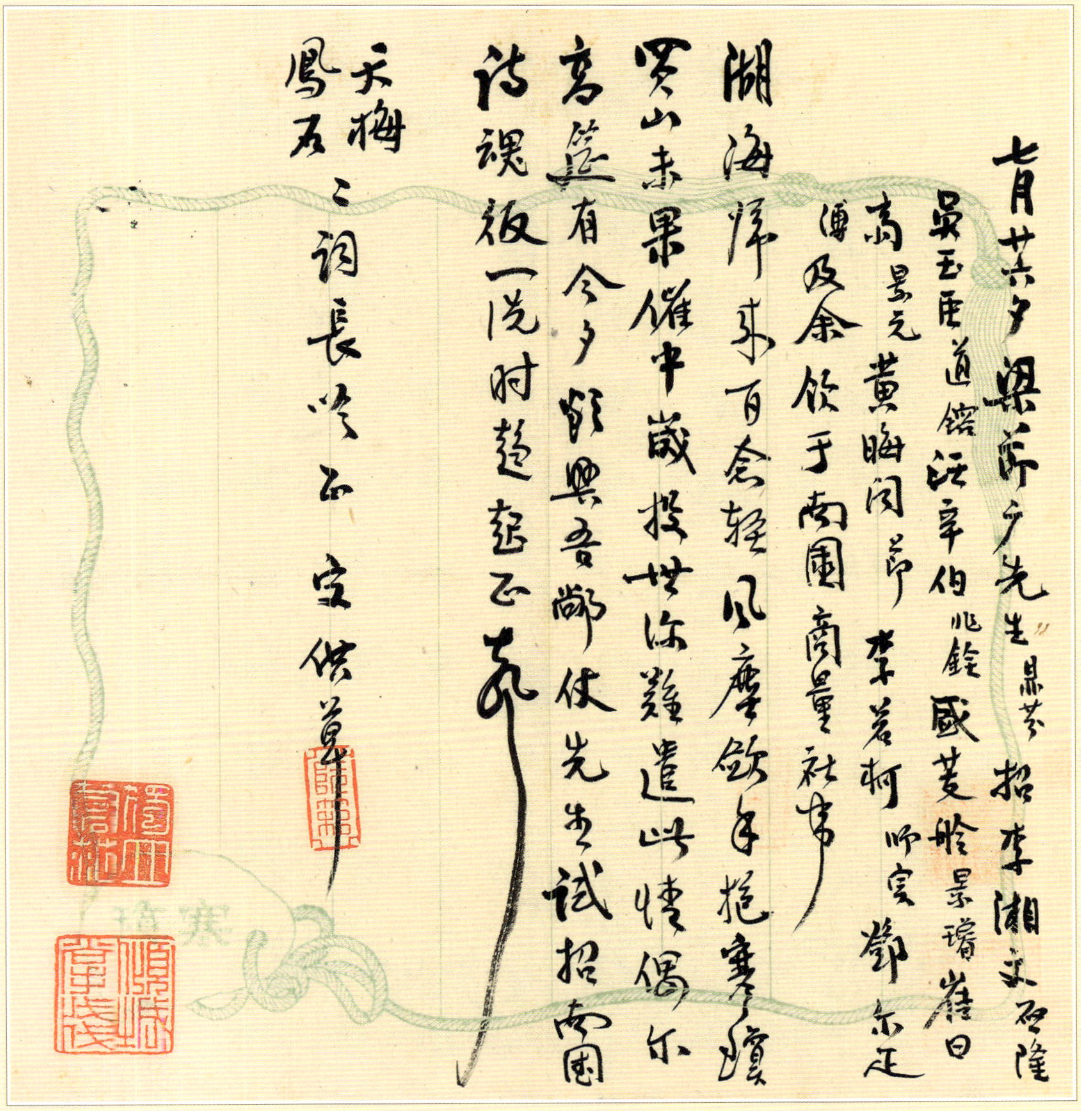

七月廿六夕梁節厂先生鼎芬招李湘文啓隆吳玉臣道鎔汪辛伯兆銓盛芰舲景璿崔日齋景元黄晦聞節李茗柯師實鄧尔疋溥及余飲于南園商量社事

湖海歸來百念輕，風塵斂手抱寒瓊。
買山未果催中歲，投世深難遣此情。
偶爾高筵有今夕，願興吾黨仗先生。
試招南國詩魂返，一洗時趨起正聲。

天梅、鳳石二詞長吟正。文佚草。（『阮簃』『獨立蒼茫』『傾城掌牋』）

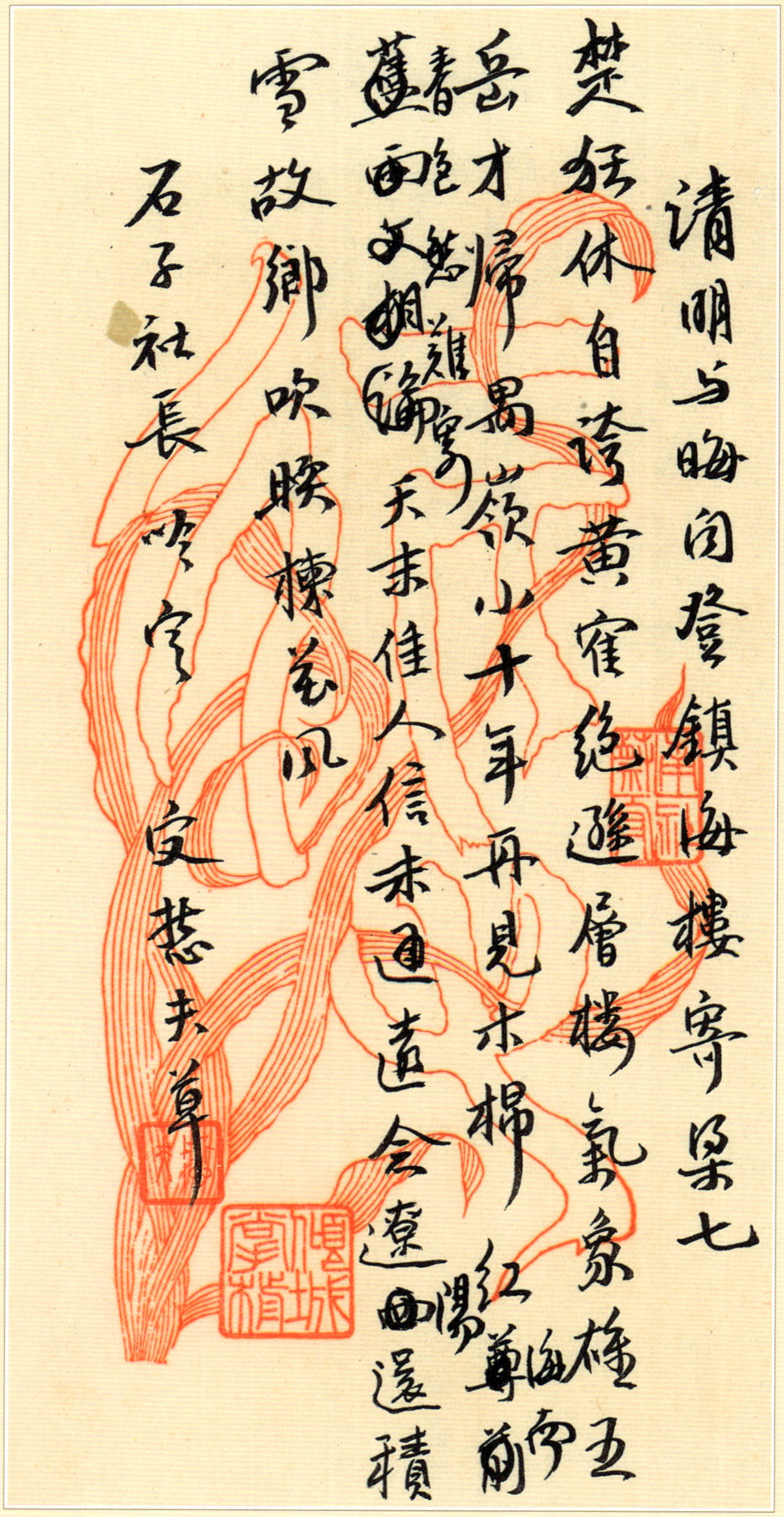

清明與晦聞登鎮海樓寄梁七

楚狂休自誇黄鶴，絶遜層樓氣象雄。五岳才歸禺嶺小，十年再見木棉紅。海南春色愁難寄，天末佳人信未通。遠念遼陽還積雪，故鄉吹暖楝花風。

石子社長吟定。安悊夫草。

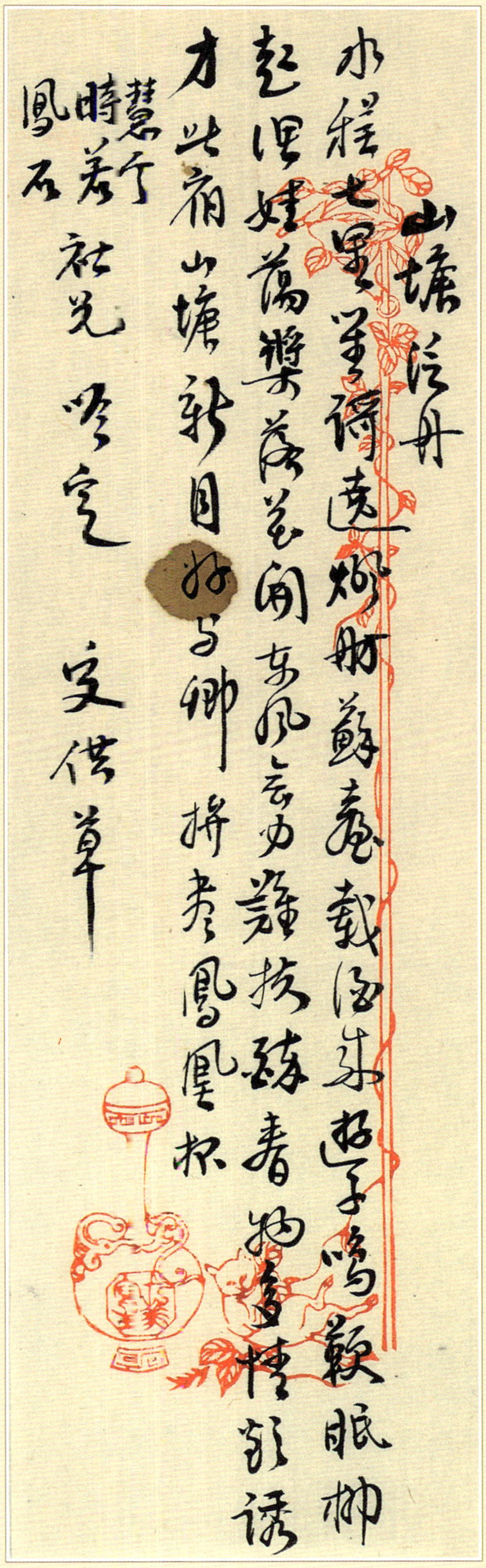

山塘泛舟

水程七里笙歌繞，燈舫蘇臺載酒來。游子鳴鞭眠柳起，漁娃蕩槳落花開。東風無力難扶醉，春物多情欲誘才。此夜山塘新月好，與卿拚盡鳳凰杯。

時若、慧雲、鳳石社兄吟定。文供草。

上巳遊萬生園

且容仲御（夏統）安閒坐，那有公望（平讀，賈充）過問來。太潔可愁丁五濁，不祥莫甚是多才。
未青萬柳將春惱，無意孤花犯節開。一月京華塵污面，秉蘭臨水自低徊。

寒食登江亭寄晦公貞長

寒食江亭草不青，東皇多負蹋青人。二君南下吾何北，萬族冬藏氣未春。鄉思自生今日意，
閒情争遣此時身。斜陽香冢寒鴉噪，風物將愁與客頻。

清明雪中寄書傾城附一詩

坐看迴雪入清明，遠念鄉邦百感生。銜節一書無限意，料卿三復不勝情。木棉妝閣紅應綻，
芳草堂臺緑未成。此日祇宜甘負戴，今朝愁絶憶傾城。

近作三首寄似慧雲、石子社兄和教。弟㝎哲夫初稿于薊門。甲寅三月廿五日。

上巳遊万生園

且容仲御統夏安閒出，那有公閭（平讀）（賈充）逼向來。太學可愁丁丑溜，不祥莫古是多才。未青万柳將春媚，無意殊花犯節開。一月京華塵污面，東蘭臨水自低徊。

寒食登江亭寄晦公貞長

寒食江亭草不青，东皇多負踏青人（二）。層南下吾何北，万族冬藏氣未春。鄉思自生今日意，閒情淨遣此時身。斜陽集影寒鴉噪，風物將愁與客顰。

清明雪中寄也傾城七付一詩

出看迴雪入清明，遙念鄉邦百感生。衛節一書無限意，料卿三復不勝情。木棉妝閣紅應從，芳草豈蔥綠未成。此日秋宜甘負載，今朝無絕恨傾城。

近作三首寄似

慧雲社兄 和教 弟 安 拾文初稿于薊門 甲寅三月廿五日

石子

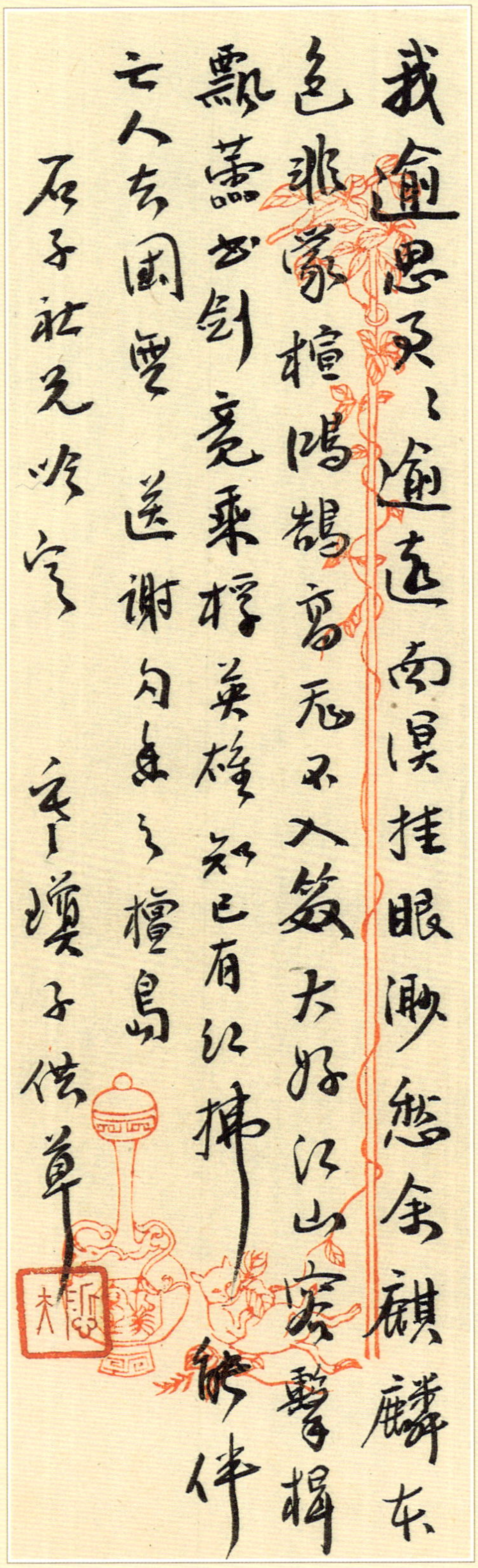

我逾思君君逾遠，南溟挂眼渺愁余。麒麟本色非蒙楦，鴻鵠高飛不入笯。大好江山容擊楫，飄零書劍竟乘桴。英雄知己有紅拂，能伴亡人去國無？

送謝勺香之檀島。

石子社兄吟定。寒瓊子供草。（『悊夫』）

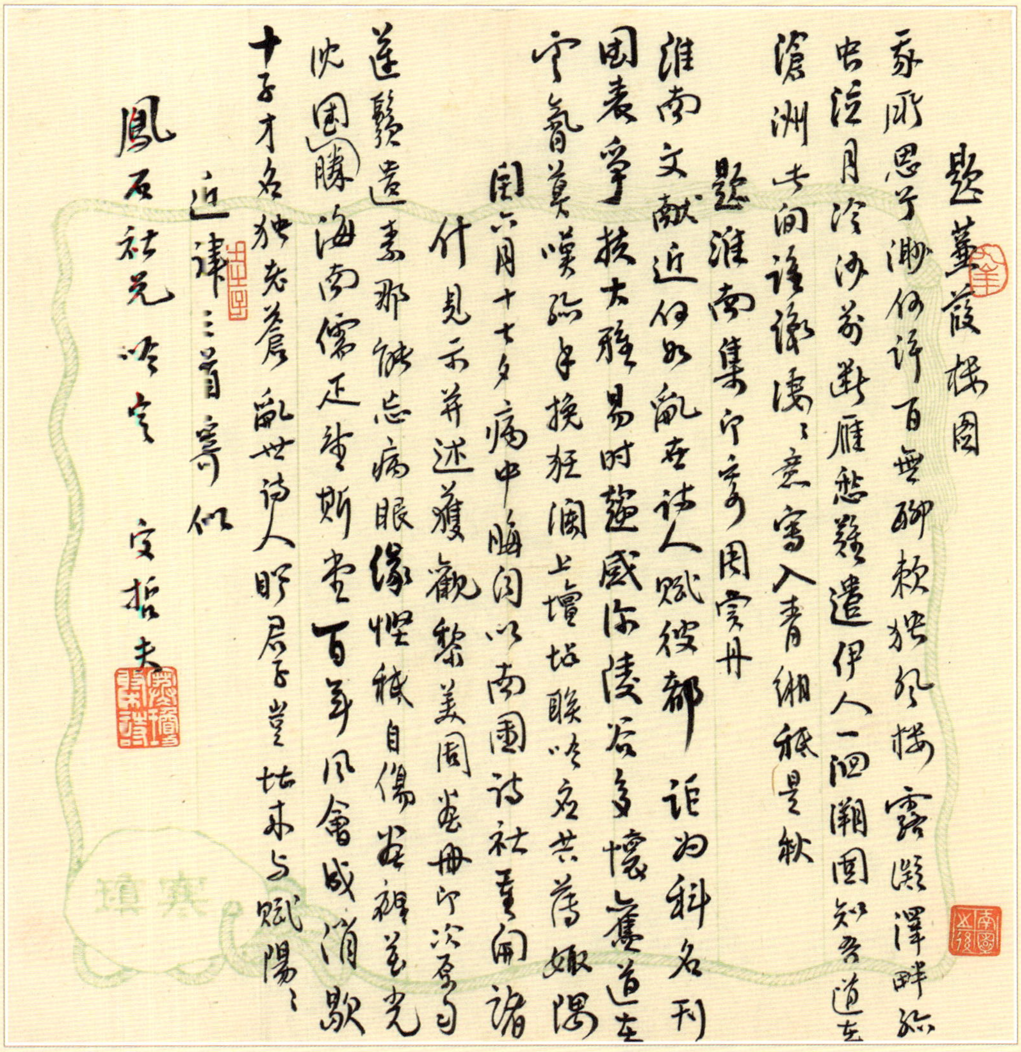

題蒹葭樓圖

我所思兮渺何許，百無聊賴獨登樓。
露凝澤畔孤蟲泣，月冷沙前斷雁愁。
難遣伊人一洄溯，固知吾道在滄洲。
此間誰識凄凄意，寫入青緗祇是秋。

題淮南集即寄周實丹

淮南文獻近何如，亂世詩人賦彼都。
詎爲科名刊國表，争扶大雅易時趨。
感深陵谷多懷舊，道在雲霄莫嘆孤。
手挽狂瀾上壇坫，聯吟應共薄娵隅。

閏六月十七夕病中晦聞以南園詩社重開諸什見示并述獲觀黎美周畫册即次原匀

蓮鬚遺素那能忘，病眼緣慳祇自傷。
畫裏花光沈勝國，海南儒疋望斯堂。
百年風會成消歇，十子才名獨老蒼。
亂世詩人盻君子，豈堪來與賦陽陽。

近律三首寄似鳳石社兄吟定。

文哲夫。（『九峯』『南園之後』『士之子』『寒瓊榭詩』）

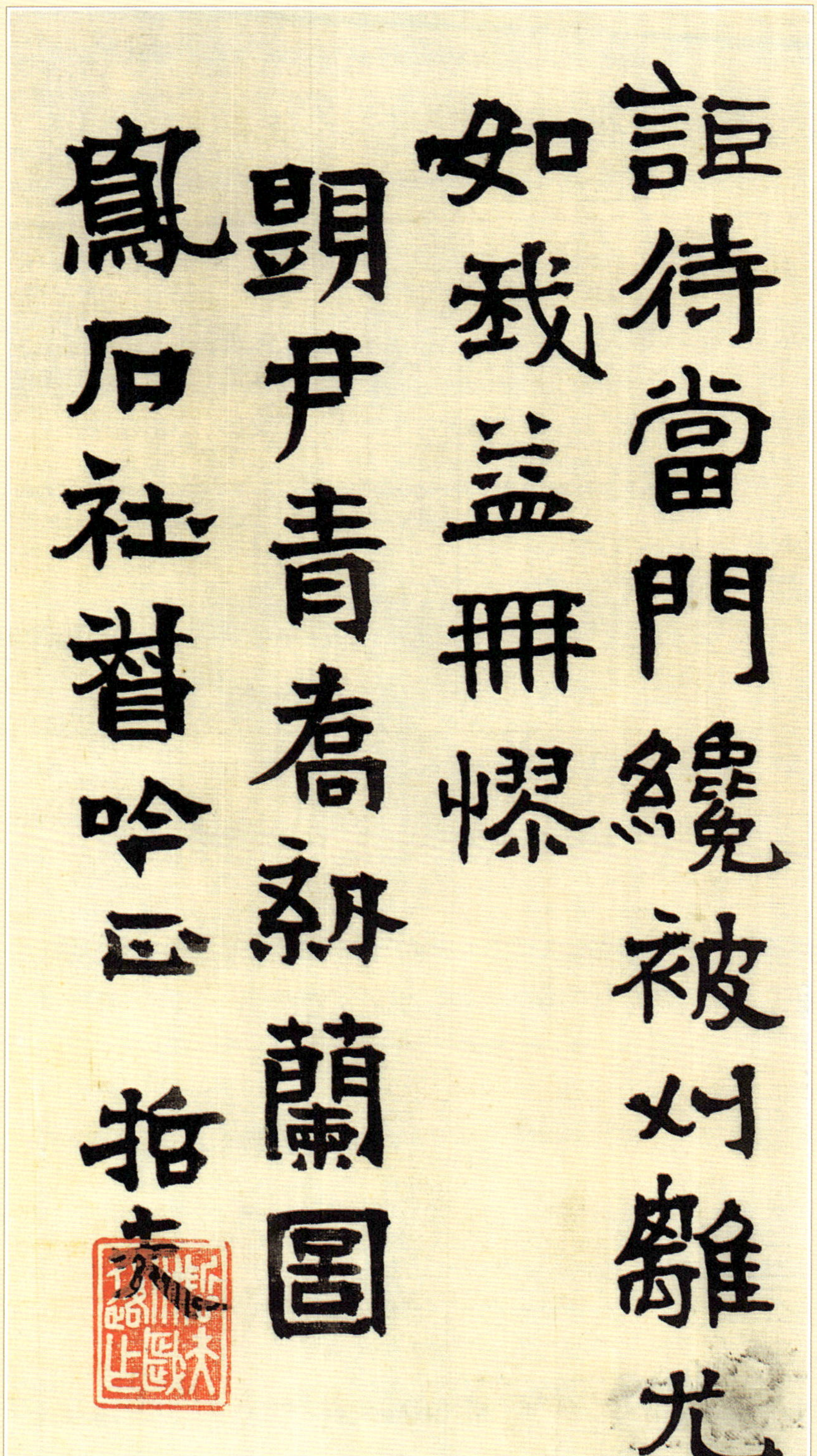

詎待當門纔被刈，離尤如我益無憀。
題尹青喬紉蘭圖。
鳳石社督吟正。哲夫。（『哲夫卅歲後作』）

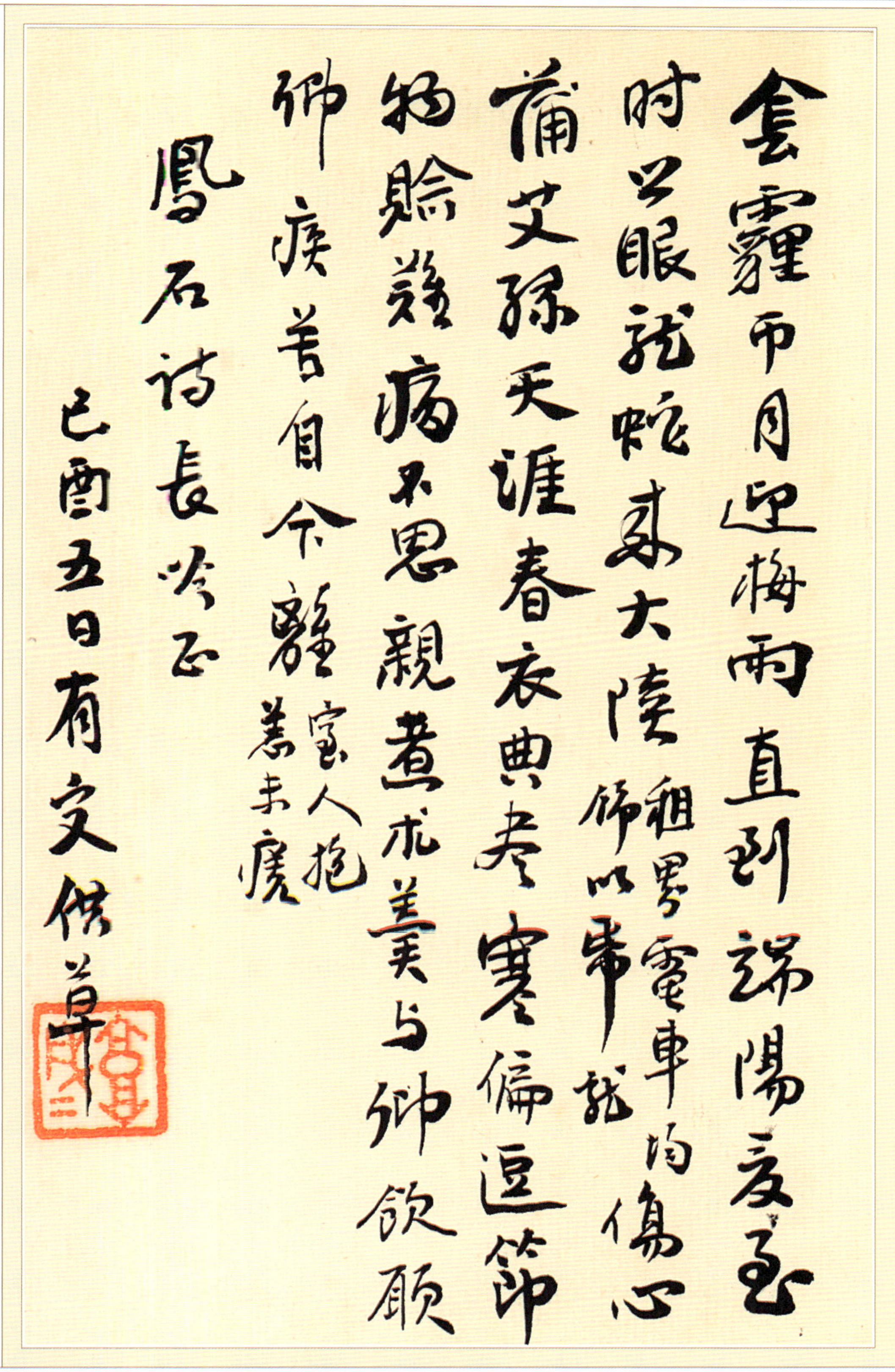

陰霾匝月迎梅雨，直到端陽夏至時。照眼龍蛇來大陸（租界電車均飾以紙龍），傷心蒲艾綠天涯。

春衣典盡寒偏逗，節物賒難病不思。親煮术羹與卿飲，願卿疾苦自今離（室人抱恙未瘥）。

鳳石詩長吟正。己酉五日有文供草。（『成城』）

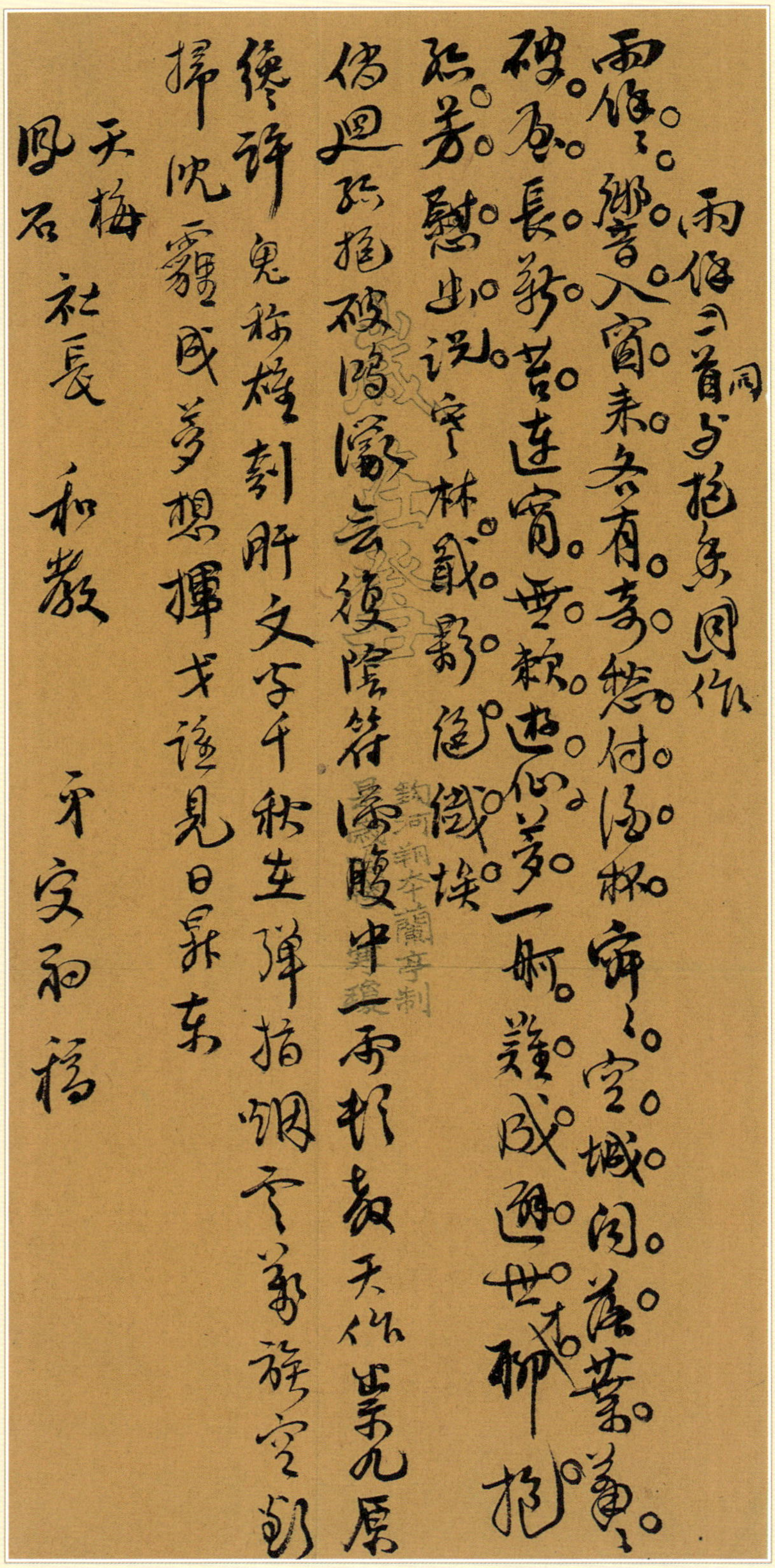

雨餘同抱香作

雨餘餘響入窗來，各有奇愁付酒杯。寂寂空城聞落葉，蕭蕭破屋長新苔。連宵無賴遊仙夢，一舸難成避世才。聊抱孤芳慰幽況，寒林戢影絕纖埃。

倘迴孤抱破鴻濛，無復陰符滿腹中。一雨頓教天作祟，九原纔許鬼稱雄。剳肝文字千秋在，彈指烟雲萬族空。欲掃沈霾成夢想，揮戈誰見日昇東。

天梅、鳳石社長和教。弟文初稿。

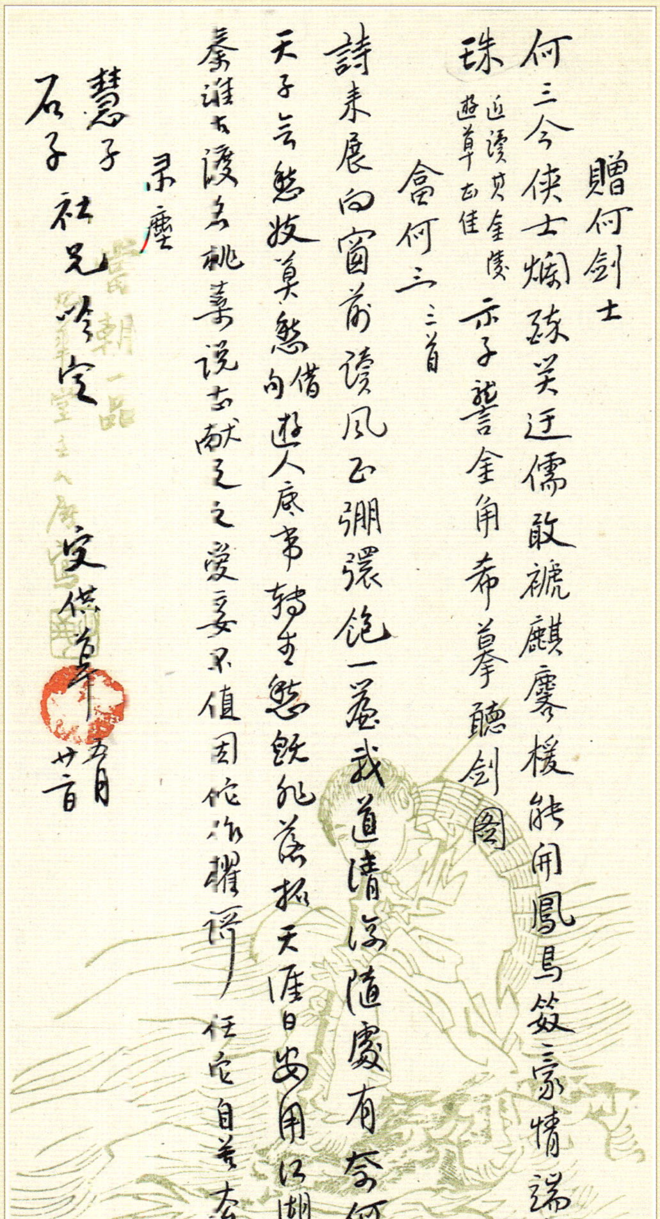

贈何劍士

何三今俠士，爛醉笑迂儒。敢褫麒麟楦，能開鳳鳥笯。豪情端寄酒，迴句宛探珠（近讀其《金陵遊草》，甚佳）。示子讐金角，希摹聽劍圖。

答何三（三首）

詩來展向窗前讀，風正弸環飽一簾。我道清涼隨處有，奈何人自要趨炎。（遊清涼山）

天子無愁妓莫愁（借句），遊人底事轉生愁。既非落拓天涯日，安用江湖載酒遊。（莫愁湖上覓小舟不得）

秦淮古渡名桃葉，説甚獻之之愛妾。不值因佗作棹歌，任它自苦去迎接。（桃葉渡棹歌）

録塵慧子、石子社兄吟定。㕙供草。五月廿二日。

正月二日與室人如吳門

陸（機）高（啓）漫賦《吳趨行》，國作荒原杜牧來（杜牧《吳門》詩『國作荒原人作灰』）。城郭好誇烟水足（李紳詩『烟水吳都郭』），樓臺爭睹髻鬟開。特思偕隱梁鴻事，不羨登高王粲才。未信世間真樂土（唐寅詩『世間樂土是吳中』），干戈無那亂吟杯（是日兵變）。

望太湖

照眼具區三萬頃，琉璃無纇鏡飛來。水摇石骨玲瓏響，烟泮山容迤邐開。居易十船留故事（白居易詩『十隻畫船何處宿，洞庭山脚太湖心』，又『書爲故事留湖上』），鴟彝一舸也奇才。漁舟遥望微于芥，無涘湖光想渡杯（用西晋杯度事）。

慧雲、石子詩兄吟定。文供草。

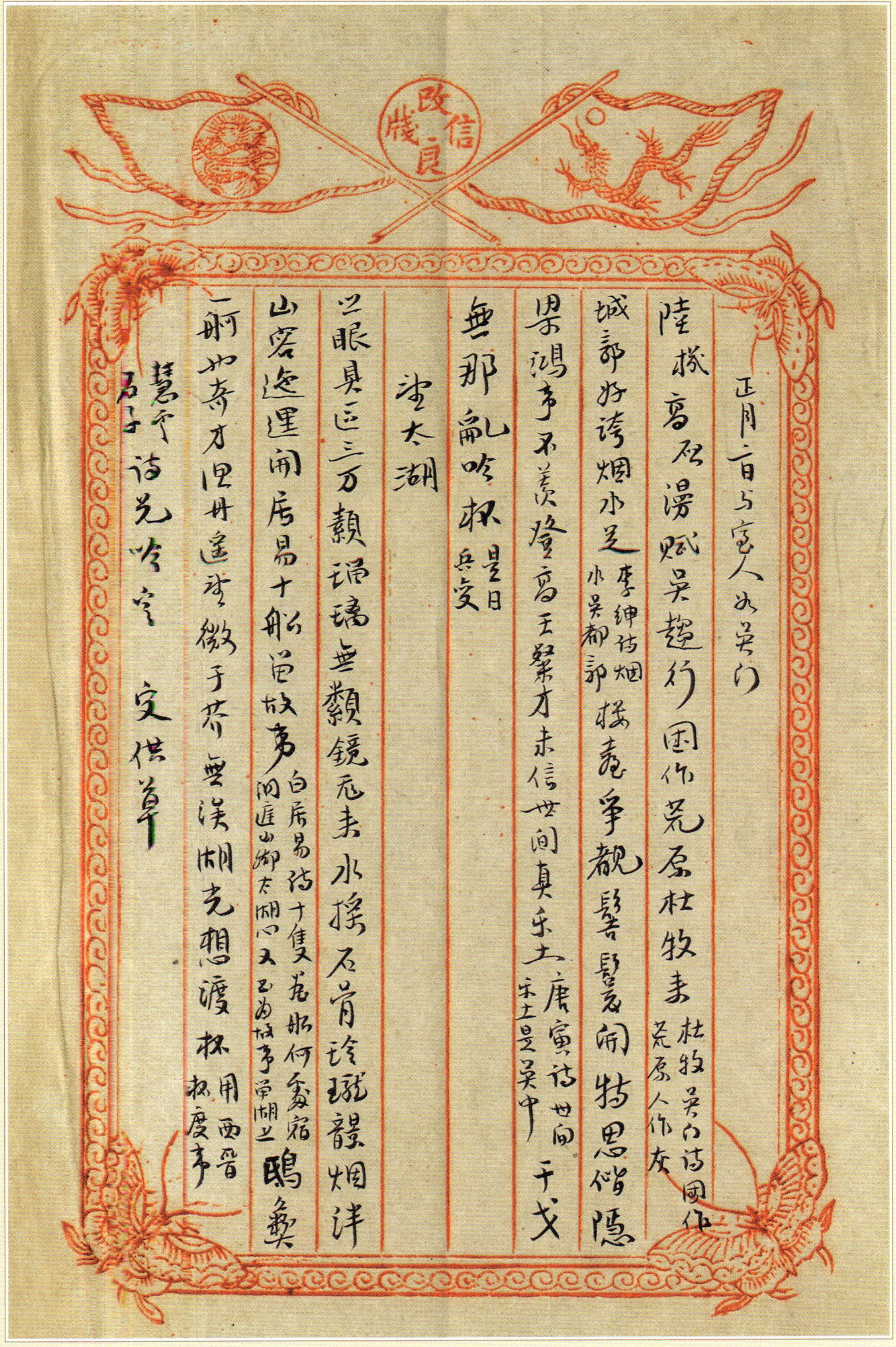

正月廿日與寓人游吳門

陸機高石湯賦吳趨行國作荒原杜牧來（杜牧吳門詩國作荒原人作灰）

城郭好誇煙水足（李紳詩煙水吳都郭）樓臺爭觀髻鬟鬧特思偕隱

梁鴻事不羨登高王粲才未信世間真樂土（庚寅詩世向樂土是吳中）干戈

無那亂吟杯（是日兵变）

望太湖

一眼具區三萬頃瑠璃無類鏡飛來水搖石骨玲瓏韻煙洋

山容迤邐開居易十船留故事（白居易詩十隻畫船何處宿洞庭山腳太湖心又云為故事留湖上）鴟夷

一舸如奇才俚丹遂跡徽子芥無漾湖光想渡杯（用西晉杯度事）

慧雲
石子詩兄吟定　安供草

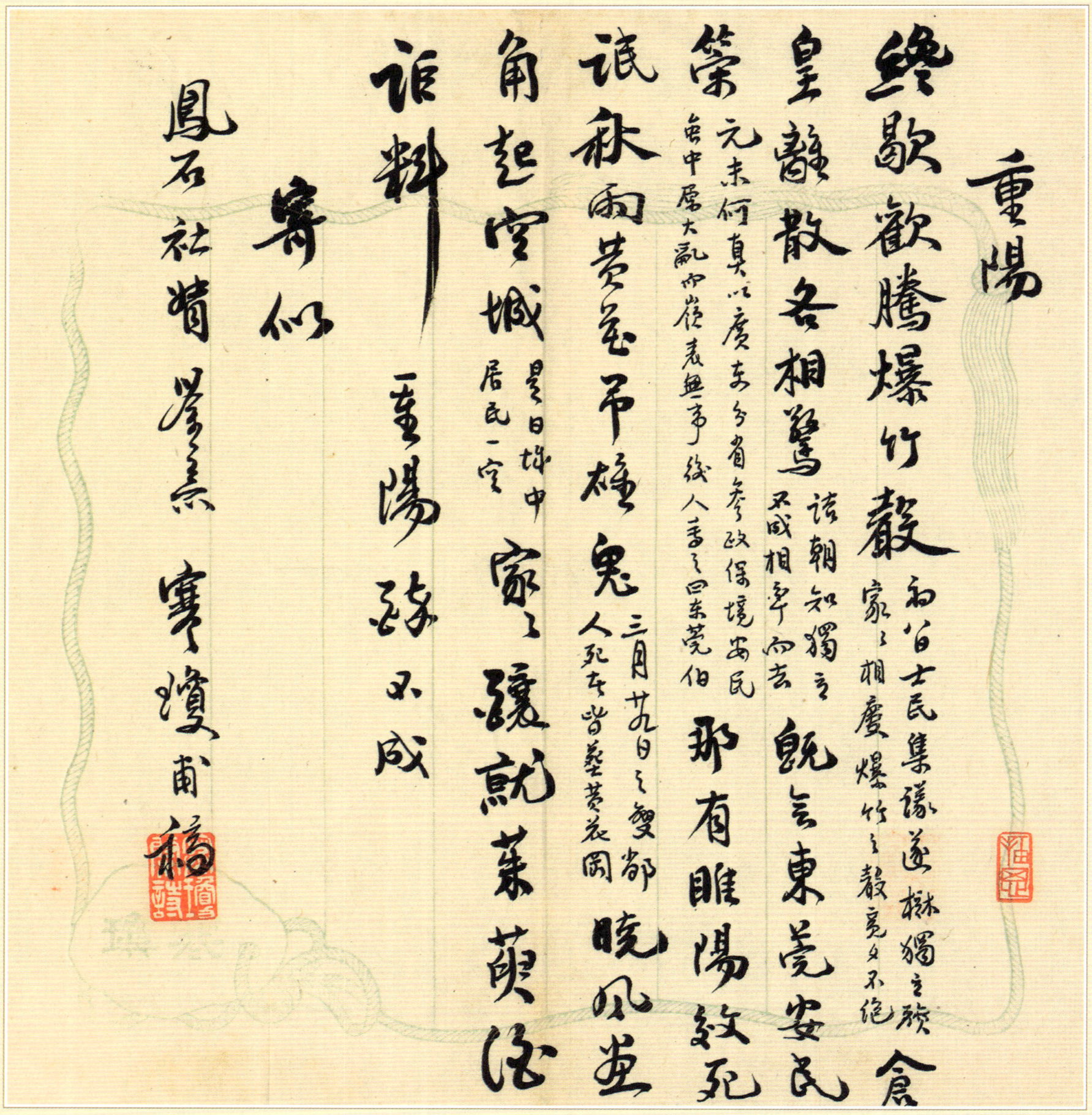

重陽

纔歇歡騰爆竹聲（初八日士民集議，遂樹獨立旗，家家相慶，爆竹之聲竟夕不絕），倉皇離散各相驚（詰朝知獨立不成相率而去）。既無東莞安民策（元末何真以廣東分省參政保境安民，雖中原大亂而嶺表無事，後人尊之曰東莞伯），那有睢陽效死氓？秋雨黃花弔雄鬼（三月廿九日之變，黨人死者皆葬黃花岡），曉風畫角起空城（是日城中居民一空）。家家釀就茱萸酒，詎料重陽醉不成。

寄似鳳石社督鑒意。

寒瓊甫稿。（『抽思』『寒瓊榭詩』）

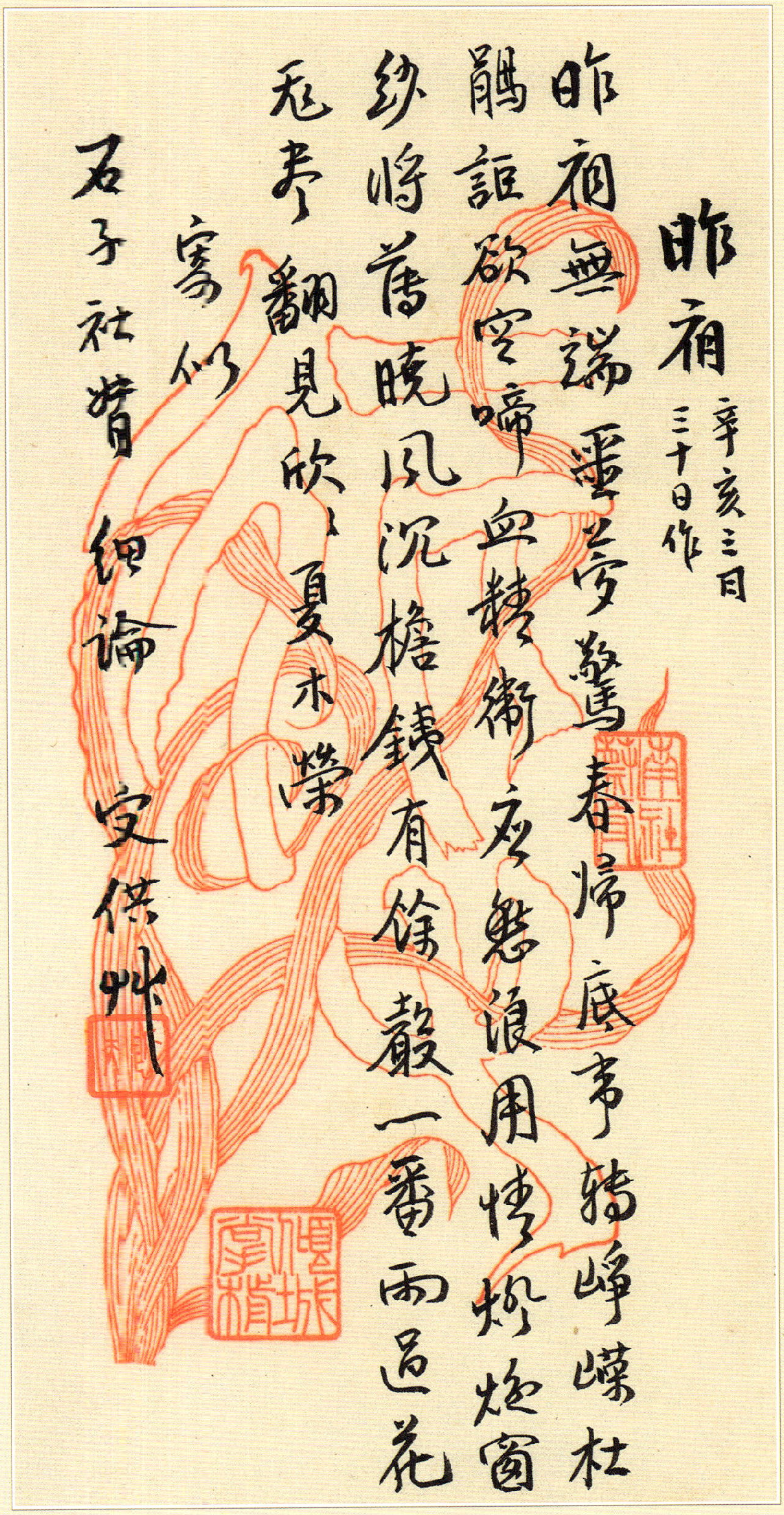

昨夜 辛亥三月三十日作

昨夜無端噩夢驚春歸底事轉崢嶸杜
鵑詎欲空啼血精衛應愁浪用情燈燃窗
紗將薄曉風沉檐鐵有餘聲一番雨過花
飛盡翻見欣欣夏木榮
寄似
石子社督細論 安供草

昨夜（辛亥三月三十日作）

昨夜無端噩夢驚，春歸底事轉崢嶸。杜鵑詎欲空啼血，精衛應愁浪用情。燈燃窗紗將薄曉，風沉檐鐵有餘聲。一番雨過花飛盡，翻見欣欣夏木榮。

寄似石子社督細論。安供草。（『悊夫』）

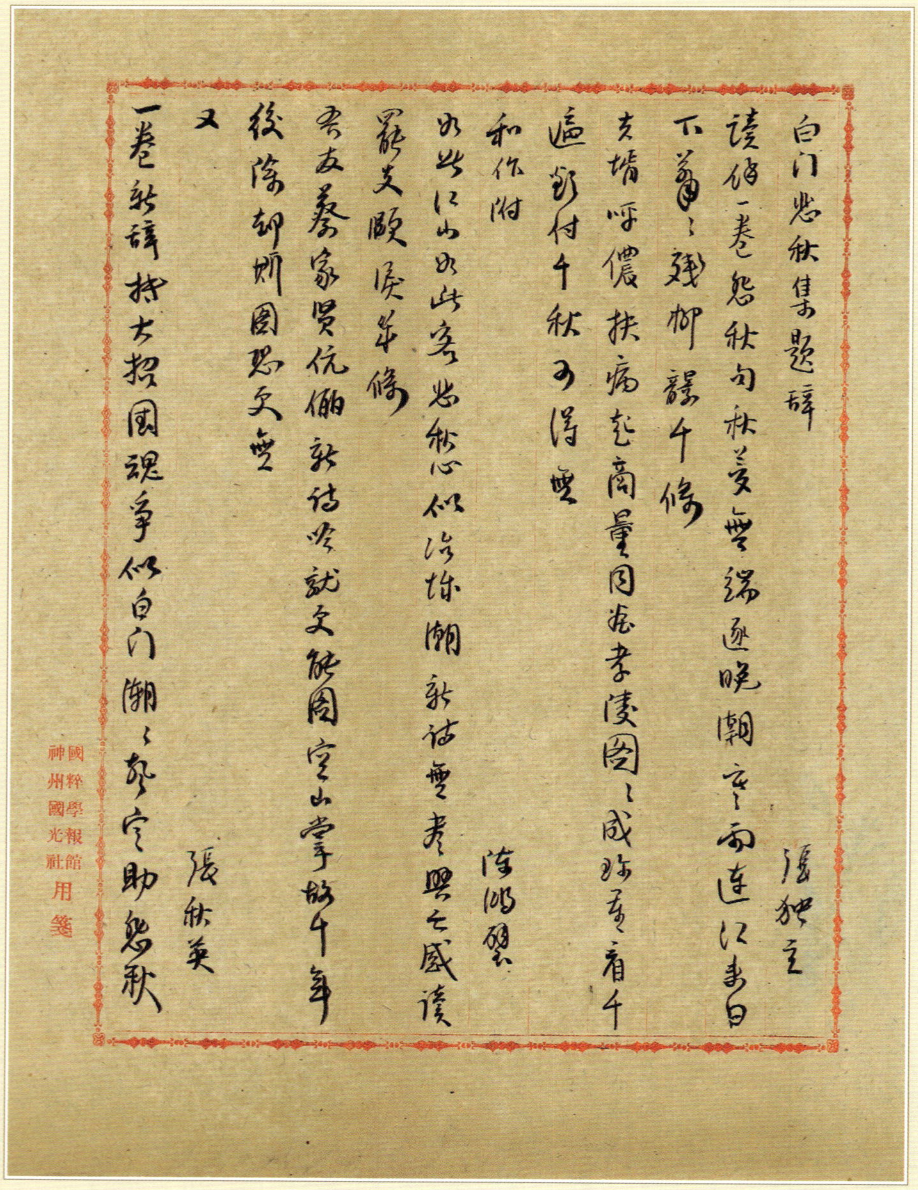

白門悲秋集題辭　張獨立

讀餘一卷悲秋句，秋夢無端逐晚潮。寒雨連江來白下，蕭蕭殘柳響千條。
夫婿呼儂扶病起，商量同畫孝陵圖。圖成珍重看千遍，欲付千秋可得無？

和作附　陳鴻璧

如此江山如此客，悲秋心似冶城潮。新詩無盡興亡感，讀罷支頤泪幾條。
吾友蔡家賢伉儷，新詩吟就更能圖。空山掌故千年後，除却斯圖恐更無。

又　張秋英

一卷新辭抵《大招》，國魂争似白門潮。潮聲定助悲秋感，一字吟成泪一條。

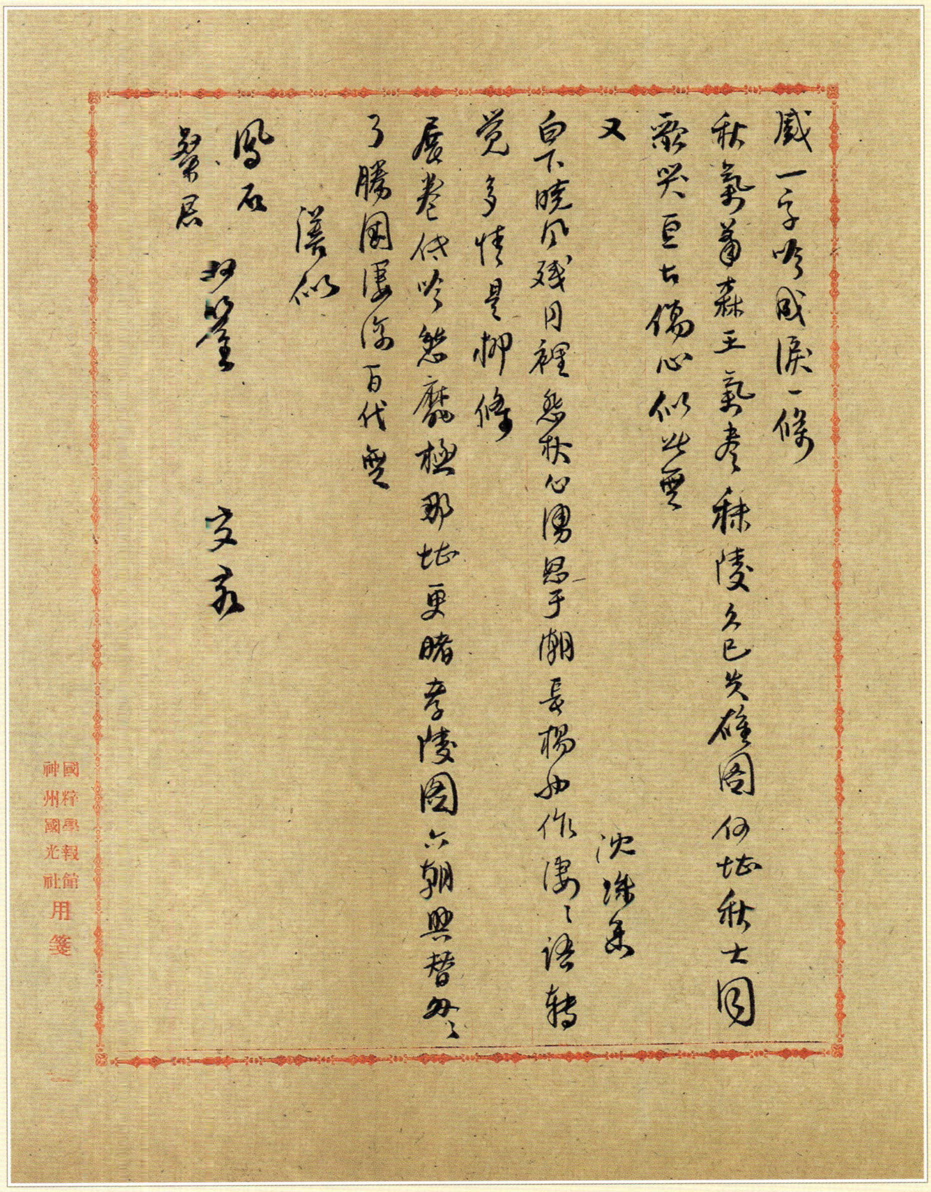
感一字吟成淚一條
秋氣蕭森王氣盡秣陵久已失雄圖何堪秋士同歌哭亘古傷心似此無
又
白下曉風殘月裏悲秋心湧怒于潮長楊也作淒淒語轉覺多情是柳條　沈珠香
展卷低吟愁靡極那堪更睹孝陵圖六朝興替匆匆了勝國淒涼百代無
繕似
鳳石
粲君　雙鑒　文录

國粹學報館
神州國光社
用箋

秋氣蕭森王氣盡，秣陵久已失雄圖。何堪秋士同歌哭，亘古傷心似此無。

又　沈珠香

白下曉風殘月裏，悲秋心湧怒于潮。長楊也作淒淒語，轉覺多情是柳條。
展卷低吟愁靡極，那堪更睹孝陵圖。六朝興替匆匆了，勝國淒涼百代無。
繕似鳳石、粲君雙鑒。文録。

劉筠

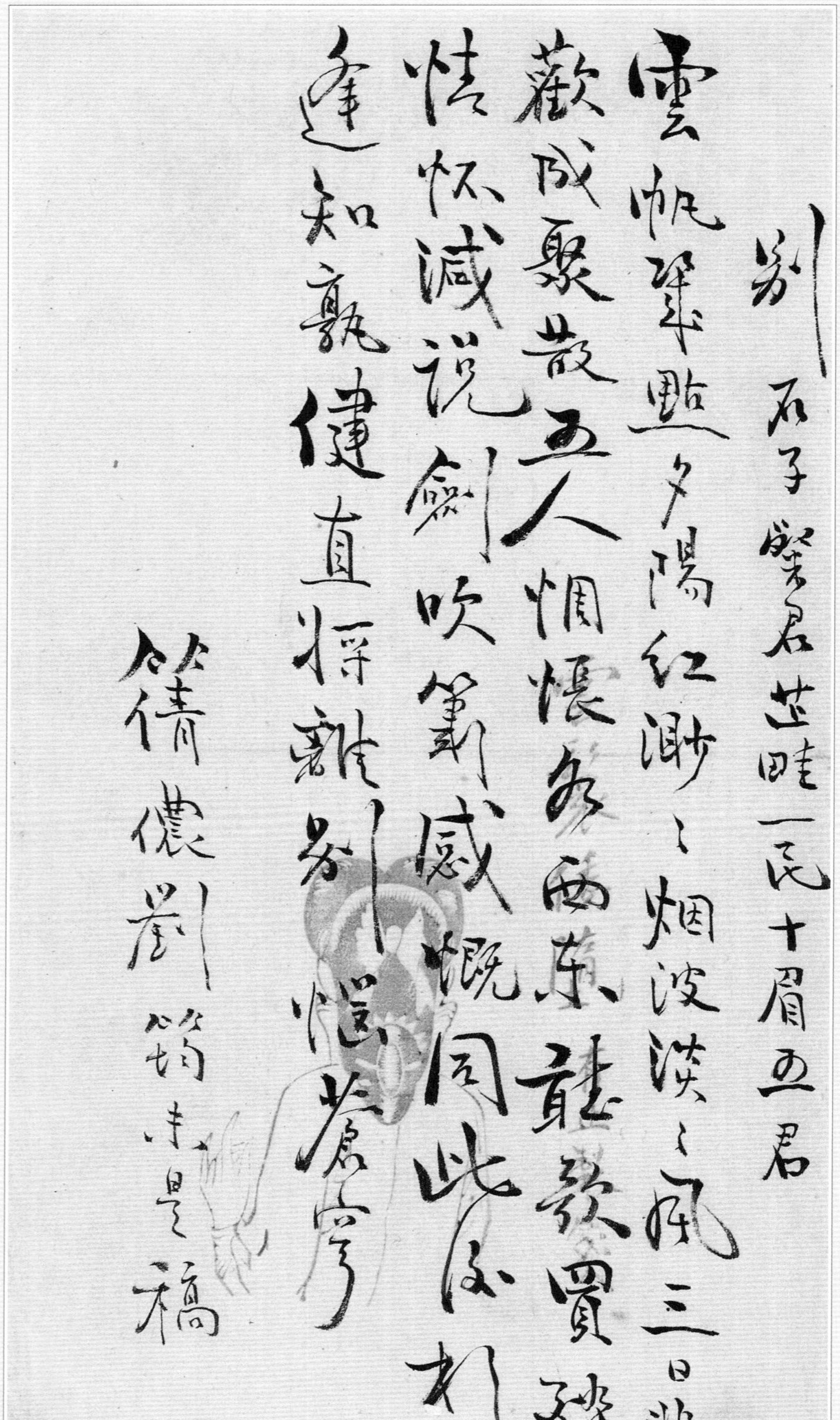

别石子粲君芷畦一民十眉五君

雲帆幾點夕陽紅，渺渺烟波淡淡風。三日悲歡成聚散，五人惆悵各西東。聽歌買醉情懷減，說劍吹簫感慨同。此後相逢知孰健，直將離别惱蒼穹。

犕儂劉筠未是稿。

錢怡

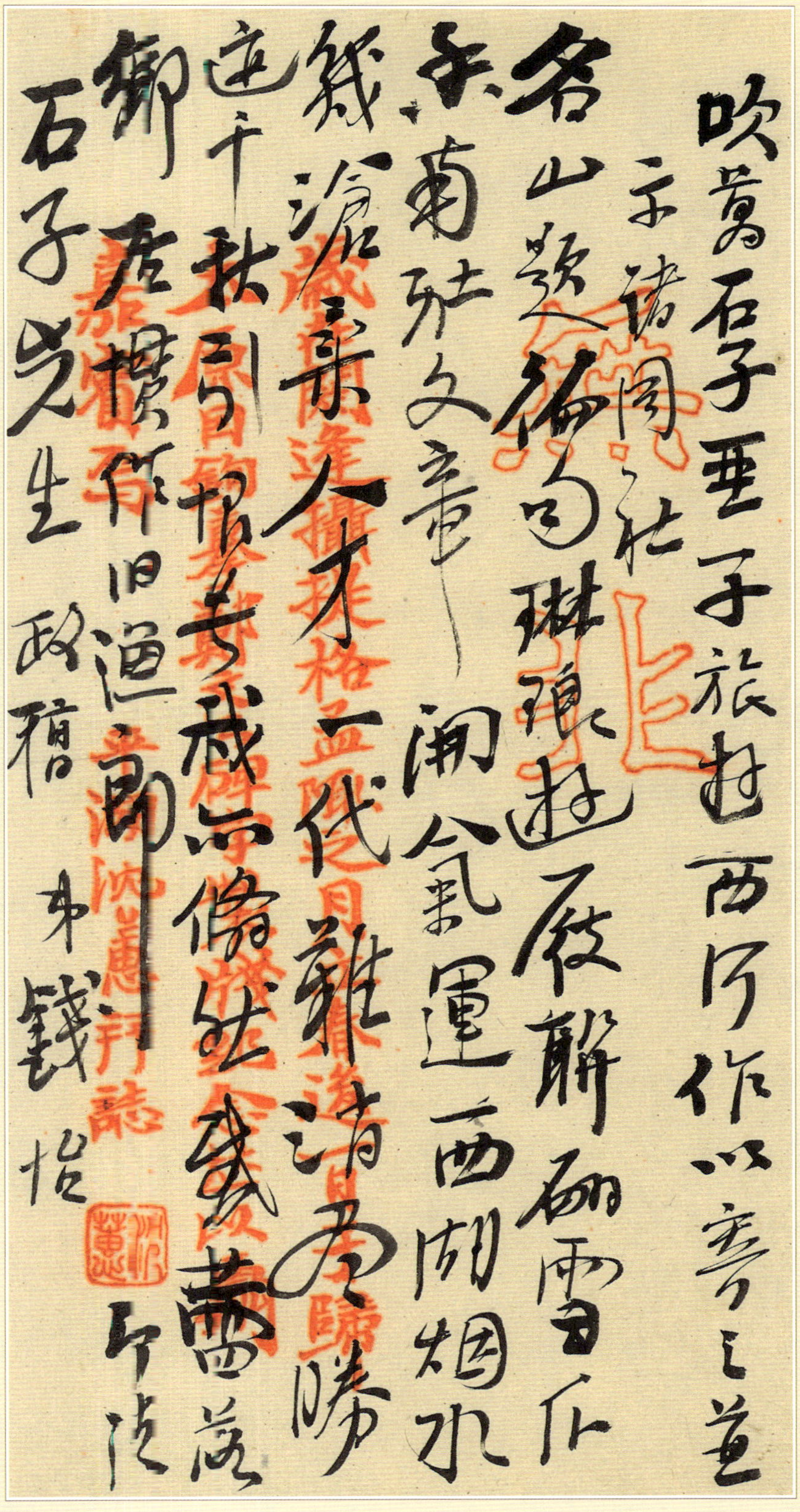

吹萬石子亞子旅遊西河作以寄之並示諸同社

名山題遍句琳瑯，遊屐聯翩雪片香。南社文章開氣運，西湖烟水幾滄桑。人才一代難消盡，勝迹千秋引恨長。我亦翛然感零落，鄉居慣作舊漁郎。

即請石子先生政稿。弟錢怡。

吹萬石子亞子旅遊西河作以寄之並示諸同社

名山題遍句琳瑯，遊屐聯翩雪片香。南社文章開氣運，西湖烟水幾滄桑。人才一代難消盡，勝迹千秋引恨長。我亦翛然感零落，鄉居慣作舊漁郎。

即請石子先生政稿。弟錢怡。

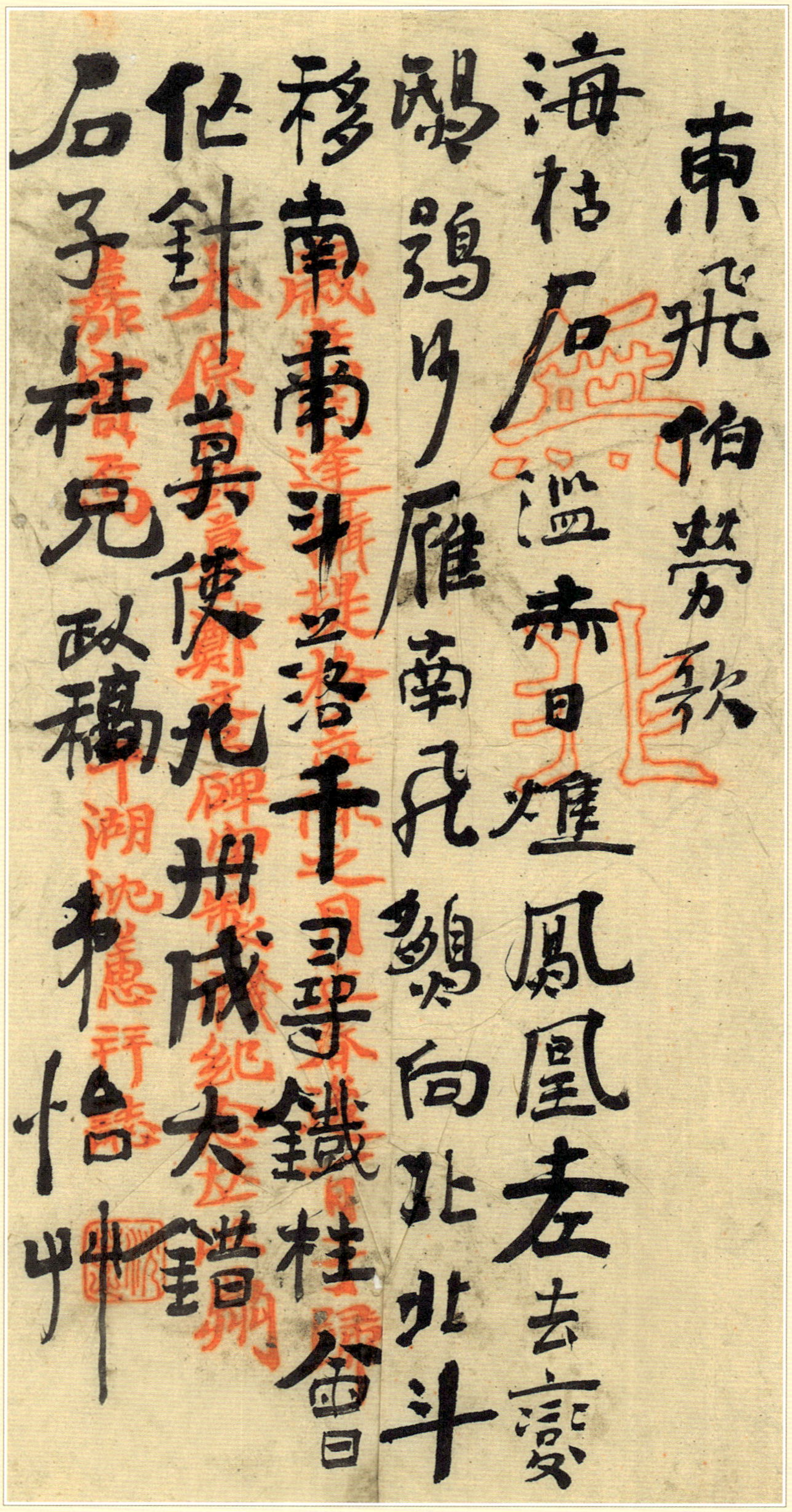

東飛伯勞歌

海枯石濫赤日燋，鳳凰老去變鷗鴟。沙雁南飛鵬向北，北斗移南南斗落。千尋鐵柱會作針，莫使九州成大錯。

石子社兄政稿。弟怡草。

鍾藻

題紅薇感舊記集義山句　醴陵鍾藻愛琴

濩落生涯獨酒知，收將鳳紙寫相思。由來碧落銀河畔，分隔休燈滅燭時。浮世本來多聚散，殘宵猶得夢依稀。洞庭湖闊蛟龍惡，天意何曾忌嶮巇。

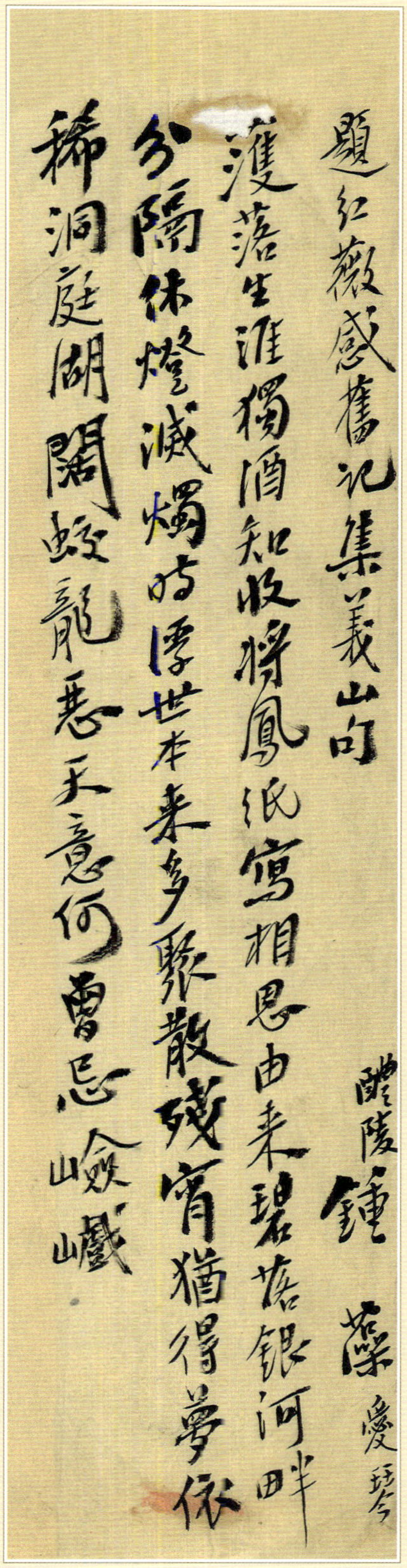
題紅薇感舊記集義山句　醴陵鍾藻愛琴
濩落生涯獨酒知收將鳳紙寫相思由來碧落銀河畔
分隔休燈滅燭時浮世本來多聚散殘宵猶得夢依
稀洞庭湖闊蛟龍惡天意何曾忌嶮巇

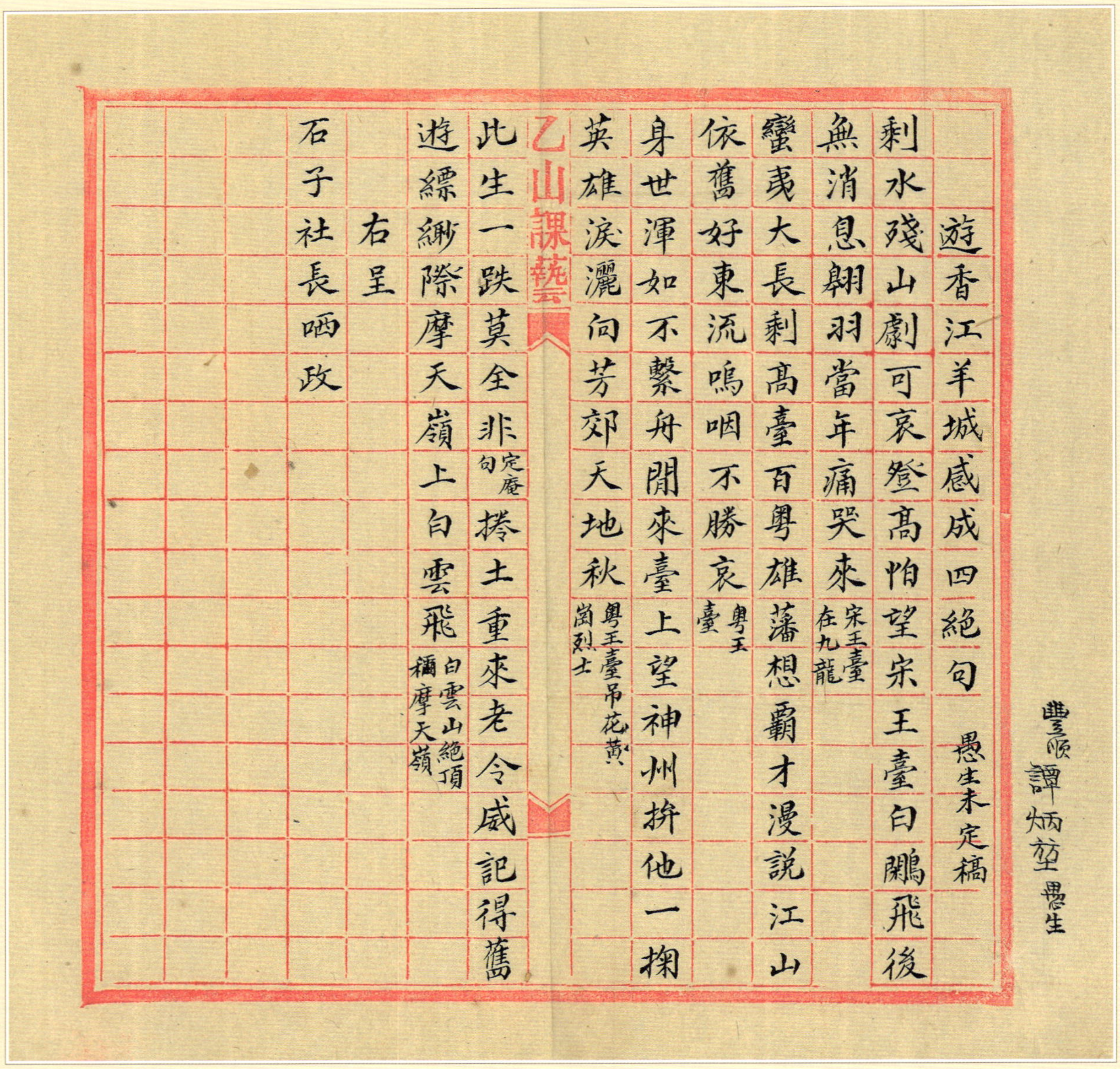
遊香江羊城感成四絕句　愚生未定稿
剩水殘山劇可哀登高怕望宋王臺白鷴飛後無消息翱羽當年痛哭來（宋王臺在九龍）
蠻夷大長剩高臺百粵雄藩想霸才漫說江山依舊好東流嗚咽不勝哀（粵王臺）
身世渾如不繫舟閒來臺上望神州拚他一掬英雄淚灑向芳郊天地秋（粵王臺弔花黃崗烈士）
此生一跌莫全非（定庵句）捲土重來老令威記得舊遊縹緲際摩天嶺上白雲飛（白雲山絕頂稱摩天嶺）
右呈
石子社長哂政
豐順譚炳堃愚生
乙山課藝

譚炳堃

遊香江羊城感成四絕句　愚生未定稿

剩水残山劇可哀，登高怕望宋王臺。白鷴飛後無消息，翱羽當年痛哭来。（宋王臺在九龍）

蠻夷大長剩高臺，百粵雄藩想霸才。漫説江山依舊好，東流嗚咽不勝哀。（粵王臺）

身世渾如不繫舟，閒來臺上望神州。拚他一掬英雄泪，灑向芳郊天地秋。（粵王臺弔黃花崗烈士）

此生一跌莫全非（定庵句），捲土重來老令威。記得舊遊縹緲際，摩天嶺上白雲飛。（白雲山絕頂稱摩天嶺）

右呈石子社長哂政。

附録

人物小傳

四畫

王毓岱（一八四九—一九一七）

字海帆，號少舫，别署舟枕山人，浙江餘杭（今屬杭州）人。著有《舟枕山人乙卯自述詩》《舟枕山人悼亡詩》等。

六畫

吕志伊（一八八一—一九四〇）

字天民。雲南思茅（今普洱）人。南社社友。光緒三十年（一九〇四）留學日本，次年參加同盟會，爲同盟會雲南主盟人。參與發刊《雲南》雜志及《滇話報》，宣傳革命。光緒三十四年（一九〇八）籌組雲南獨立會。同年冬至仰光，任《光華日報》《進化報》主筆。宣統二年（一九一〇）赴上海，任《民立報》主筆，三年與宋教仁等組織同盟會中部總會。辛亥革命時任雲南都督府參議。入民國，任南京臨時政府司法部次長、同盟會上海機關部副部長、民國新聞社總編、國民黨本部參議。

七畫

何俠（一八七七—一九一五）

字仲華，號劍士，廣東南海人。中國近代漫畫先驅，清末民初有影響之漫畫家之一。曾任《時事畫報》《南越報》《時諧畫報》編輯。

八畫

金燕（一八七七—一九？）

字翼謀，安徽休寧人。南社社友。善詩及古文辭，著有《香奩詩話》。

周斌（一八七八—一九三三）

字芷畦，一字志頤，浙江嘉善人。家有汾南草堂，因號汾南漁俠、汾南漁隱。早年從事革命，武昌起義時，和張頌時、沈守瓶、許圍仁等向清軍宣傳革命意義，促使其豎白旗以回應。後爲衆議院議員，寓居都門。芷畦好酒，和柳亞子、蔡治民、王大覺等人結酒社，集必劇飲，狂言驚座。又喜山水，攬天台、雁蕩之勝，成古今體詩七十餘首，著《台宕游草》。

周亮才（一八八七—一九？）

號天石，浙江嘉興人。南社社友。曾任北京政府交通部航政司司長。一九三一年任上海市政府秘書，次年任國民政府交通部參事。著有《天石詩鈔》《鳴鳳樓詩草》《閱江樓吟草》。

九畫

胡蘊（一八六八—一九三九）

字介生，號石予，别署石翁、萱百、瘦鶴、丹礫、老跛、胡布衣、閒主人等。江蘇崑山人。南社社友。與高燮、錢名山並稱『江南三大儒』。掌教吴中數十年，門生衆多，葉聖陶、顧頡剛、余天遂、江小鶼、蔣吟秋、鄭逸梅等皆曾受其教澤。平生多才藝，善畫梅、竹、蘭，工篆刻，亦好作小説與散文。著有《炙硯詩話》《半蘭舊廬詩集》《畫梅贅語》及《記事珠》等。

柳亞子（一八八七—一九五八）

原名慰高，字安如，號亞盧、亞子。江蘇吴江（今蘇州市吴江區）黎里鎮人。先後加入中國教育會、愛國學社、同盟會、光復會。與陳去病、高旭發起成立南社，創辦《二十世紀大舞臺》《復報》等刊。辛亥革命後又辦《警報》，並任《天鐸報》《民聲報》《太平洋報》主筆。民國十二年（一九二三）組織新南社，次年加入改組後之國民黨。民國十六年（一九二七）後主要從事民主革命和抗日救亡活動。曾任上海通志館館長等職。抗日戰爭期間參加中國民主同盟，後與李濟深等發起成立中國國民黨革命委員會。中華人民共和國成立後，任中央人民政府委員、人大常委、民革中央常委、中央文史館副館長等職。著有《南社紀略》《柳亞子詩詞選》《磨劍室詩詞集》等。

姚彝伯（一八九四—一九六九）

名公良，字彝伯，一字夷白，號伯子，又號署恬翁、一禪居士。江蘇興化人。南社社友。幼家貧，嗜讀不倦，工詩文。從名師江景園學醫，遂精醫道。曾任興化中學國文教師多年，編《國學常識講義》，譜校歌。著有《中國醫學發展史》。

十畫

馬駿聲（一八八九—一九五一）

字小進，號退之，別署不進、夢寄樓主，廣東新寧（今廣東台山市）人。南社社友。一八八九年生於香港。一九〇九年赴美國哥倫比亞大學留學，適逢孫中山在美國宣傳革命，深爲所動，於一九一〇年加入中國同盟會，並捐資支持革命。次年返港，經廣州至上海，結識柳亞子並加入南社。其間與胡漢民、鄭則如、吳鐵城、廖仲愷、陳去病、高燮、高旭、蔡守等來往。辛亥革命後，曾至廣州參謁黃花崗七十二烈士墓，赴上海出席南社第六次雅集，又加入國學商兑會，赴南京尋訪名勝。

徐自華（一八七三—一九三五）

字寄塵，號懺慧，一作懺惠，别署懺慧詞人，室名聽竹樓，浙江石門（今浙江桐鄉）人。南社社友。曾任南潯女校教員。與秋瑾結爲盟姊妹，資助其刊行《中國女報》。秋瑾殉難後，於杭州西湖岳王墳側爲之買地安葬。光緒三十四年（一九〇八）與陳去病等結秋社，并於上海辦競雄女校，撰有《鑒湖女俠秋君墓表》等。

徐炳恒（一九〇六—一九五八）

字子爲，號恒廬，江蘇吴江（今蘇州市吴江區）震澤鎮人。希社、南社社友。民族實業家。師從金松岑、章太炎。曾任吴江縣私立震澤育英中學董事，先後加入中華職業教育社、中國民主同盟及中國民主建國會。一九四八年當選國民代表大會江蘇代表。擅詩文，喜收藏。姚江同聲詩社創建時任名譽贊成員。

高旭（一八七七—一九二五）

字天梅，號劍公，别號漢劍、慧雲、哀蟬，松江府金山縣（今上海市金山區）張堰鎮人。南社發起人之一。一九〇三年與高燮在金山創辦《覺民》月刊，一九〇四年赴日本留學，後加入中國同盟會，並擔任江蘇同盟會主盟人。一九〇七年春赴上海，約同陳去病、朱少屏、沈道非、劉三同赴蘇州，至抗清英雄張國維祠追慕先烈，不勝慨然。回滬後，將五人游歷所得詩輯爲一册，題爲《吴門紀游》，分寄高燮、柳亞子等索和，此爲諸人集社之嚆矢。一九〇九年，與陳去病、柳亞子發起成立南社。辛亥革命後被推爲國會衆議院議員。著有《未濟廬詩集》。

高均（一八八八—一九七〇）

字君平，因慕東漢天文學家張衡（張平子），自號平子，别署在園，松江府金山縣（今上海市金山區）張堰鎮人。南社社友。父高煌爲清末舉人，叔父高燮爲南社耆宿。一九〇四年入上海震旦學院。畢業後致力於天文學研究，曾任教於震旦大學。潛心天文學，發表《周髀北極璇璣考》一文，以精密論證推算出周代北極星正確位置，是中國科學史事業開拓者之一。一九八二年國際天文學聯合會將月面一環形山命名爲『高平子環形山』。著有《史記天官書今注》《太陽圖説》《史日長編》等。

高基（一八九五—一九六九）

字君深，又字君定，松江府金山縣（今上海市金山區）張堰鎮人。高燮侄，高天梅從弟。南社紀念會成員。工詩古文辭，識者以爲文章淵藪。創恒社，又入春暉文社、國學商兑會。一九一五年參加『張堰救國演劇』活動。一九二四年與姚光、高圭一同創辦張堰圖書館，任董事。一九三七年參與上海市博物館通志館所籌備上海文獻展覽會活動。曾執教上海聖約翰大學。著有《藥軒漫稿》《亡書憶語》《致爽軒詩話》等。

高燮（一八七九—一九五八）

字時若，號吹萬，松江府金山縣（今上海市金山區）張堰鎮人。南社社友。一九〇三年，與從侄高旭、高增共同創辦覺民社，出版愛國思想和革命傾向强烈的《覺民》月刊；一九〇六年又與柳亞子、田桐等創辦《復報》月刊。一九一二年，與姚光等成立國學商兑會，出版《國學叢選》，致力振興國學，研討學術。爲人淡泊名利，熱心公益事業，曾主持疏浚金山主要河道，修橋鋪路，築堤植樹。著有《吹萬樓文集》《吹萬樓詩》等。

陳去病（一八七四—一九三三）

原名慶林，字巢南，又字佩忍，改名去病。江蘇吴江（今蘇州市吴江區）同里鎮人。南社創始人之一。一九〇三年於日本參加拒俄義勇隊，後加入同盟會，任《民報》編輯。一九〇八年於汕頭主辦

《中華新報》。入民國，歷任國會參議員秘書長、江蘇革命博物館館長、江蘇省通志館編纂委員、東南大學教授等職。

十一畫

張昭漢（一八八三—一九六四）

女，字默君，號涵秋，湖南湘鄉人。同盟會會員，南社社友。中國婦女運動先驅。其父張通典亦爲南社成員，受家學薰染，早年即有『不櫛進士』之稱。先後畢業於上海務本女子學校及上海聖約翰女子書院文科。一九一一年參與策劃江蘇獨立。在上海組織神州婦女協會，創辦神州女校。著有《白華草堂詩集》。

張傳琨（一八八九—一九六一）

字卓身，號子石，浙江平湖人。早年參加南社，曾在縣城辦《民聲報》。晚年寓居城西大悲庵。妻范慕蘭，嘉興人，爲佛學家范古農之妹，亦曾加入南社，夫婦唱隨。一九一二年十月、一九一六年九月，先後在上海參加南社第七次、第十五次雅集。

許觀曾（一八九八—一九三九）

字盥孚，號半龍，江蘇吴江（今蘇州市吴江區）人。名醫。曾從金鶴望、柳亞子學文，佐葉楚傖筆政。有《静觀軒詩鈔》印行。任教上海中國醫學院，著有《中醫診斷學大綱》《外科學大綱》《藥奩啓秘》等。

十二畫

程鵬（？—一九一九）

又名光澤，號景岳，安徽休寧人。曾任上海工業協會總部代表，上海市北公學教師。一九一九年八月十六日於長沙遇刺身亡。

傅熊湘（一八八三—一九三〇）

原名專，字鈍根，改字屯艮，號君劍，別號紅薇生、紅薇館主。湖南醴陵人。同盟會會員、南社社友，南社湘集主持人。一九〇六年，經同盟會會員寧調元介紹，加入中國同盟會。曾任《長沙日報》總編輯、湖南省立中山圖書館館長。

費公直（一八八〇—一九五二）

原名善機，字天健，號一瓢，又號器志、一雲、雙橋、霜紅、霜庵。江蘇吳江（今蘇州市吳江區）人，南社社友。世居周莊鎮。一九〇二年春，從上海東渡日本留學。一九一〇年四月，由柳亞子、陳去病介紹加入南社，與南社同人柳亞子、高旭、劉三、蘇曼殊、王大覺等詩文往來甚多，彼此題贈吟咏，既叙革命友誼，又結文字之緣。擅長繪畫，工於花卉翎毛，淡墨設色，揮洒自如，素描工筆，無不精研。一九一二年回鄉，業醫爲生，爲鄉民所稱。

十三畫

楊棣棠（一八九三—一九六五）

字弘漢，號友于，廣東香山（今廣東中山）人。中華編譯社函授班學員，古文大家林琴南弟子。曾與高燮、姚光通函論學，《國學叢選》選録其作。

十四畫

蔡守（一八七九—一九四一）

原名珣，字哲夫，又字守一，別署成城子，別號寒瓊。室名寒瓊水榭。廣東順德人。南社社友。曾主編《天荒雜志》，參與《國粹學報》繪圖工作。先後參與國學保存會、國學商兑會、蜜蜂畫社等活動。抗戰全面爆發後流寓蘇皖間，民國三十年（一九四一）病逝於南京。嗜骨董，於書畫、篆刻、碑版等均有研究。著有《畫璽録》《印雅》《印林閒話》等。

十五畫

劉筠（一八九四—一九？）

字筱墅，號蒨儂，别號花隱。浙江鎮海（今宁波市鎮海區）人。

十六畫

錢怡（一八八二—一九三二）

一名厚貽，字鴻賓，一作鴻炳，又號紅冰、頑石。浙江平湖人。南社社友。駢散文俱佳，詩近晚唐，有『平湖才子』之稱，與高燮善。光緒二十四年（一八九八）發起成立月橋吟社。入東林詩社。曾任教松江柘湖學校。民國六年（一九一七）任全浙教育聯合會平湖代表。著有《殉學記傳奇》。

十七畫

鍾藻（一八九三—一九？）

字愛琴，一字耐勤，號焦桐館主。湖南醴陵人。民國時任武岡縣財税局長，酷愛絲弦，能操揚琴，爲都梁絲弦委員會成員。

十九畫

譚炳堃（一八九四—一九？）

字愚生，廣東豐順人。畢業於廣東政法學院，曾參與編撰《豐順縣志》。民國十三年（一九二四）入國學商兑會。曾任豐順中學校長。

後記

吴格

亭林周氏後來雨樓藏《南社詩箋續編》（下簡稱《續編》），係成立於清宣統元年（一九〇九）之近代著名文學團體南社成員之詩文手稿墨迹，其數量逾百葉（件），由原南社主任金山姚光（石子）先生（一八九一—一九四五）收掌，後經周大烈、東壁父子遞藏。二〇一六年，由東壁老人貽贈上海市金山區圖書館。未幾，該館與上海大學出版社合作，整理原件，略綴小傳，曾影印《故紙溢芬》一册，令此塵封多載之詩箋重新面世。

周大烈先生（一九〇一—一九七六），金山縣（區）亭林鎮人，幼而岐嶷，長而劬學，人品高潔，學問博洽，藏書萬卷，筆耕不輟。先生中年以前，足未出里閈，以『後來雨樓』名其居，有志於亭林鎮創辦圖書館事業，一九三七年後避難寓滬，隱居潜修以終其生。先生有志著述，所撰多關目録學及地方文獻，遺著《書目考》《知見輯佚書目》《補南史藝文志》《清代校勘學書目》《南齊書校注》《清代詞人徵略》《松江文鈔》《松江詩鈔》《雲間詞徵》等，功力深湛，藏家待刊。哲嗣東壁先生，生於一九三〇年，係年近期頤之退休醫師，兼擅醫弈，精光矍鑠，於維護先人藏書與著述不遺餘力，曾遵遺志，分批將後來雨樓藏書捐贈上海圖書館（一九九一）、静安區圖書館（一九九五）及金山區圖書館（二〇一六），化私爲公，播惠鄉邦，與同鄉前輩高吹萬、姚石子之藏書歸於公藏，先後同出一揆，足稱佳話。

二〇一八年冬，筆者有幸與東壁老人相識於古鎮張堰，返滬後惠允造訪，多蒙教益，又承再發舊藏，悉出家珍，向復旦大學圖書館捐贈南社詩箋百餘件，高誼可風。復旦大學圖書館除彙印該批函件、舉辦小型展覽外，二〇二三年始與蘇州古吳軒出版社合作，整理釋文，精印亭林周氏後來雨樓藏《南社詩箋》一編，圖文並茂，頗獲好評。歲籥再更，兹承東壁老人與金山區圖書館主事人支持，又取該館所藏南社詩箋整理釋文，仍交古吴軒出版社編印出版，以賡續前編，俾來源相同之兩批藏品花萼同輝，聯翩傳世。

金山區圖書館所藏此批詩箋，爲南社成員蔡守、傅熊湘、高基、高均、張昭漢、張傳琨、高旭、周斌、姚彝伯、柳亞子、陳去病、徐自華、錢怡、楊棣棠、金燕、馬駿聲、費公直、胡蘊、譚炳堃、吕志伊、鍾藻、許觀曾、程鵬、徐炳恒、高夔、劉筠、周亮才、何俠、王毓岱等二十八人所作詩文之手迹原件，詩文書法，足供賞鑒，人物交游，尤資參考，吉光片羽，已自珍貴，集腋成裘，更屬難能，筆墨瞻對，逾百年而重光，令人益感姚光先生及周氏喬梓保全之功。

南社成員遍及海内，活躍於二十世紀前期，身際時代交替、文化轉型，多能順應潮流，各有作爲。今覽諸社友所遺詩箋，或繳社課，或相酬答，詩箋爲媒，氣求聲應，魚雁往來，切磋砥礪，感時叙事，各攄情懷，其歌咏吟唱，非僅繫於個人身世，實皆關乎時代風雲，研究考訂，猶待識者之梳理。

《續編》整理，由戴群釋讀過録，吴佳良編排輯傳，鄙人任策劃與總校，九五老人周東壁先生躬親參校，蘇州古吴軒出版社編輯審訂，各方效力，合作愉快，謹此致敬。

二〇二四年十月謹識於滬東小吉浦寓所